Momentos estelares de la humanidad

T0017673

STEFAN ZWEIG

MOMENTOS ESTELARES DE LA HUMANIDAD

CATORCE MINIATURAS HISTÓRICAS

Traducción de Alberto Gordo

Prólogo de Antoni Martí

AUSTRAL

 Planeta

Obra editada en colaboración con Editorial Planeta – España

Título original: *Sternstunden der Menschheit*

© de la traducción, Alberto Gordo Moral, 2023
© del prólogo, Antoni Martí Monterde, 2023
Diseño de la cubierta: Austral / Área Editorial Grupo Planeta

© Editorial Planeta, S. A., 2023 – Barcelona, España

Derechos reservados

© 2023, Editorial Planeta Mexicana, S.A. de C.V.
Bajo el sello editorial AUSTRAL M.R.
Avenida Presidente Masarik núm. 111,
Piso 2, Polanco V Sección, Miguel Hidalgo
C.P. 11560, Ciudad de México
www.planetadelibros.com.mx

Primera edición impresa en España en Austral: mayo de 2023
ISBN: 978-84-08-27236-6

Primera edición impresa en México en Austral: octubre de 2023
ISBN: 978-607-39-0635-7

Impreso en los talleres de Litográfica Ingramex, S.A. de C.V.
Centeno núm. 162-1, colonia Granjas Esmeralda, Ciudad de México
Impreso en México - *Printed in Mexico*

Biografía

Stefan Zweig (Viena, 1881 - Petrópolis, 1942) fue uno
de los escritores más polifacéticos de la primera mitad del
siglo XX. De origen judío, tras recibir el doctorado en la
Universidad de Viena empezó a viajar, actividad a la que
dedicaría gran parte de su vida. Durante la Primera Guerra
Mundial se trasladó a Zúrich, donde se adhirió a las causas
pacifistas del escritor francés Romain Rolland. Más tarde
volvió a su país, concretamente a la ciudad de Salzburgo,
pero el ascenso del nazismo lo obligó a exiliarse. Así, Zweig
y Lotte Altmann, su segunda esposa, se instalaron primero
en Londres y más tarde, en 1941, se embarcaron rumbo
a Brasil, donde tan solo un año después, profundamente
desilusionados por el ambiente bélico que imperaba en
toda Europa, decidieron poner fin a sus vidas. Aunque la
popularidad de Stefan Zweig se cimentó sobre novelas
como *Carta a una desconocida* (1922), *Veinticuatro horas
en la vida de una mujer* (1927) o *Confusión de sentimientos*
(1927), también cultivó magistralmente el género biográfico,
el teatro, el cuento y el ensayo. Su autobiografía *El mundo
de ayer* (1942), publicada póstumamente, sigue siendo
uno de los mejores testimonios de la decadencia de la
Europa finisecular. Tras algunas décadas en las que sus
obras se vieron inexplicablemente ignoradas, Stefan Zweig
ha sido recuperado y actualmente goza del prestigio y la
popularidad que por justicia literaria le corresponden.

Índice

Un momento estelar de Stefan Zweig

El nombre y la obra del escritor vienés Stefan Zweig se asocian, sin duda, con un pacifismo y un europeísmo incuestionables, un pacifismo y un europeísmo muy representativos de los más altos valores de la humanidad. Nacido en Viena el 28 de noviembre de 1881, vivió en su ciudad natal sus mejores años, y los que, a juzgar por sus memorias *El mundo de ayer. Memorias de un europeo* (1942), también fueron los mejores años de la capital del Imperio austrohúngaro. De hecho, vivió allí hasta 1917, cuando se refugió en Suiza. Todavía durante la Primera Guerra Mundial compró un palacete en Salzburgo llamado Paschinger Schlössl, construido en el siglo XVII como pabellón de caza y que frecuentó Wolfgang Amadeus Mozart. Este periodo de su vida fue determinante, puesto que comienza a escribir y publicar: su primer libro, *Die frühen Kränze* [«Las primeras coronas»] aparece en 1906, y en 1917 ya ha publicado hasta siete libros más, entre novelas, relatos y biografías, que incluyen *Émile Verhaeren* (1910) y *Jeremías* (1917). Todavía faltan algunos títulos que lo consagrarán como el gran escritor vienés de las primeras décadas del siglo XX —aunque con una técnica anclada en lo más brillante de siglo XIX, que domina a la perfección—, como *Carta de una desconocida* (1922) y *Veinticuatro horas en la vida de una mujer* (1927). Son sus títulos y años de esplendor, que llegará casi hasta el final de sus días: su suicidio —el 22 de febrero de 1942 en Petrópolis, en plena Segunda Guerra Mundial— se convierte en mítico y trágico a la vez. En su desesperación como europeo que veía cómo desaparecía, se autodestruía, la Europa que sus páginas habían contado e incluso ayudado a construir, aquella muerte no solo señalaba un límite final por la crisis del espíritu europeo, sino que también daba por cerrado y fracasado un esfuerzo que había empezado muchos años antes, con la Primera Guerra Mundial, que para Zweig había representado el fin del mundo de ayer, del mundo de la tranquilidad —vienesa y europea—. Por eso el gesto final de su vida en una guerra no puede entenderse sin el recuerdo del comienzo de la primera, en la que tuvo una actitud contradictoria e incluso radicalmente opuesta a su aparente pacifismo, tal como lo representó en sus memorias.

De hecho, *El mundo de ayer*, su libro más deslumbrante y un auténtico testamento literario, tiene mucho que ver con la obra que ahora presentamos, y también con aquel momento dulce de su biografía literaria. En una síntesis quizá demasiado esquemática, puede considerarse que en sus *Memorias de un Europeo*, Zweig traza una panorámica de la Europa digna de su legado humanista, de un Imperio austrohúngaro sublime y ordenado, y de una Viena alegre, feliz y musical; una especie de reserva de fuerzas para cuando puedan escasear en momentos de crisis, lo cual explica que, además del éxito editorial que el autor cosechó en los últimos años, anteriormente, en los años treinta y cuarenta, ya hubiese un momento estelar de Stefan Zweig, desde el punto de vista editorial. En momentos de crisis, sus relatos, biografías y algunos ensayos reconstruían los ánimos dañados, restauraban las almas en tiempos de oscuridad.

Algo parecido sucede con la obra que presentamos: *Momentos estelares de la humanidad*. Publicada en una primera versión el año 1927 con el subtítulo de *Cinco miniaturas históricas*, entonces incluía solamente «El minuto universal de Waterloo» (Napoleón), «La elegía de Marienbad» (Goethe), «El descubrimiento de El Dorado» (J. A. Suter), «Instante heroico» (Dostoievski) y «La hazaña del Polo Sur» (capitán Scott). Reaparece años más tarde, de manera póstuma, en 1943, con el subtítulo *Doce miniaturas históricas*, y alcanzará las catorce en una edición de 1981 que se consolida como definitiva en las *Obras Completas* editadas en 2013.

Esta sucesiva ampliación con nuevos capítulos es bastante habitual en Zweig. Algo parecido pasó con *Kleine Kronik* (*Pequeña crónica*, 1929), que apareció inicialmente con cuatro relatos, publicados previamente en la prensa vienesa: «La colección invisible. Un episodio de la inflación alemana», «Un episodio del lago de Ginebra», «Leporella» y «El librero Mendel», quizá el relato más perfecto que Zweig escribió. Sobre este libro debe subrayarse que, además de relatos, se presentan también como crónicas, es decir, como testimonios históricos presentados a través de una ficción. *Pequeña crónica* se integró posteriormente en

Caleidoscopio (1936) acompañado de once *nouvelles* más.

Todas estas narraciones se presentan como miniaturas históricas, lo cual las convierte en un discurso paralelo a los momentos históricos que presenta este libro. Resulta necesario aclarar esta cuestión en este punto, para evitar la sensación de que se intenta explicar el relato a la luz de la vida, cuando en realidad la intención de estas páginas es exactamente la contraria, explicar en todo caso la vida que no vivió Zweig a la luz de este breve relato, que sin embargo constituye otro tipo de testimonio. Admirador de Charles-Augustin Sainte-Beuve, a quien dedicó un ensayo en 1923 —una admiración que se proyecta en su dedicación a las biografías y retratos—, así como de Hippolyte Taine, sobre cuya filosofía realizó su tesis de doctorado en la Facultad de Letras de Viena en 1903, que permanece inédita, Zweig se propone ser un historiador literario —no un historiador de la literatura, sino un literato historiador, incluso sobre su propia vida.

Para nuestro autor, la narración es también conocimiento histórico, y reivindicación de la historia de la humanidad. Por ello, las ficciones, las biografías, y algunos ensayos cumplen la misma función que sus memorias: conseguir que los lectores confíen en la humanidad a través de sus personajes literarios o históricos más nobles, o de los acontecimientos que han marcado la idea de civilización europea u occidental.

Las últimas páginas de sus diarios muestran un giro pesimista; las últimas anotaciones, fechadas ya en Londres, son desoladoras: «Es el fin. Europa está liquidada. Nuestro mundo ha sido aniquilado. Es *ahora* cuando finalmente nos hemos convertido en *apátridas*. [...] Depresión total. Perdida Francia, reducida a la ruina de por siglos, el país más adorable de Europa..., ¿por qué escribir? ¿Para qué vivir? [...] la partida se ha fijado para el martes... pero no me lo llego a creer»; e incluso su nota de suicidio puede leerse como el abandono de esta vocación:

Declaración
Por mi propia voluntad y en plena lucidez.

Cada día he aprendido a amar más este país, y no habría reconstruido mi vida en ningún otro lugar después de que el mundo de mi propia lengua se hundiese y se perdiese para mí, y mi patria espiritual, Europa, se destruyese a sí misma.

Pero comenzar todo de nuevo cuando uno ha cumplido sesenta años requiere fuerzas especiales, y mi propia fuerza se ha gastado al cabo de años de andanzas sin hogar. Prefiero, pues, poner fin a mi vida en el momento apropiado, erguido, como un hombre cuyo trabajo intelectual siempre ha sido su felicidad más pura y su libertad personal, su más preciada posesión en esta tierra.

Mando saludos a todos mis amigos. Ojalá vivan para ver el amanecer tras esta larga noche. Yo, que soy muy impaciente, me voy antes que ellos.

Fechada el 22 de febrero de 1942 en Petrópolis, una modesta ciudad cerca de Río de Janeiro, en Brasil —el «País del futuro», como lo había considerado en uno de sus últimos libros—, este luctuoso ensayo final culmina la ética de toda su obra: convertirse en una reserva de esperanza para las almas en tiempos de oscuridad, como el que se vivía cuando escribió estas páginas, y como los que vivían sus lectores en los sucesivos momentos en que Zweig fue leído por miles de ciudadanos de Europa en busca de algún motivo para creer todavía en la humanidad.

ANTONI MARTÍ MONTERDE

Momentos estelares de la humanidad

Prólogo

Ningún artista es un artista sin interrupción, durante las veinticuatro horas que dura su jornada; todo lo esencial, todo lo perdurable que logra ocurre siempre en los escasos y extraordinarios momentos de inspiración. Lo mismo sucede con la historia, a la que admiramos como a la poeta e intérprete más grande de todos los tiempos, pero que no es en ningún caso una creadora incesante. También en ese «enigmático taller de Dios», como Goethe denomina respetuosamente la historia, ocurren infinidad de naderías y trivialidades. También aquí, como por doquier en el arte y en la vida, los instantes sublimes, inolvidables, resultan raros. La mayor parte de las veces, la historia, esa cronista impasible y tenaz, se limita a colocar un hecho tras otro a modo de eslabones en la enorme cadena que se extiende a largo de los milenios, porque todo hecho arriesgado necesita tiempo de preparación y todo acontecimiento real, un desarrollo. Los millones de personas que forman un pueblo son siempre necesarios para que despunte un genio, y han de transcurrir millones de horas superfluas antes de que haga su aparición una hora verdaderamente histórica, un momento estelar de la humanidad.

Pero cuando en el arte surge un genio, trasciende las épocas; si se produce uno de esos momentos universales, resulta decisivo durante décadas y siglos. Igual que en la punta de un pararrayos confluye la electricidad de toda la atmósfera, una infinita plenitud de sucesos se concentra en ese breve espacio de tiempo. Lo que por lo general transcurre parsimoniosamente de forma sucesiva o simultánea se comprime en ese instante único que lo determina y lo decide todo: un solo «sí», un solo «no», un «demasiado pronto» o un «demasiado tarde» convierten esa hora en definitiva para cientos de generaciones y determinan la vida de cada individuo, de cada pueblo y aun el destino de toda la humanidad.

Esos momentos concentrados con dramatismo y preñados de destino, en los que la decisión que sobrevivirá a las épocas venideras recae en una sola fecha, en una sola hora y a menudo en un solo minuto, son escasos en la vida de un individuo, son escasos en el devenir de la historia. Son estos momentos estelares de las más diversas épocas y geografías —los he llamado así porque resplandecen como estrellas brillantes e inalterables sobre la noche de lo transitorio— los que he intentado recordar aquí. De ningún modo he intentado decolorar o intensificar con invenciones la verdad espiritual externa o interna de estos acontecimientos. Pues en esos momentos sublimes, conformados a la perfección, la historia no necesita mano alguna que la ayude. Allá donde verdaderamente se desempeña como poeta, como dramaturga, ningún escritor tiene la potestad de intentar superarla.

Cicerón

Cuando un hombre sensato y no demasiado valeroso se topa con otro más fuerte, lo más prudente que puede hacer es evitarlo y, sin avergonzarse, esperar a que el camino vuelva a despejarse para él. Durante tres décadas, Marco Tulio Cicerón, el primer humanista del Imperio romano, el maestro de la oratoria, el defensor de la justicia, se esforzó por servir a la ley heredada y por conservar la república. Sus discursos han quedado cincelados en los anales de la historia y sus obras literarias, en los sillares de la lengua latina. En *Las Catilinarias* combatió la anarquía; en *Contra Verres*, la corrupción; en los generales victoriosos, la amenaza de la dictadura. Y su libro *De re publica* fue considerado en su tiempo el código ético de la forma de Estado ideal. Pero ahora ha llegado alguien más fuerte. Julio César, al que inicialmente ha apoyado sin desconfiar por ser el de más edad y el más célebre, de la noche a la mañana se ha convertido, apoyado en sus legiones galas, en el amo de toda Italia; como soberano absoluto del poder militar solo necesita extender la mano para tomar la corona del imperio que Antonio le ha ofrecido ante todo el pueblo. En vano combate Cicerón la autocracia de César en cuanto este transgrede la ley al cruzar el Rubicón. En vano ha intentado invocar a los últimos defensores de la justicia para que se enfrenten a los que han violentado la ley. Pero las cohortes, como ocurre siempre, se han revelado más fuertes que las palabras. César, hombre de espíritu y de acción al mismo tiempo, es el vencedor absoluto, y de haber tenido hambre de venganza —como la mayoría de los dictadores— podría haberse deshecho sin más, después de su incontestable victoria, de ese tozudo defensor de la ley, o al menos haberle proscrito. Pero por encima de todos sus triunfos militares, a Julio César le honra su magnanimidad tras la victoria. A Cicerón, su adversario liquidado, le deja vivir sin someterle a escarnio alguno, y se limita a recomendarle que abandone la palestra política, que ahora es solo suya y en la que a los demás les queda el papel de meros comparsas mudos y obedientes.

Nada mejor puede ocurrirle a un hombre de espíritu que el verse apartado de la vida pública, política. De este modo, el pensador, el artista, se ve arrojado desde esa indigna esfera, a la que solo puede sobreponerse con brutalidad y argucias, hacia su intocable, indestructible intimidad. Toda forma de exilio se convierte así en un acicate para el recogimiento interior, y Cicerón se topa con este bendito infortunio en el mejor momento, en el más dichoso. El gran dialéctico enfila ya el último tramo de una vida que, con sus constantes tormentas y tensiones, le ha dejado poco tiempo para la síntesis creativa. ¡Cuántas contradicciones ha tenido que vivir este sexagenario en el ajustado espacio de su época! Con sumo esfuerzo, imponiéndose con persistencia, destreza y superioridad intelectual, este *homo novus*, este advenedizo, ha alcanzado uno tras otro todos los puestos y honores de la vida pública, por norma vetados a un modesto provinciano como él y reservados con celo a una camarilla hereditaria de nobles. Ha gozado de los favores públicos más sublimes y de los más bajos, y, tras la derrota de Catilina, ha subido triunfante los escalones del capitolio, coronado por el pueblo, honrado por el Senado con el glorioso título de *pater patriae*. Pero ahora, de la noche a la mañana, ha tenido que huir al destierro, condenado por ese mismo Senado y dejado en la estacada por ese mismo pueblo. No hay cargo en el que no haya destacado, ni rango que no alcanzara en virtud de su perseverancia. Ha dirigido procesos en el foro, siendo soldado ha comandado legiones en el campo de la batalla, siendo cónsul ha administrado la república y siendo procónsul, varias provincias. Por sus manos han pasado millones de sestercios y, bajo sus manos, se han esfumado en deudas. Suya era la villa más hermosa del Palatino, que ha visto reducida a escombros, quemada y arrasada por sus enemigos. Ha escrito tratados memorables y discursos que se han convertido en clásicos. Ha tenido hijos y los ha perdido, ha sido valeroso y débil, obstinado y siervo del elogio, muy admirado y muy odiado, un carácter veleidoso, frágil y fulgurante; en suma: la personalidad más atractiva y excitante de su tiempo, ligada sin remedio a todos los sucesos de esos exultantes años que van desde Cayo Mario hasta César. Cicerón ha vivido y padecido la historia de su tiempo, la historia universal, como ningún otro; solo para una cosa —la más importante— nunca ha tenido tiempo: para observar su vida. En su ambicioso delirio, este hombre infatigable nunca ha encontrado la ocasión para reflexionar en silencio y como es debido y extraer la suma de su saber, de su pensamiento.

Ahora, por fin, el golpe de Estado de César, al relegarle de la *res publica*, le da la oportunidad de ocuparse y sacar provecho de la *res privata*, lo más importante del mundo; resignado, Cicerón deja el foro, el Senado y el imperio a la dictadura de Julio César. Una aversión hacia todo lo público empieza a apoderarse del rechazado. Claudica: que otros defiendan los derechos de ese pueblo más interesado en las luchas de gladiadores y en los juegos que en su libertad; para él ya solo cuenta buscar, encontrar y dar forma a su propia libertad, a su libertad interior. Así, por primera vez en sesenta años, Marco Tulio Cicerón contempla meditabundo su interior para mostrar al mundo aquello para lo que ha trabajado y vivido.

Como artista nato que solo por error ha caído en el frágil mundo de la política desde el universo de los libros, Marco Tulio Cicerón busca ordenar su vida con clarividencia, de acuerdo con su edad y con sus inclinaciones más íntimas. Se retira de Roma, la ruidosa metrópoli, a Tusculum, hoy Frascati, y así dispone alrededor de su casa de uno de los paisajes más hermosos de Italia. Como suaves olas, las colinas cubiertas de bosques oscuros caen inundando la *campagna*, y las fuentes resuenan, con sus notas argentinas, en la apartada quietud. Al fin, tras todos los años en la plaza pública, en el foro, acampado en la batalla o viajando en carruaje, al pensador creativo se le abre el alma de par en par. La ciudad, irresistible, agotadora, está lejos, apenas un humo pálido en el horizonte, si bien queda lo bastante cerca como para que los amigos vengan a menudo en busca de una charla que estimule el intelecto: Ático, su íntimo confidente, o el joven Bruto, el joven Casio, y en una ocasión incluso —¡peligroso invitado!— el gran dictador en persona, Julio César. Pero cuando faltan los amigos romanos, siempre hay otros en su lugar, una compañía espléndida que nunca defrauda, que se presta tanto al silencio como a la conversación: los libros. En su villa campestre, Marco Tulio Cicerón ha erigido una biblioteca maravillosa, un panal de sabiduría verdaderamente inagotable, con las obras de los sabios griegos dispuestas junto a las crónicas romanas y los compendios de leyes; con semejantes amigos de todas las épocas, de todas las lenguas, seguro que no pasará una sola noche más en solitario. La mañana es para trabajar. Siempre le espera, obediente, el esclavo instruido, para que le dicte; las horas del almuerzo se las acorta su hija Tulia, a quien tanto ama; la educación del hijo trae cada día un estímulo nuevo y un poco de variedad. Y además, último gesto de sabiduría, el sexagenario sucumbe a la locura más dulce de la vejez y toma por esposa a una joven, más joven que su propia hija, para, como artista, disfrutar de la belleza de la vida no solo en mármol o en versos, sino también en su forma más sensual y encantadora.

Así que, a sus sesenta años, Marco Tulio Cicerón ha completado su viaje de vuelta a sí mismo; ya solo es un filósofo y no un demagogo; un escritor y no un retórico; alguien dueño de su ocio y no un diligente siervo del favor popular. En lugar de perorar en la plaza pública ante jueces corruptos, prefiere establecer en su *De oratore*, como modelo para sus imitadores, la esencia del arte del discurso, y a la vez en su tratado *De senectute (Cato Maior de senectute)* busca enseñarse a sí mismo que un verdadero sabio que quiera dignificar la vejez y los años ha de aprender a resignarse. Sus cartas más hermosas, las que trasladan una mayor armonía, provienen todas de ese periodo de recogimiento interior, e incluso cuando le golpea la más devastadora de las tragedias, la muerte de su amada hija Tulia, su arte le ayuda a conservar una dignidad filosófica: escribe las *Consolationes*, que aún hoy, siglos después, consuelan a miles que han sufrido el mismo infortunio. Solo al exilio le debe la posteridad el gran escritor que había en el antiguo y resuelto orador. En esos tres años de retiro hace más por su obra y por su gloria póstuma que en los treinta años que derrochó entregado a la *res publica*.

Su vida parece ya la de un filósofo. Desdeñoso de las noticias y las cartas que a diario llegan desde Roma, es más un ciudadano de la eterna república del espíritu que uno de esa república romana que la dictadura de César ha cercenado. El maestro de la justicia terrenal ha aprendido por fin el amargo secreto que cualquier servidor público termina advirtiendo: que no se puede defender la libertad de las masas por mucho tiempo, sino solo la de uno mismo, la libertad interior.

El cosmopolita, el humanista, el filósofo Marco Tulio Cicerón pasa, así pues, un felicísimo verano, un otoño creativo, un invierno italiano, retirado —según cree, «retirado para siempre»— del ajetreo político de su tiempo. Las noticias y las cartas que llegan de Roma apenas le preocupan, indiferente ante un juego que ya no precisa de él. Parece totalmente inmune al apetito de publicidad de los literatos; ya solo es un ciudadano de la república invisible y nunca más de la otra, de la corrompida y violada que sin oponer resistencia se ha doblegado al terror. Pero entonces, un mediodía de marzo, un correo irrumpe en su villa, cubierto de polvo, con los pulmones jadeantes. Aún alcanza a transmitir la noticia —Julio César, el dictador, ha sido asesinado en el foro de Roma— y a continuación se desploma.

Cicerón palidece. Semanas antes ha compartido mesa con el magnánimo triunfador, y por mucha hostilidad que haya manifestado frente al peligroso y arrogante mandatario, por mucha desconfianza que le inspiren sus victorias militares, siempre se ha sentido obligado a honrar en secreto el espíritu soberano, el genio organizador y la humanidad de ese enemigo respetable como ningún otro. Sin embargo, por más que le repugnen los vulgares argumentos de los magnicidas, ese hombre, Julio César, con todas sus cualidades y sus logros, ¿no ha cometido él mismo el más vil de los asesinatos, el *parricidium patriae*, el asesinato de la patria a manos de su hijo? ¿No ha sido precisamente su genio el peligro que más ha amenazado la libertad romana? El asesinato de ese hombre puede ser lamentable desde un punto de vista humano, pero la fechoría facilita la victoria de la causa más sagrada, pues ahora que César está muerto, la república puede resucitar. Gracias a esa muerte, triunfa la más sublime de las ideas, la idea de la libertad.

Cicerón se recupera de ese primer sobresalto. Él no era partidario del pérfido crimen, tal vez ni siquiera haya osado desearlo en sus sueños más íntimos. Aunque Bruto, mientras sacaba el puñal ensangrentado del pecho de César, haya gritado su nombre, el nombre de Cicerón, reivindicando así como testigo de su acto al maestro de la doctrina republicana, ni él ni Casio le habían puesto al corriente de la conspiración en curso. Pero ahora que el crimen se ha consumado y no hay vuelta atrás, hay que utilizarlo al menos en beneficio de la república. Cicerón se da cuenta de que el camino hacia la vieja libertad romana pasa sobre ese cadáver imperial, y es su deber señalar el camino al resto. Un momento único como este no puede dejarse pasar. Ese mismo día, Marco Tulio Cicerón deja sus libros, sus escritos y el bendito *otium* del artista, el placer de la vida ociosa. Y, con el corazón acelerado, corre hacia Roma para salvar la república, verdadero legado de César, tanto de sus enemigos como de quienes ansíen vengar su asesinato.

En Roma, Cicerón encuentra una ciudad confusa, aturdida, consternada. Desde el primer momento, el asesinato de Julio César ha resultado ser un crimen cuya envergadura excede a sus perpetradores. Lo único que esa desordenada camarilla de conjurados ha sabido hacer es asesinar, eliminar al hombre que estaba por encima de ellos. Pero ahora que toca aprovechar el crimen, se sienten desvalidos y no saben por dónde empezar. Los senadores se debaten entre secundar las causas del asesinato o condenarlo; el pueblo, acostumbrado a estar bajo la tutela de una mano inmisericorde, no arriesga ninguna opinión. Antonio y los demás amigos de César tienen miedo a los conspiradores y tiemblan por su vida. Los conjurados temen a los amigos de César y su venganza.

En el desconcierto general, Cicerón se revela como el único hombre resuelto. Por lo general titubeante y timorato, como siempre un hombre nervioso y espiritual, se sitúa, sin dudarlo, tras ese crimen en el que no ha participado activamente. Con la cabeza alta, pisa las baldosas aún húmedas con la sangre del asesinado y, ante el Senado en pleno, aplaude la eliminación del dictador como una victoria del ideal republicano. «¡Oh, pueblo mío, has regresado a la libertad! —proclama—. Vosotros, Bruto y Casio, habéis consumado la hazaña más grandiosa no solo de Roma, sino del mundo entero.» Pero en ese mismo instante pide que a esa acción asesina se le otorgue solo su sentido más sublime. Exige que los conspiradores ocupen resueltamente el vacío de poder que ha dejado la muerte de César y que lo utilicen para la salvación de la república, para el restablecimiento de la vieja constitución romana. Antonio debe hacerse cargo del consulado y hay que traspasar a Bruto y a Casio el poder ejecutivo. Por primera vez, este hombre de ley, durante un breve momento que pasará a los anales de la historia, ha quebrantado la rígida norma con el objeto de imponer para siempre la dictadura de la libertad.

Pero ahora se evidencian las debilidades de los conjurados. Solo han podido urdir una conspiración, perpetrar un asesinato. Su fuerza ha bastado solo para hundir los puñales cinco pulgadas en el pecho de un hombre desarmado; con eso ha terminado su determinación. En vez de tomar el poder y utilizarlo para el restablecimiento de la república, se esfuerzan por conseguir una módica amnistía negociando con Antonio; a los amigos de César les dejan tiempo para rearmarse, perdiendo así una oportunidad única. Cicerón, clarividente, se percata del peligro. Advierte que Antonio prepara un contraataque para eliminar no solo a los conspiradores, sino también las ideas republicanas. Avisa, clama, agita, discursea, para obligar a los conjurados, al pueblo, a actuar con determinación. Pero —¡histórico error!— él mismo no hace nada. Todas las posibilidades están ahora al alcance de su mano. Tiene al Senado de su parte; el pueblo, en realidad, espera a alguien que tome con astucia y decisión las riendas que se escurrieron de las poderosas manos de César. Nadie se hubiera opuesto, todos habrían respirado aliviados si él mismo hubiera accedido al Gobierno y puesto orden en el caos.

Con estos idus de marzo por fin ha llegado para Marco Tulio Cicerón el momento para la historia universal que con tanto ardor ha anhelado desde que pronunciara sus catilinarias, y si hubiera sabido aprovecharlo, todos nosotros habríamos estudiado en la escuela una historia diferente. El nombre de Cicerón habría engrosado los anales de Livio y de Plutarco no solo como el de un respetable escritor, sino como el del salvador de la república, como el del verdadero genio de la libertad de Roma. Suya sería la gloria inmortal, pues habiendo tenido el poder de un dictador, se lo habría devuelto voluntariamente al pueblo.

Pero en la historia se repite sin cesar la misma tragedia, y es que precisamente el hombre de espíritu, angustiado por la responsabilidad, rara vez se convierte en un hombre de acción cuando llega el momento decisivo. Una y otra vez se renueva el mismo dilema en el intelectual, en el creador: dado que advierte mejor las majaderías de su tiempo, siente la necesidad de involucrarse y, llevado por el entusiasmo, se lanza con pasión a la batalla política. Pero al mismo tiempo vacila si tiene que responder con violencia a la violencia. Abrumado por la responsabilidad, se arredra al aplicar el terror o derramar sangre, y esas dudas, esas consideraciones, precisamente en el único momento que no solo permite la inmisericordia, sino que la reclama, agarrotan sus fuerzas. Tras el primer arrebato de entusiasmo, Cicerón observa la situación y advierte, clarividente, los peligros. Vuelve la vista a los conspiradores, que hasta ayer consideraba héroes, y ve solo a unos débiles mentales que huyen de la sombra de su crimen. Vuelve la vista al pueblo y ve que hace tiempo que ya no es el antiguo *populus romanus*, su heroico pueblo soñado, sino una plebe degenerada que solo piensa en sus privilegios y placeres, en el pan y en el juego, *panem et circenses*, que un día jalea a los asesinos Bruto y Casio, y al día siguiente a Antonio, que llama a vengarse de ellos, y al otro de nuevo a Dolabela, que manda destruir todas las imágenes de César. Se da cuenta de que en esa ciudad corrompida nadie sirve ya de veras a la idea de la libertad. Lo único que quieren todos es el poder o su comodidad; han eliminado a César para nada, pues únicamente luchan, racanean y discuten por su herencia, por su dinero, por sus legiones; solo para sí mismos, y no para la única causa sagrada, la causa de Roma, buscan provecho y beneficio.

Cicerón está cada vez más cansado, es cada vez más escéptico durante esas dos semanas que suceden a su precipitado entusiasmo. Nadie excepto él se preocupa por restaurar la república, el sentimiento nacional se ha apagado, ya nadie es sensible a la causa de la libertad. El turbio tumulto ya le repugna. No puede seguir entregado al engaño de que sus palabras aún conservan poder; en vista de su fracaso, ha de reconocerse a sí mismo que su papel conciliador ha caducado, que se ha mostrado demasiado débil o demasiado temeroso como para salvar a su patria de la amenaza de la guerra civil, así que la abandona a su suerte. A principios de abril sale de Roma —de nuevo decepcionado, de nuevo vencido— y regresa a sus libros, a su retirada villa de Pozzuoli en el golfo de Nápoles.

Por segunda vez, Marco Tulio Cicerón ha huido del mundo y se refugia en su soledad. Ahora, por fin, se da cuenta de que, como sabio, como humanista, como garante de la justicia, se ha equivocado de lugar desde el primer momento, situándose en uno donde el poder es la única ley y la falta de escrúpulos se promueve más que la sabiduría y el carácter conciliador. Sobrecogido, ha de reconocer que, en esta época pusilánime, la república ideal que, como un resurgimiento de la antigua ética romana, soñara para su patria, resulta ya irrealizable. Pero como no ha podido llevar el acto salvador a la terca materia de la realidad, al menos quiere salvar su sueño para una posteridad más sabia; los afanes y las iluminaciones de sus sesenta años no deben caer en saco roto. Así que, humillado, recuerda su verdadera fuerza y, como legado para otras generaciones, redacta en esos días de retiro su última y más grandiosa obra, *De officiis*, una lección acerca de los deberes que el hombre independiente y moral ha de cumplir con respecto a sí mismo y con respecto al Estado. Es su testamento político, su testamento moral, y Marco Tulio Cicerón lo escribe en Pozzuoli en el otoño del año 44 a. C., que es al mismo tiempo el otoño de su vida.

Que ese tratado sobre la relación del individuo con el Estado es un testamento, la palabra definitiva de alguien que ha abdicado y renegado de todas las pasiones públicas, se demuestra ya en la introducción al texto. *De officiis* está dedicado a su hijo. Cicerón le confiesa con franqueza que no se ha retirado de la vida pública por desinterés, sino porque, como espíritu libre, como republicano de Roma, cree que su dignidad y su honor están por encima del servicio a una dictadura. «Mientras administraban el Estado hombres elegidos por él, dediqué mi energía y mis ideas a la *res publica*. Pero desde que todo cayó bajo la *dominatio unius*, ya no había espacio para el servicio público ni para la autoridad.» Desde que se suprimiese el Senado y se cerrasen los tribunales, ¿qué podía buscar un hombre que se respeta a sí mismo en el Senado o en el foro? Hasta el momento, la actividad pública y política le ha sustraído demasiado tiempo. *«Scribendi otium non erat»*, el que escribe no tenía tiempo para el ocio, y nunca pudo poner por escrito, reunida, su visión del mundo. Pero ahora, forzado a la inactividad, quiere aprovecharla al menos en el sentido de las magníficas palabras de Escipión, que dijo refiriéndose a sí mismo: «Nunca he estado más activo que cuando no tenía nada que hacer y nunca he estado menos solo que cuando estaba a solas conmigo mismo».

Estas reflexiones sobre la relación del individuo con el Estado, que Marco Tulio Cicerón desarrolla ahora para su hijo, en muchos sentidos no son nuevas ni originales. Aúnan lo leído con lo comúnmente aceptado: ni siquiera a los sesenta años un dialéctico se convierte de pronto en un poeta, ni un compilador en un artista original. Pero esta vez las opiniones de Cicerón ganan un nuevo *pathos* gracias al vibrante tono del duelo y la amargura. En medio de sangrientas guerras civiles y en una época en que las hordas pretorianas y los bandidos de distintas facciones luchan por el poder, un espíritu de veras humano, reconociendo el valor de la ética y de la conciliación, vuelve a soñar —como siempre el individuo en épocas así— el sueño eterno de la pacificación del mundo. La justicia y la ley tienen que ser los únicos y férreos puntales de un Estado. Los honrados por convicción, no los demagogos, han de tener el poder y la justicia aparejada a él. A nadie le está permitido imponer al pueblo su voluntad ni sus intereses personales, y es obligatorio que a estos ambiciosos que arrebatan el mando al pueblo, *«hoc omne genus pestiferum acque impium»*, se les niegue la obediencia. Enfurecido, desde una independencia indómita, rechaza de plano colaborar con un dictador o servirle. *«Nulla est enim societas nobis cum tyrannis et potius summa distractio est.»*

La tiranía viola todas las leyes, argumenta. En el espacio común, solo puede surgir verdadera armonía si el individuo, en vez de intentar sacar provecho personal de su posición pública, subordina sus intereses privados a los de la comunidad. Solo si la riqueza no se malgasta en lujo y derroche, sino que se administra y se transforma en cultura espiritual y artística, si la aristocracia depone su soberbia y la plebe, en lugar de dejarse corromper por demagogos y vender el Estado a un solo bando, exige sus derechos naturales, puede recuperarse lo común. Encomiasta del centro como todos los humanistas, Cicerón demanda un equilibrio entre contrarios. Roma no necesita a un Sila ni a un César, tampoco, por otra parte, a los Gracos; la dictadura es peligrosa, así como la revolución.

Mucho de lo que escribe se encuentra ya en el Estado soñado por Platón y volverá a leerse en Jean-Jacques

Rousseau y en todos los idealistas utópicos. Pero lo que eleva este testamento de un modo asombroso por encima de su época es ese sentimiento nuevo que ahora, medio siglo antes de la irrupción del cristianismo, se expresa por primera vez: el sentimiento humanitario. En una época dominada por la crueldad más brutal, en la que el mismo César ordena cortar las manos a dos mil prisioneros cuando conquista una ciudad, en la que los mártires y las luchas de gladiadores, las crucifixiones y las ejecuciones son sucesos corrientes y naturales, Cicerón es el primero y el único que eleva una protesta contra el abuso de poder. Condena la guerra como un método de *beluarum*, de bestias, condena el militarismo y el imperialismo de su propio pueblo, el expolio de las provincias, y exige que los territorios se integren en el Imperio romano solo a través de la cultura y de las costumbres, jamás pasándolos por la espada. Clama contra el saqueo de ciudades y reclama —absurda reclamación en la Roma de la época— clemencia incluso para los que menos derechos tienen entre los que ya de por sí carecen de ellos, para los esclavos *(adversus infimos iustitiam esse servandam)*. Con ojo profético, prevé la caída de Roma por la sucesión demasiado rápida de victorias y por sus conquistas en todo el mundo, que juzga nocivas porque son solo militares. Desde que, con Sila, la nación declarara guerras solo para acumular botines, la justicia ha desaparecido en el imperio. Y siempre que un pueblo arranca violentamente la libertad a otros, pierde, en una misteriosa venganza, el maravilloso poder que tenía cuando estaba solo.

Mientras las legiones, lideradas por ambiciosos, avanzan hacia Partia y Persia, hacia Germania y Britania, hacia Hispania y Macedonia, para servir a la locura transitoria de un imperio, una sola voz alza aquí su protesta contra ese peligroso triunfo. Tras haber visto que de la semilla sangrienta de las guerras de conquista crece el fruto aún más sangriento de las guerras civiles, este inerme paladín de la humanidad implora solemnemente a su hijo que haga honor a la *adiumenta hominum*, a la unión de los hombres, como el ideal más elevado, más crucial. Aquel que durante demasiado tiempo ha sido un retórico, un abogado, un político, que por dinero y gloria defendía con la misma bravura cualquier cosa buena o mala, que se abría paso hasta cualquier puesto, que aspiraba a las riquezas, a los honores públicos y al aplauso del pueblo, por fin, en el otoño de su vida, llega a esa clarividente conclusión. A un paso de su final, Marco Tulio Cicerón, hasta ahora solo un humanista, se convierte en el primer abogado de la humanidad.

Pero mientras Cicerón, calmado y sereno, retirado del mundo, reflexiona sobre el sentido y la forma de una constitución moral, crece la inquietud en el Imperio romano. Ni el Senado ni el pueblo han decidido aún si deben ensalzar o desterrar a los asesinos de César. Antonio se prepara para la guerra contra Bruto y Casio, pero de improviso surge un nuevo candidato al puesto, Octavio, a quien César nombró heredero y que ahora reclama esa herencia. Recién llegado a Italia, escribe a Cicerón para obtener su apoyo, pero a su vez Antonio pide a este que vaya a Roma, y Bruto y Casio le llaman desde el frente. Todos luchan para que el gran defensor defienda su causa, todos quieren atraer al célebre hombre de leyes para que convierta su injusticia en justa.

Con atinado instinto, buscan el sostén del hombre de espíritu —al que más tarde apartarán desdeñosos—, como siempre hacen los políticos que quieren el poder pero aún no lo tienen. Y si Cicerón fuera aún el soberbio y ambicioso político de antes, se hubiera dejado seducir.

Pero ahora Cicerón está, por un lado, exhausto, y por otro, ha ganado sabiduría, dos sentimientos que a menudo se parecen peligrosamente. Sabe que lo único que necesita ahora es terminar su obra, ordenar su vida, ordenar sus pensamientos. Como Ulises ante al canto de las sirenas, cierra el oído a las tentadoras llamadas de los poderosos, no atiende la llamada de Antonio, tampoco la de Octavio, ni la de Bruto y Casio, desoye incluso al Senado y a sus amigos, y en vez de eso, con la sensación de que es más fuerte con sus palabras que con sus hechos, más inteligente él solo que como parte de una camarilla, sigue escribiendo su libro, intuyendo que será su despedida de este mundo.

No levanta la vista hasta que no ha terminado su testamento. Tiene un despertar aciago. Su tierra, su patria, está amenazada por la guerra civil. Antonio, que ha saqueado las arcas de César y las del templo, ha logrado reclutar mercenarios con el dinero sustraído. Pero ha de enfrentarse a tres ejércitos, todos levantados en armas: el de Octavio, el de Lépido y el de Bruto y Casio. Ya es tarde para conciliar o para intentar una mediación: toca decidir si dominará Roma un nuevo cesarismo conducido por Antonio, o si ha de conservarse la república. Todos tienen que tomar partido. También el más prudente y cauteloso, que buscando siempre el punto medio se ha situado por encima de facciones o ha oscilado, dubitativo, entre unas y otras.

También Marco Tulio Cicerón debe tomar una decisión definitiva.

Y entonces sucede algo extraordinario. Desde que Cicerón legara a su hijo *De officiis*, su testamento, es como si, por desprecio a la vida, se sintiera imbuido de un valor renovado. Sabe que su carrera política y literaria ha tocado a su fin. Lo que tenía que decir lo ha dicho, lo que le queda por vivir no es mucho. Es viejo, ha culminado su obra, ¿qué podría defender aún de esos miserables restos? Como un animal harto del hostigamiento que, cuando sabe que la jauría ladradora le tiene ya acorralado, se gira de pronto y, para acelerar el final, planta cara a los perros que le acosan, Cicerón, en un claro desafío a la muerte, se lanza una vez más al centro de la batalla, tomando una posición peligrosa. El que durante meses, durante años, solo ha empuñado la silenciosa pluma, agarra de nuevo la ceraunia de su discurso y la arroja contra los enemigos de la república.

Emocionante espectáculo: en diciembre, el hombre de pelo gris vuelve a comparecer en el foro de Roma y llama una vez más al pueblo romano a que se muestre digno de sus virtuosos antepasados, *ille mos virtusque maiorum*. Muy consciente de lo que significa presentarse desarmado ante un dictador que ya ha reunido en torno a sí a legiones enteras dispuestas a marchar y a asesinar, arroja catorce *Filípicas* tonantes contra Antonio, el usurpador del poder, que ha negado la obediencia debida al Senado y al pueblo. Pero quien quiera despertar en otros la valentía solo tendrá poder de convicción si él mismo demuestra esa valentía de manera ejemplar. Cicerón sabe que ya no discute con palabras ociosas en el mismo foro de antes, sino que en esta ocasión ha de comprometer su vida para convencer. Desde la *rostra*, la tribuna de los oradores, confiesa resuelto: «Siendo joven, ya defendí la república. Y ahora, de viejo, no voy a abandonarla. De buena gana entregaré la vida si, gracias a mi muerte, esta ciudad puede recuperar la libertad. Mi único deseo es dejar al morir a un pueblo romano libre. No hay favor más grande que los dioses inmortales puedan concederme». Ya no queda tiempo, insiste, para negociar con Antonio. Hay que apoyar a Octavio, que aunque consanguíneo y heredero de César, representa la causa de la república. Ya no se trata de personas, sino de una causa, la causa más sagrada —*res in extremum est adducta discrimen: de libertate decernitur*—, que ha llegado a su última y más extrema decisión: se trata de la libertad. Pero allá donde ese bien, el más sagrado de todos, se vea amenazado, cualquier duda conducirá a la perdición. Así pues, el pacifista Cicerón exige que los ejércitos de la república se alcen contra los de la dictadura, y él, que, como su discípulo Erasmo mucho después, nada odia más que el *tumultus*, que la guerra civil, reclama el estado de excepción para el país y el destierro del usurpador.

Sin ejercer ya como abogado de procesos dudosos, sino como defensor de una causa sublime, Cicerón encuentra para esos catorce discursos palabras magníficas y ardientes. «Que otros pueblos vivan en la esclavitud —clama ante sus conciudadanos—. Nosotros, los romanos, no queremos eso. Si no podemos conquistar la libertad, dejadnos morir.» Si es cierto que el Estado ha llegado a su última humillación, a un pueblo que domina el orbe entero —*nos principes orbium terrarum gentiusque omnium*— le conviene actuar como los esclavizados gladiadores en la arena, que prefieren morir de frente al enemigo que dejarse masacrar. «*Ut cum dignitate potius cadamus quam cum ignominia serviamus*»: mejor morir con dignidad que servir con ignominia.

Con asombro escucha el Senado, escucha el pueblo reunido, esas *Filípicas*. Puede que algunos ya intuyan que pasarán siglos hasta que puedan volver a pronunciarse palabras semejantes en la plaza pública. Pronto lo único que podrá hacerse allí será postrarse como esclavos ante las marmóreas estatuas de los emperadores, y solo a los adulones y a los denunciantes se les permitirá, en lugar de la antigua libertad de palabra en el imperio de los Césares, un chismorreo insidioso. Un escalofrío recorre a los oyentes, en parte de miedo, en parte de admiración hacia ese anciano que, en solitario, con el arrojo de un desesperado, de un afligido, defiende la independencia del hombre de espíritu y las leyes republicanas. Aun con dudas, le dan la razón. Pero ni siquiera la tea de esas palabras puede inflamar ya el enmohecido tronco del orgullo romano. Y mientras el idealista solitario predica el sacrificio en el foro público, los poderosos de las legiones, carentes de escrúpulos, ya cierran a sus espaldas el pacto más vergonzoso de la historia de Roma.

Octavio, al que Cicerón ensalzara como paladín de la república, y Lépido, para quien pidiera al pueblo romano una estatua por los servicios prestados, pues ambos acudieron a eliminar al usurpador Antonio, prefieren negociar en privado. Como ninguno de los líderes de la cuadrilla, ni Octavio, ni Antonio, ni Lépido, son lo bastante fuertes para hacerse por sí solos con el Imperio romano como si de un botín personal se tratase, los tres enemigos acérrimos se conjuran para repartirse bajo cuerda la herencia de César; de la noche a la mañana, en el puesto del gran César, Roma tiene a tres pequeños césares.

Es un momento clave para la historia universal, pues los tres generales, en vez de obedecer al Senado y de observar las leyes del pueblo romano, se alían para formar un triunvirato y repartirse como un módico botín de guerra un vasto imperio con presencia en tres continentes. En una islita cerca de Bolonia, donde confluyen el Reno y el Lavino, montan una tienda en la que habrán de encontrarse los tres bandidos. Por supuesto, ninguno de esos grandes héroes de guerra confía en los demás. En demasiadas de sus arengas se han tratado de mentirosos, bellacos, usurpadores, enemigos del Estado, ladrones y maleantes, como para no ser consciente cada uno de ellos del cinismo de los otros. Pero para el sediento de poder solo es importante poseerlo, y no las convicciones, solo es importante el botín, y no el honor. Con todas las cautelas posibles, los tres se acercan uno tras otro al lugar acordado, pero solo cuando están convencidos de que ninguno de los inminentes soberanos del mundo lleva armas para asesinar a esos socios demasiado recientes, se sonríen entre sí amistosamente y entran juntos en la tienda en la que quedará sellado y establecido el futuro triunvirato.

Antonio, Octavio y Lépido pasan tres días, sin testigos, en esa tienda. Tres son los puntos a tratar. Sobre el primero —cómo se repartirán el mundo— enseguida llegan a un acuerdo. Para Octavio, África y Numidia; para Antonio, Galia; para Lépido, Hispania. La segunda cuestión tampoco les preocupa: de dónde sacar el dinero para el sueldo que desde hace meses deben a sus legiones y a la chusma de sus partidos. El problema se resuelve rápidamente mediante un sistema que en lo sucesivo será imitado a menudo. Se expoliará sin más el patrimonio a los más ricos del país y, para que no eleven quejas demasiado escandalosas, al mismo tiempo se desharán de ellos. Cómodamente arrellanados a la mesa, los tres hombres hacen una lista de proscritos, un edicto público con los nombres de los condenados en el que figuran las dos mil personas más ricas de Italia, incluidos un centenar de senadores. Cada uno nombra a quienes conoce y añade asimismo a sus enemigos y rivales personales. Con un par de trazos de estilete, el nuevo triunvirato, tras la cuestión territorial, ha liquidado la económica.

Ahora discuten el tercer punto. Quien desee instaurar una dictadura, para afianzar su poder, ante todo debe obligar al silencio a los eternos enemigos de la tiranía, es decir, a los independientes, a los defensores de esa utopía inextinguible: la libertad espiritual. Como primer nombre de la lista definitiva, Antonio exige el de Marco Tulio Cicerón. Ese hombre conoce su verdadera esencia y le ha llamado por su verdadero nombre. Es más peligroso que ningún otro, porque su espíritu es fuerte y tiene voluntad de independencia. Tienen que quitárselo de en medio.

Octavio, aterrado, dice que no. Joven y aún no lo bastante curtido ni emponzoñado por la perfidia de la política, teme empezar su gobierno eliminando al escritor más insigne de Italia. Cicerón ha sido su valedor más fiel, le ha ensalzado ante el pueblo y el Senado; hace apenas unos meses, Octavio aún solicitaba con humildad su ayuda, su consejo y con sumo respeto se dirigía al anciano como su «verdadero padre». Avergonzado, Octavio insiste en su negativa. Con un atinado instinto que le honra, no quiere pasar por el ignominioso puñal de unos sicarios al más augusto maestro de la lengua latina. Pero Antonio no ceja en su empeño, sabe que entre el espíritu y el poder hay una enemistad eterna y no existe mayor amenaza para la dictadura que el maestro de la palabra. Tres días dura la lucha por la cabeza de Cicerón. Al final Octavio cede y así, con el nombre de Cicerón, se completa el documento tal vez más vergonzoso de la historia de Roma. Con esa única proscripción, queda firmada la sentencia de muerte de la república.

En cuanto se entera de la alianza entre quienes fueran antes enemigos jurados, Cicerón sabe que está perdido. Bien sabe que, en Antonio, ese filibustero a quien Shakespeare ennoblecería el espíritu sin justificación, ha grabado a fuego con el ascua ardiente de sus palabras los bajos instintos de la codicia, la vanidad, la crueldad, la falta de escrúpulos, causándole demasiado dolor como para esperar de este hombre brutal y violento la magnanimidad de César. Lo único lógico, si quiere salvar la vida, sería huir cuanto antes. Cicerón tenía que haber ido a Grecia con Bruto, Casio y Catón, al último campamento militar de la libertad republicana; allí al menos habría estado a salvo de los asesinos que ya han enviado a por él. Y, en efecto, por dos o tres veces el desterrado parece resuelto a huir. Lo dispone todo, se despide de sus amigos, se sube a un barco, se pone en marcha. Pero, una y otra vez, Cicerón se detiene en el último momento. Quien ha conocido la desolación del exilio da igual el peligro que corra, pues siempre sentirá la voluptuosidad de la tierra natal y la indignidad de la vida del eterno fugitivo. Una voluntad enigmática que trasciende la razón y que incluso la contradice, le obliga a afrontar el destino que le aguarda. Ya exhausto, solo anhela, en su existencia ya liquidada, unos días de descanso. Poder meditar un poco, escribir unas cuantas cartas más, leer unos cuantos libros, y después que pase lo que tenga que pasar. Durante esos últimos meses, Cicerón se oculta, ora en una de sus villas, ora en otra, y parte en cuanto acecha el peligro, aunque sin rehuirlo nunca por completo. Como haría un enfermo febril con la almohada, cambia esos precarios escondites, sin decidirse aún a enfrentarse a su destino, sin decidirse tampoco a evitarlo, como si con esa disposición a morir quisiera cumplir sin querer la máxima que escribió en su *De senectute*, según la cual a un anciano no le está permitido buscar la muerte, pero tampoco aplazarla; cuando venga, hay que recibirla con naturalidad. *Neque turpis mors forti viro potest accedere*: para las almas fuertes ninguna muerte es vergonzosa.

Así pues, Cicerón, que ya estaba camino de Sicilia, ordena de pronto a su gente que reorienten la quilla de vuelta a la hostil Italia, para arribar a Caieta, la actual Gaeta, donde tiene una pequeña finca. Se siente vencido por un cansancio que no es solo de los miembros, ni de los nervios, sino más bien un cansancio vital, una enigmática añoranza por el fin, por la tierra. Descansar una vez más, solo eso. Respirar una vez más el aire dulce de la patria y despedirse, despedirse del mundo, pero ante todo reposar y descansar, ya sea solo un día o una hora.

Respetuoso, apenas toma tierra saluda a los sagrados lares de la casa, los espíritus protectores. El hombre de sesenta y cuatro años está cansado, la travesía le ha dejado exhausto, así que se tumba en el *cubiculum* —el dormitorio o, más bien, la cámara mortuoria— y cierra los ojos para disfrutar anticipadamente del descanso eterno en un dulce sueño.

Pero apenas se ha tumbado cuando un fiel esclavo se precipita dentro de la habitación. Cerca de la casa hay hombres armados, le dice, que resultan sospechosos; un empleado doméstico, con el que se ha mostrado amable durante toda su vida, ha revelado su llegada a los asesinos a cambio de una recompensa. Cicerón tiene que huir, huir lo más rápido que pueda, hay una litera lista y ellos mismos, los esclavos de la casa, se armarán y le defenderán durante el breve trecho hasta el barco, donde al fin estará seguro. El exhausto anciano se niega. «¿Qué sentido tiene? —dice—. Estoy demasiado cansado para huir, demasiado cansado para vivir. Dejadme que muera aquí, en esta tierra que yo he salvado.» Al final, el viejo y leal sirviente le convence. Y tomando un desvío por el bosquecillo, un grupo de esclavos armados lleva la litera hasta la barca salvadora.

Pero el traidor de su casa no quiere quedarse sin su ignominioso dinero; a toda prisa, llama a un centurión y a unos cuantos hombres armados. Se lanzan a la caza de la comitiva y alcanzan a tiempo su botín.

De inmediato, los sirvientes armados rodean la litera y se preparan para oponer resistencia. Sin embargo, Cicerón les dice que se aparten. Su vida ya está terminada, ¿para qué sacrificar vidas de otros, vidas más jóvenes? En el momento final, este hombre vacilante, inseguro y rara vez valeroso se despoja de todo miedo. Siente que como romano solo puede demostrar su valía en esta última prueba si se enfrenta a la muerte con dignidad: *sapientissimus quisque aequissimo animo moritur*. Siguiendo sus órdenes, los criados retroceden; desarmado y sin oponer resistencia, ofrece su cabeza de cabellos grises a los asesinos con estas magníficas y clarividentes palabras: «*Non ignoravi me mortalem genuisse*». Siempre he sabido que soy mortal. Los asesinos, sin embargo, no quieren filosofía, sino su dinero. No vacilan. Con un poderoso golpe, el centurión derriba al desarmado anciano.

Así muere Marco Tulio Cicerón, el último defensor de la libertad romana, más heroico, viril y decidido en esas horas postreras que en las miles y miles de su vida pasada.

A la tragedia la sucede una sangrienta representación satírica. Por el apremio con que Antonio había ordenado el asesinato, los asesinos suponen que su cabeza ha de tener un singular valor; por supuesto, no intuyen su valor en el entramado espiritual del mundo y de la posteridad, pero sí el que tiene para quien ha ordenado el sangriento acto. Para que nadie les dispute la recompensa, deciden llevar ellos mismo la cabeza a Antonio, como prueba de que el encargo está hecho. El cabecilla de la banda corta la cabeza y las manos al cadáver, las mete en un saco y, echándose al hombro ese saco del que aún chorrea la sangre del asesinado, corre lo más rápido que puede a Roma, para dar al dictador la buena nueva de que el mejor defensor de la república romana ha sido eliminado de la forma habitual.

Y aquel bandido de poca monta, el cabecilla del grupo, estaba en lo cierto. El gran bandido, el que ha ordenado el asesinato, transforma su alegría por el crimen perpetrado en una recompensa principesca. Ahora que ha saqueado y ordenado asesinar a las dos mil personas más ricas de Italia, Antonio, al fin, puede mostrarse dadivoso. Un resplandeciente millón de sestercios paga al centurión por el ensangrentado saco con las manos cortadas y la cabeza vejada de Cicerón. Pero su afán de venganza aún no se ha enfriado, así que al estúpido odio de ese hombre sangriento se le ocurre un nuevo ultraje para el muerto, sin sospechar que de esta forma él mismo quedará envilecido para los restos. Antonio ordena que la cabeza y las manos de Cicerón se claven en la *rostra*, la misma tribuna desde la que el orador hiciera un llamamiento al pueblo contra él y en defensa de la libertad de Roma.

Un espectáculo ignominioso espera al día siguiente al pueblo romano. En la tribuna de oradores, la misma en la que Cicerón pronunciara sus inmortales discursos, cuelga pálida la cabeza cortada del último defensor de la libertad. Un gran clavo oxidado atraviesa la frente por la que cruzaran miles de pensamientos; lívidos y en un gesto de amargura, se contraen los labios que formaran más hermosamente que ninguno las palabras metálicas de la lengua latina; los párpados azulados cubren los ojos que a lo largo de sesenta años velaran por la república; impotentes, se abren las manos que escribieran las cartas más fastuosas de su tiempo.

Sin embargo, ninguna denuncia pronunciada en esa tribuna por el magnífico orador, sea contra la brutalidad, sea contra la locura de poder, sea contra la inobservancia de las leyes, habla con tanta elocuencia

45

contra la eterna injusticia del poder violento como ahora esa cabeza muda, asesinada. Esquivo, el pueblo se agolpa alrededor de la ultrajada *rostra*; afligido, avergonzado, se aparta de nuevo. Nadie osa —¡es una dictadura!— elevar una sola protesta, pero un espasmo contrae sus corazones y, afectados, cierran los ojos ante ese trágico símbolo de su república crucificada.

La conquista de Bizancio

29 de mayo de 1453

COMPRENSIÓN DEL PELIGRO

El 5 de febrero de 1451, un correo confidencial dirigido a Mehmed, de veintiún años, el hijo mayor del sultán Murad, trae a Asia Menor la noticia de la muerte de su padre. Sin dar razón alguna a sus ministros ni a sus consejeros, el príncipe, tan astuto como enérgico, monta en su mejor caballo, azota con el látigo al formidable pura sangre hasta recorrer de un tirón las ciento veinte millas que lo separan del Bósforo y, en dirección a Galípoli, cruza de inmediato a la orilla europea. Hasta que no llega no desvela a su círculo más leal la muerte de su padre; a fin de aplacar con antelación cualquier otra aspiración al trono, reúne una selecta tropa y la guía hasta Adrianópolis, donde se le proclama sin resistencia como señor del Imperio otomano. Su primera acción de gobierno ya muestra la determinación terriblemente inmisericorde de Mehmed. Para eliminar a cualquier rival de su sangre, manda ahogar en la bañera a su hermano menor de edad y, a continuación, sin perder tiempo —también esto demuestra su deliberada audacia y su brutalidad—, envía a la muerte al asesino al que ha contratado para cometer el crimen.

La noticia de que en el lugar que ocupara Murad, más comedido, Mehmed, este joven pasional y ávido de gloria, se ha erigido sultán de los turcos, llena Bizancio de espanto. Pues por medio de cientos de espías se sabe que este hombre codicioso ha jurado tomar para sí la que fuera capital del mundo, y que, pese a su juventud, pasa los días y las noches considerando estrategias para culminar el plan de su vida; al mismo tiempo, todos los informes coinciden en destacar las excepcionales virtudes militares y diplomáticas del nuevo *padishá*. Mehmed es a la vez piadoso y cruento, pasional y taimado, un hombre culto, aficionado al arte, que lee en latín a César y las biografías de los romanos, y simultáneamente un bárbaro que derrama sangre como si fuese agua. Este hombre de ojos dulces, melancólicos, con una puntiaguda y tosca nariz de papagayo, se manifiesta a la vez como un trabajador incansable, un soldado temerario y un diplomático sin escrúpulos, y todas esas peligrosas fuerzas confluyen en la misma idea: rebasar con creces las gestas de su abuelo Bayezid y las de su padre Murad, pioneros en mostrar a Europa la superioridad militar de la nueva nación turca. Su primer zarpazo, sin embargo, eso se sabe, se percibe, lo dirigirá contra Bizancio, la espléndida piedra preciosa que aún le queda a la corona imperial de Constantino y Justiniano.

En efecto, esa joya está desprotegida, al alcance de la mano, para quien esté dispuesto a caer sobre ella con decisión. El Imperio bizantino, el Imperio romano de

Oriente, que antaño abarcaba todo el mundo desde Persia hasta los Alpes, extendiéndose a su vez hasta los desiertos de Asia, un imperio mundial que a duras penas podía recorrerse en meses y meses, ahora puede atravesarse cómodamente en tres horas de caminata: por desgracia, de aquel imperio no queda más que una cabeza sin tronco, una capital sin país: Constantinopla, la ciudad de Constantino, la antigua Bizancio, y de esa Bizancio solo una parte pertenece al emperador, al *basileus*, la actual Estambul, mientras Galata ya está en poder de los genoveses y todo el país que queda tras los muros de la ciudad, en el de los turcos; en la palma de la mano cabe este imperio del último emperador, solo un enorme muro alrededor de iglesias, palacios y un montón de casas, todo ello conocido como Bizancio. Saqueada ya en una ocasión por los cruzados, diezmada por la peste, exhausta por la eterna oposición de los pueblos nómadas, desgarrada por disputas nacionales y religiosas, la ciudad ya no puede reunir hombres ni valentía viril para defenderse con sus medios de un enemigo que ha desplegado sus tentáculos en torno a ella; el manto púrpura del último emperador de Bizancio, Constantino Dragases, es ya puro aire; su corona, un azar del destino. Pero precisamente porque se encuentra rodeada por los turcos, porque es sagrada en todo el mundo occidental como foco de una cultura común, de una cultura que se extiende a lo largo de miles de años, esta Bizancio es para Europa un símbolo de su honor; solo si la cristiandad unida protege este último baluarte del este en descomposición, puede perdurar Hagia Sophia como una basílica de la fe, la última y a la vez más hermosa catedral del cristianismo romano de Oriente.

Constantino comprende al instante el peligro. Pese a

los llamamientos a la paz de Mehmed, comprensiblemente atemorizado, manda un correo tras otro a Italia, correos al Papa, correos a Venecia, a Génova, para que le envíen galeras y soldados. Pero Roma vacila, también Venecia. Pues entre la fe de Oriente y la de Occidente aún se abre el antiguo abismo teológico. La Iglesia griega odia a la romana, y su patriarca se niega a reconocer en el Papa a su pastor supremo. Con la vista puesta en la amenaza turca, la reunificación de ambas iglesias se ha decidido en dos concilios celebrados en Ferrara y Florencia, garantizando a Bizancio la ayuda contra los turcos. Pero en cuanto se hubo sofocado en cierta medida el peligro para Bizancio, los sínodos griegos se negaron a que el acuerdo cobrara vigencia; solo ahora, con Mehmed convertido en sultán, la urgencia se impone sobre la obstinación ortodoxa: junto a la petición de ayuda inmediata, Bizancio envía a Roma la noticia de que está dispuesta a ceder. Se disponen galeras con soldados y munición, y en uno de los barcos va también el legado del Papa, para consumar solemnemente la reconciliación de las dos Iglesias de Occidente y advertir al mundo de que quien ataca a Bizancio desafía a toda la cristiandad.

La misa de la reconciliación

Un espectáculo magnífico el de aquel día de diciembre: la magnífica basílica, cuyo antiguo esplendor de mármol, mosaicos y ornamentos resplandecientes apenas puede intuirse en la actual mezquita, celebra la gran fiesta de la reconciliación. Rodeado por todos los dignatarios de su reino, Constantino, el *basileus*, aparece con su corona imperial para ser el garante, el máximo testigo, de la eterna concordia. El inmenso espacio está abarrotado; las innumerables velas, encendidas. En el altar, como hermanos, el legado de Roma, Isidoro, y el patriarca Gregorio celebran misa; por primera vez se vuelve a incluir al Papa en las oraciones de esta iglesia; por primera vez vibra el piadoso cántico en lengua latina y en lengua griega bajo las bóvedas de la eterna catedral, mientras ambos cleros pacificados portan el cuerpo de san Espiridión en una comitiva solemne. Oriente y Occidente, una y otra fe, parecen unidos para la eternidad, y por fin, tras años y años de disensión sangrienta, la idea de Europa, el sentido de Occidente, se ve cumplida.

Pero los momentos de la historia en que imperan la sensatez y la reconciliación son breves, pasajeros. Mientras las voces aún se unen piadosas en una plegaria común, fuera de allí, en la celda de un convento, un monje sabio, Genadio, ya clama contra los latinos y su traición a la fe verdadera; recién tejido por la sensatez, el acuerdo de paz vuelve a desgarrarse por el fanatismo, y así como al clero griego no se le pasa por la cabeza una sumisión real, los amigos del otro lado del Mediterráneo han olvidado ya el socorro prometido. Aunque envían unas cuantas galeras y unos doscientos soldados, la ciudad queda a merced de su destino.

EMPIEZA LA GUERRA

Cuando se preparan para la guerra, los poderosos, mientras no están completamente armados, hablan extensamente de la paz. También Mehmed, en su ascenso al trono, recibe con palabras de lo más amables y tranquilizadoras a los emisarios del emperador Constantino: jura abierta y solemnemente, ante Dios y sus profetas, por los ángeles y por el Corán, que respetará fielmente los acuerdos con el *basileus*. Pero al mismo tiempo cierra bajo cuerda un pacto de neutralidad mutua con húngaros y serbios por tres años, el trienio, justamente, en el que pretende tomar la ciudad sin ser molestado. Solo entonces, después de haber prometido y jurado la paz lo suficiente, Mehmed desata la guerra con una vulneración de la ley.

Hasta el momento, los turcos solo poseen la orilla asiática del Bósforo, de modo que los barcos podían cruzar sin problemas el estrecho desde Bizancio hasta el mar Negro, su granero. Mehmed ahoga este paso ordenando construir, sin tomarse siquiera la molestia de justificarse, una fortaleza en la orilla europea, en Rumili Hissar, y lo hace en la parte más angosta, por donde antaño, en los días de dominio persa, el audaz Jerjes atravesara el estrecho. De la noche a la mañana, miles, decenas de miles de obreros se establecen en la orilla europea, que en virtud de los acuerdos no puede fortificarse (pero ¿qué les importan los acuerdos a quienes se imponen por la fuerza?), y saquean los campos de alrededor para su sustento, demoliendo no solo las casas, sino también la vieja y célebre iglesia de San Miguel, a fin de obtener piedras para su fortaleza; el sultán, que trabaja sin descanso día y noche, dirige en persona la construcción, y Bizancio ve impotente cómo, a pesar de la ley y de los tratados, le cierran el paso al mar Negro. A los primeros barcos que intentan atravesar el mar como hasta ahora, les disparan en plena paz, y después de esta exitosa primera prueba de poder, cualquier pretensión de regular la zona pronto resulta superflua. En agosto de 1452, Mehmed llama a todos sus agás y pachás y les anuncia su intención de atacar Bizancio y conquistarla. Al anuncio pronto le sigue la brutal acción. Se envían heraldos por todo el Imperio turco para reunir a los hombres aptos para las armas y el 5 de abril de 1453, como si hubieran abierto de pronto las compuertas del mar, el colosal ejército otomano anega la llanura de Bizancio hasta llegar casi a sus murallas.

Al frente de sus tropas, ataviado con suntuosidad, cabalga el sultán dispuesto a plantar su tienda frente a las puertas del valle del Lico. Pero antes de que el viento haga ondear los estandartes delante de su cuartel general, ordena extender sobre la tierra la alfombra de las oraciones. Se acerca descalzo y por tres veces, con el rostro vuelto hacia la Meca, inclina la frente hasta tocar el suelo, y tras él —un espectáculo grandioso— los cientos de miles de soldados que integran su ejército recitan todos a una, en la misma dirección, al mismo ritmo, la misma oración a Alá para que les dé fuerzas y les conceda la victoria. Concluido el rezo, el sultán se levanta. El hombre sumiso vuelve a convertirse en uno desafiante; el siervo de Dios, en un soberano, en un soldado. Y por todo el campamento se apresuran ahora sus *tellals*, sus pregoneros públicos, para propagar con tambores y trompetas el anuncio: «El cerco a la ciudad ha comenzado».

LAS MURALLAS Y LOS CAÑONES

A Bizancio ya solo le queda un poder, una fortaleza: sus murallas; de su gloria pasada, cuando el imperio alcanzaba los confines del mundo, ya solo le queda esa herencia de un tiempo mejor y más feliz. El triángulo de la ciudad se cubre con un triple blindaje. Más bajas, pero aún poderosas, las murallas de piedra cubren ambos flancos de la ciudad hacia el mar de Mármara y el Cuerno de Oro, y, por otro lado, una masa colosal actúa de parapeto hacia tierra adentro: la llamada muralla de Teodosio. Constantino, anticipando futuras amenazas, ya había ceñido la ciudad con un cinturón de sillares y Justiniano amplió los muros y los asentó; pero la fortaleza real no se construyó hasta la llegada de Teodosio, con el muro de siete kilómetros de largo de cuya fuerza colosal los restos cubiertos de hiedra siguen dando fe en nuestros días. Guarnecida con aspilleras y almenas, custodiada por fosos con agua, vigilada por inmensas torres cuadradas, erigida en líneas paralelas dobles y triples, y ampliada y renovada por cada emperador durante miles de años, este majestuoso muro anular representó en su día el símbolo consumado de lo inexpugnable. Como antaño de las feroces acometidas de las hordas bárbaras y turcas, estos muros de sillares siguen burlándose en aquel tiempo de cualquier instrumento de guerra inventado por el hombre; los proyectiles de las catapultas, de los arietes e incluso de las recientes culebrinas y de los morteros chocan impotentes contra ese muro erguido; ninguna ciudad de Europa está protegida mejor ni con mayor firmeza que Constantinopla por la muralla de Teodosio.

Mehmed conoce mejor que nadie esas murallas y sabe bien lo fuertes que son. Desde hace meses y años, en noches en vela y en sueños, un solo pensamiento le obsesiona: cómo expugnar lo inexpugnable, cómo destruir lo indestructible. Sobre su mesa se acumulan los esquemas, los cálculos; sabe dónde está cada grieta de las fortalezas enemigas, conoce cada colina delante y detrás de las murallas, cada depresión, cada corriente de agua, y sus ingenieros han pensado con él cada detalle. Pero, para su desilusión, todos los cálculos han llegado al mismo resultado: con la artillería utilizada hasta ahora la muralla de Teodosio no puede derribarse.

Así pues, ¡hay que diseñar cañones más potentes! ¡Más largos, que lleguen más lejos, cuyos disparos sean más poderosos que cualquiera conocido hasta la fecha en el arte de la guerra! ¡Y fabricar proyectiles de piedra más dura, más pesados, más aplastantes, más demoledores que todos los que se hayan producido hasta el momento! Se ha de inventar una nueva artillería para atacar esas murallas impenetrables, no hay otra solución, y Mehmed se declara dispuesto a fabricar a cualquier precio, por muy alto que sea, ese nuevo elemento de ataque.

A cualquier precio. Un anuncio así despierta siempre por sí solo todo tipo de fuerzas motrices, creadoras. Así que, poco después de la declaración de guerra, comparece ante el sultán quien pasa por ser el fundidor de cañones más habilidoso y experimentado del mundo: Urbas u Orbas, un húngaro. Es cristiano y ya se ha puesto antes al servicio del emperador Constantino. Pero esperando —con razón— que Mehmed le pague más y que le proponga tareas que supongan un mayor desafío a su arte, se declara dispuesto, siempre que le suministren medios ilimitados, a fundir un cañón tan grande como nunca antes se haya visto sobre la faz de la tierra. Para el sultán, como para todo el que está poseído por una única idea, ningún precio es excesivo, así que le asigna al momento un generoso número de trabajadores, y el bronce se transporta hasta Adrianópolis en miles de carros; a lo largo de tres meses, el fundidor endurece el molde de barro con ímprobos esfuerzos y siguiendo métodos secretos, antes de que se logre la emocionante fundición del arrabio ardiente. El trabajo es todo un éxito. El colosal tubo, el más grande conocido hasta la fecha, se saca del molde y se pone a enfriar, pero antes de abrir fuego con él a modo de ensayo, Mehmed envía pregoneros por toda la ciudad para advertir a las embarazadas. Cuando la boca centelleante escupe la imponente bola de piedra con un estruendo monstruoso y destruye un muro con un solo disparo de prueba, Mehmed ordena la fabricación inmediata de toda una artillería de esas proporciones gigantescas.

La primera gran «máquina de arrojar piedras», como los escritores griegos, aterrados, llamarán más tarde a este cañón, se hubiera quedado así felizmente rematada, si bien surge otro problema. ¿Cómo acarrear este monstruo, este *Lindwurm* de bronce, por toda Tracia, hasta las murallas de Bizancio? Comienza una odisea sin parangón. Pues todo un pueblo, todo un ejército, arrastra durante dos meses este monstruo rígido de cuello largo. Al frente, formando patrullas permanentes, van huestes a caballo para proteger el tesoro de cualquier ataque; por detrás, cientos, tal vez miles de obreros en carretas, trabajan allanando el firme, preparando el transporte de la pesadísima carga, que a su paso vuelve a dejar destrozada la calzada para los siguientes meses. Cincuenta yuntas de búfalos van enganchadas a la barrera de carros, sobre cuyos ejes —como en su día el obelisco de Egipto en su viaje a Roma— se tiende el colosal tubo metálico, distribuyendo su peso a la perfección; doscientos hombres a derecha e izquierda sostienen sin descanso la bombarda, que se mece por su propio peso, mientras cincuenta carroceros y carpinteros cambian y engrasan las enormes ruedas de madera, refuerzan los puntales, improvisan pasarelas; se entiende que esta inmensa caravana que atraviesa montañas y estepas solo pueda abrirse camino paso a paso, a un lento trote de búfalo. Asombrados, los campesinos se congregan y se persignan ante aquel prodigio de bronce que, como un dios de la guerra, sus siervos y sacerdotes transportan de un país a otro; y pronto a sus hermanos fundidos en bronce, hijos de un mismo molde materno, los arrastran de la misma manera; de nuevo la voluntad del ser humano ha posibilitado lo imposible. Veinte o treinta de esos gigantes ya enseñan su negra bocaza en dirección a Bizancio. La artillería pesada ha hecho su ingreso en la historia bélica y comienza el duelo entre las milenarias murallas del emperador romano de Oriente y los nuevos cañones del nuevo sultán.

Otra vez hay esperanza

Lentas, parsimoniosas pero incontenibles, las mastodónticas bombardas trituran y muelen las murallas de Bizancio con sus fulgurantes mordiscos. Al principio cada cañón dispara seis o siete proyectiles diarios, pero todos los días el sultán ordena que se coloquen cañones nuevos y, envuelto en una nube de desperdicios y polvo, cada estallido abre nuevas brechas en la construcción de piedra, que se va viniendo abajo. Por la noche la población cercada repara los boquetes con empalizadas de madera y fardos de tela que cada vez se vuelven más provisionales; ya no luchan tras la antigua muralla pétrea e inexpugnable, y con espanto, los ocho mil sitiados piensan en el momento definitivo en el que los ciento cincuenta mil hombres de Mehmed se precipitarán contra la muralla defensiva ya completamente agujereada. Ha llegado la hora, ha llegado el momento de que Europa, de que la cristiandad, recuerde su promesa; montones de mujeres se pasan el día con sus hijos arrodilladas frente a los relicarios de las iglesias; los soldados de las torres vigía otean día y noche el mar de Mármara, atestado de barcos turcos, para ver si por fin aparecen las flotas de socorro prometidas por el Papa y por Venecia.

Por fin, el 20 de abril a las tres de la mañana, centellea una señal. Se avistan velas a lo lejos. No es la imponente y soñada flota cristiana, pero aun así, arrastrados poco a poco por el viento, se acercan tres grandes barcos genoveses y, tras ellos, un cuarto, un buque bizantino más pequeño cargado de cereal que los tres más grandes rodean para protegerlo. De inmediato toda Constantinopla se congrega entusiasmada en los espigones de la orilla para recibir a quienes vienen a socorrerles. Pero en ese mismo instante Mehmed se lanza sobre su caballo, parte a galope tendido desde su tienda púrpura hacia el puerto, donde está anclada la flota turca, y allí da la orden de impedir a cualquier precio la entrada de los barcos en el puerto de Bizancio, en el Cuerno de Oro.

Ciento cincuenta barcos, naturalmente más pequeños, integran la flota turca, y de inmediato miles de remos tabletean sobre las aguas. Armados con arpeos, bengalas y mandrones, esas ciento cincuenta carabelas se abren paso hasta los cuatro galeones, pero, empujadas por el fuerte viento, las cuatro imponentes embarcaciones rebasan y superan a los barcos turcos, que disparan sus proyectiles y gritan como perros enrabietados. Majestuosos, con las velas hinchadas y redondas, sin preocuparse por sus atacantes, los galeones se dirigen al puerto seguro del Cuerno de Oro, donde la célebre cadena que une Estambul y Gálata habrá de ofrecerles protección contra cualquier ataque o asalto inesperado. Los cuatro galeones ya están muy cerca de su objetivo: los miles de personas que se agolpan en los espigones ya pueden reconocer cada rostro, hombres y mujeres ya se postran para dar gracias a Dios y a los santos por el glorioso rescate, el metal de la cadena del puerto ya suena al abrirse para recibir a los barcos que han venido a socorrerlos.

Entonces sucede algo horrible. El viento cesa de repente. Como si un imán los detuviera, los cuatro galeones de vela se quedan inertes en medio del mar, apenas a un tiro de piedra del puerto salvador, y con salvajes aullidos, toda la jauría enemiga de barcos de remo se abalanza sobre los galeones paralizados, que, como cuatro torreones, están plantados sobre las aguas. Como perros de presa hincando los dientes a un venado de dieciséis puntas, las pequeñas barcas se encaraman con los arpeos a los flancos de las grandes, golpeando con sus hachas los cascos de madera para llevarlos a pique, escalando por turnos los capones del ancla, tirando antorchas y palos en llamas contra las velas para incendiarlas. El capitán de la armada turca impulsa decidido su buque insignia contra el que transporta el cereal, a fin de abordarlo; ambas embarcaciones ya están enganchadas como dos anillos. Los marineros genoveses, salvaguardados por su elevada borda y por sus armaduras acorazadas, ahuyentan a los primeros trepadores, rechazando sus ataques con piedras, arpones y fuego griego. Pero el asedio ha de terminar pronto. Son demasiados contra unos pocos. Los barcos genoveses están perdidos.

¡Escalofriante espectáculo para los miles que esperan sobre las murallas! A la misma distancia —dolorosamente cerca— desde la que el pueblo acostumbraba a seguir con placer las sangrientas luchas en el hipódromo, pueden contemplar ahora una batalla naval y el hundimiento al parecer irremediable de los suyos, pues en dos horas como mucho los cuatro barcos sucumbirán a la jauría enemiga sobre la arena del mar. En vano han venido a socorrerlos, ¡en vano! Los griegos, apostados sobre los muros de Constantinopla, a un tiro de piedra de sus hermanos, gritan con desesperación, apretando los puños con la rabia de la impotencia, por no poder ayudar a sus salvadores. Algunos intentan animar con gestos feroces a sus compañeros de lucha. Otros, por su parte, invocan a Cristo, al arcángel Miguel y a todos los santos de sus iglesias y monasterios que han protegido Bizancio durante tantos siglos, para que obren el milagro. Pero en la orilla opuesta, en Gálata, los turcos esperan y gritan y rezan por su victoria con el mismo fervor que ellos: el mar se ha convertido en un escenario; la batalla naval, en una lucha de gladiadores. El sultán en persona acude al galope. Rodeado de sus pachás, se adentra a caballo en el agua, al punto de que se moja la almalafa, y con voz iracunda, ahuecando las manos para formar una caja de resonancia, grita a los suyos la orden de que tomen los barcos cristianos cueste lo que cueste. Cada vez que rechazan una de sus galeras, maldice y amenaza a su almirante blandiendo la cimitarra.

—¡Si no vences, no vuelvas con vida!

Los cuatro barcos cristianos siguen resistiendo. Pero la batalla se acerca a su fin. Ya empiezan a agotarse los proyectiles con los que rechazan las galeras turcas, ya se agota el brazo de los marineros tras horas de lucha ante una potencia que cuenta con un hombre por cada cincuenta de los suyos. El día declina, el sol se pone en el horizonte. Una hora más y los barcos, aunque todavía no han sido abordados por el enemigo, serán remolcados indefensos a través de la corriente hasta la orilla que ocupan los turcos detrás de Gálata. ¡Perdidos, perdidos, perdidos!

Entonces ocurre algo que, a la masa desesperada de Bizancio, que vocifera y se lamenta, se le antoja un verdadero prodigio. De pronto se siente un leve susurro, de pronto se levanta una suave brisa. Y al instante se hinchan las velas fofas de los cuatro barcos, engrandeciéndose y redondeándose. ¡El viento, el viento que tanto habían deseado y pedido, ha vuelto a despertarse! Triunfante, la proa de los galeones se levanta, su súbita carrera alcanza y sobrepasa a los enjambres de enemigos que los asedian. Son libres, se han salvado. Bajo el fragoroso júbilo de los miles y miles de personas que aguardan sobre las murallas, el primer barco, y después el segundo, el tercero y el cuarto, entran en el puerto seguro, la cadena caída vuelve a emitir su sonido protector al elevarse y, tras ellos, dispersa por el mar, se queda impotente la jauría de barquitos turcos; de nuevo, como un cúmulo de nubes de color púrpura, flota el júbilo de la esperanza sobre la lóbrega y desesperada ciudad.

La alegría desbordante de los sitiados dura una noche. La noche siempre excita los sentidos, colmándolos de fantasías, y confunde a la esperanza con el dulce veneno de los sueños. Los sitiados se creen por una noche seguros y a salvo. Pues, al igual que han llegado a puerto felizmente esos cuatro barcos con soldados y vituallas, sueñan con que cada semana vendrán otros. Europa no les ha olvidado, y en sus precipitadas figuraciones ya ven terminado el cerco y al enemigo abatido y vencido.

Sin embargo, Mehmed es también un soñador, por supuesto de una clase muy distinta y mucho menos común, uno de los que saben hacer realidad sus sueños con la fuerza de la voluntad. Así, mientras los tripulantes de los galeones se creen a salvo en el puerto del Cuerno de Oro, idea un plan de una audacia tan formidable que ha pasado a la historia de la guerra con todas las de la ley, al lado de las osadas gestas de Aníbal y de Napoleón. Bizancio se extiende ante él como un fruto dorado, pero no puede alcanzarlo: el principal escollo para el ataque lo constituye la profunda lengua de mar, el Cuerno de Oro, ese estuario apendicular que protege uno de los flancos de Constantinopla. Adentrarse en la bahía es prácticamente imposible, pues en la entrada está la ciudad genovesa de Gálata, ante la que Mehmed debe mantenerse neutral, y desde allí, de forma transversal, se extiende la cadena de hierro hasta la ciudad enemiga. Por eso su flota no puede internarse en el estuario con una embestida frontal; sin embargo desde el interior, donde acaba el territorio genovés, podría atacar a la flota cristiana. Mas ¿cómo llevar una flota al interior de ese estuario? Podría formarse una, claro.

Pero se tardarían meses, y este hombre impaciente no quiere esperar tanto.

A Mehmed se le ocurre un plan genial: transportar su flota a través de la lengua de tierra, desde mar abierto, donde no le sirve para nada, hasta el puerto interior del Cuerno de Oro. Esta sensacional y audaz idea de cruzar una escarpada lengua de tierra con cientos de barcos parece *a priori* tan absurda, tan inverosímil, que los bizantinos y los genoveses de Gálata la han contemplado tan poco en sus cálculos estratégicos como en su día hicieran los romanos y más tarde los austríacos con el veloz cruce de los Alpes por parte de Aníbal y de Napoleón. Según toda la experiencia humana, los barcos solo pueden ir por el agua, ninguna flota puede atravesar una montaña. Pero es justo esto, en todas las épocas, lo que distingue una voluntad demoníaca que transforma lo imposible en realidad, en esto se reconoce siempre al genio militar: alguien que en la guerra se mofa de las leyes de la guerra y que, llegado el momento, recurre a la improvisación creadora y no a los métodos probados. Comienza una operación gigantesca que apenas tiene parangón en los anales de la historia. Con total discreción, Mehmed ordena traer innumerables cilindros de madera que los obreros transforman en trineos, y sobre ellos, tras sacarlos del mar, fijan los barcos como en un varadero portátil. Mientras tanto, miles de operarios trabajan ya para allanar en lo posible el estrecho sendero de herradura que sube y baja por la colina de Pera. Sin embargo, a fin de disimular frente al enemigo la súbita concentración de obreros, el sultán hace que cada día y cada noche una terrible descarga de proyectiles de mortero sobrevuele la ciudad neutral de Gálata, una acción absurda cuyo único sentido es desviar la atención y ocultar el paso de los barcos de unas aguas a otras por la montaña y el valle. Mientras los enemigos están ocupados, a la espera solo de un ataque por tierra, los infinitos rodillos de madera, bien lubricados con aceite y grasa, comienzan a moverse, y encima de ellos, cada uno en su patín, un barco tras otro es arrastrado a través de la montaña por incontables yuntas de búfalos, ayudados por marineros. En cuanto la noche los resguarda de las miradas, comienza el prodigioso peregrinaje. En silencio como todo lo grandioso, premeditado como todo lo astuto, se concluye el milagro de los milagros: una flota entera atraviesa la montaña.

Lo decisivo en cualquier operación militar es siempre el factor sorpresa. Y aquí queda probado formidablemente el extraordinario genio de Mehmed. Nadie conoce sus planes —«si un pelo de mi barba supiera lo que pienso, me lo arrancaría», dijo una vez este hombre genial e insidioso—, y en perfecto orden, mientras los cañonazos restallan pretenciosos junto a los muros, sus órdenes se ejecutan. La noche del 22 de abril se transportan setenta barcos de un mar a otro, atravesando la montaña y el valle, viñedos y campos y bosques. A la mañana siguiente, los ciudadanos de Bizancio creen que están soñando: una flota enemiga, llevada hasta allí por algún tipo de encantamiento, navega empavesada con toda su tripulación en el corazón de su estuario en teoría inaccesible; se frotan los ojos, no entienden cómo se ha producido tal prodigio, pero las trompetas, los platillos y los tambores ya festejan jubilosos bajo el muro lateral que hasta la fecha había salvaguardado el puerto, y todo el Cuerno de Oro, a excepción del angosto espacio neutral de Gálata, donde las tropas cristianas están encajonadas ahora, pertenece, gracias a un genial golpe de mano, al sultán y a su ejército. Con toda libertad, este puede conducir a su tropa, atravesando el puente flotante, hacia las debilitadas murallas: de esta forma el costado más débil está amenazado, rebajando aún más la línea de los defensores, ya de por sí paupérrima. El puño de hierro se ha ido cerrando más y más en torno a la garganta de su víctima.

¡EUROPA, SOCORRO!

Los sitiados ya no se llaman a engaño. Lo saben: atrapados ahora por su flanco desgarrado, ocho mil contra cincuenta mil, no podrán resistir mucho tiempo tras sus muros destruidos si no llegan refuerzos cuanto antes. Pero ¿no se ha comprometido solemnemente la Signoria de Venecia a enviar buques? ¿Puede el Papa permanecer impasible cuando sobre Hagia Sophia, la más formidable iglesia de Occidente, se cierne la amenaza de convertirse en una mezquita de infieles? ¿Aún no entiende Europa, atrapada en la discordia, dividida por multitud de celos mezquinos, el peligro que esto entraña para la cultura occidental? Tal vez, se consuelan los sitiados, la flota que viene a socorrerles lleva tiempo preparada, pero no se decide a desplegar las velas porque ignora su situación, así que bastaría con despertar en su conciencia la inmensa responsabilidad de ese mortífero retraso.

Pero ¿cómo avisar a la flota veneciana? El mar de Mármara está repleto de barcos turcos; zarpar con toda la flota significaría exponerse a la perdición, y además mermaría la defensa, en la que cada hombre cuenta, en unos cuantos cientos de soldados. Así las cosas, se decide aventurar solo un barco minúsculo con muy poca tripulación. Doce hombres en total —si hubiera justicia en la historia, sus nombres serían tan famosos como los de los argonautas, pero no sabemos cómo se llamaban— acometen la gesta. En el pequeño bergantín se iza la bandera del enemigo. Doce hombres se visten a la turca, con turbante o fez, para pasar desapercibidos. En la medianoche del 3 de mayo la cadena se suelta sin ruido y, con suaves golpes de remo, la audaz embarcación se desliza al amparo de la oscuridad. Y entonces ocurre el milagro: la minúscula embarcación atraviesa los Dardanelos hasta el mar Egeo. Siempre es el exceso de audacia lo que paraliza al enemigo. Mehmed ha pensado en todo, salvo en lo inconcebible: que un solo barco con doce héroes se atreva a emprender, atravesando su flota, semejante travesía propia de los argonautas.

Sin embargo, trágica desilusión, ninguna bandera veneciana refulge en el mar Egeo. Ninguna flota de socorro está preparada para entrar en acción. Venecia y el Papa, todos han olvidado a Bizancio, todos han desatendido, ocupados en su nimia política de campanario, su honor y su juramento. No dejan de repetirse en la historia estos trágicos momentos en los que, siendo necesario un máximo acopio de todas las fuerzas unidas para la protección de la cultura europea, los príncipes y los Estados no son capaces de dejar a un lado ni por un instante sus pequeñas rivalidades. Génova quiere contener a Venecia, y Venecia, por su parte, a Génova, y esto es mucho más importante que rendir batalla, unidos durante unas horas, al enemigo común. El mar está vacío. Desesperados, los doce intrépidos reman de isla en isla en su cáscara de nuez. Pero por doquier los puertos están atestados de enemigos y ningún barco aliado se atreve a internarse ya en aquel territorio en guerra.

¿Qué hacer ahora? Algunos de los doce están desanimados, y con razón. ¿Para qué volver a Constantinopla y cubrir de nuevo la peligrosa travesía? Esperanza ya no pueden llevarles. Tal vez la ciudad haya caído ya; en cualquier caso, si regresan, les espera el presidio o la muerte. Pero —¡qué grandiosos son siempre estos héroes anónimos!— la mayoría decide volver. Les han confiado una misión y tienen que llevarla a cabo. Los han enviado en busca de información y tienen que volver con la información a casa, aunque esta sea la más aciaga. Así pues, el minúsculo barco vuelve a internarse a través de los Dardanelos, del mar de Mármara y de la flota enemiga. El 23 de mayo, veinte días después de partir, cuando en Constantinopla han dado por perdido el barco y ya nadie piensa en la información que puedan traer ni en su regreso, un par de vigías ondean de repente las banderas sobre las murallas, pues una pequeña embarcación ha virado hacia al Cuerno de Oro con impetuosos golpes de remo, y cuando ahora los turcos, alertados por el estrepitoso júbilo de los sitiados, se dan cuenta sorprendidos de que ese bergantín que avanza insolente por sus aguas con bandera turca es un barco enemigo, se precipitan a sus botes desde todos los rincones para detenerlo antes de que alcance el puerto que los protege. Por un momento, Bizancio vibra con mil gritos de júbilo, con la feliz esperanza de que Europa se haya acordado de ellos y haya enviado ese barco solo para transmitir el mensaje. Hasta el anochecer no se difunde la fatídica verdad. La cristiandad se ha olvidado de Bizancio. Los encerrados están solos, están perdidos, a no ser que ellos mismos se salven.

Tras seis semanas de lucha casi diaria, el sultán está impaciente. Sus cañones han derribado las murallas en muchos puntos, pero todos los ataques que ha dispuesto hasta ahora han sido rechazados después de un baño de sangre. A un estratega como él solo le quedan dos opciones: o bien renuncia al sitio de la ciudad, o bien, tras los innumerables ataques aislados, ordena el gran asalto, el definitivo. Mehmed convoca a todos sus pachás a un consejo de guerra, y su voluntad ferviente se impone a todas las dudas. Se decide que el gran asalto, el definitivo, tendrá lugar el 29 de mayo. Con su habitual determinación, ordena que se preparen. Fija un día de fiesta, cincuenta mil hombres, del primero al último, han de cumplir los solemnes rituales prescritos por el islam, las siete abluciones y el rezo mayor tres veces a lo largo del día. La pólvora y los proyectiles que les quedan se reservan para el ataque forzado de artillería; antes del ataque, a fin de preparar a la ciudad para el asalto, las tropas se dividen. De la mañana a la noche Mehmed no se permite un solo instante de descanso. Desde el Cuerno de Oro hasta el mar de Mármara, a lo largo y ancho del enorme campamento militar, cabalga de tienda en tienda para animar en persona a los líderes, para enardecer a los soldados. Diestro en la psicología humana, sabe cómo encender al máximo la belicosidad de los cincuenta mil guerreros, y así les hace una promesa terrible, que para su honor y para su deshonor cumplió hasta las últimas consecuencias. Sus heraldos la difunden a los cuatro vientos, con tambores y trompetas: «Mehmed jura en el nombre de Alá, en el nombre de Mahoma y en el de los cuatro mil profetas, jura por el alma de su padre, el sultán Murad, por la cabeza de sus hijos y por su sable, que tras el asalto a la ciudad dará a sus tropas plenos derechos para saquear a su antojo durante tres días. Cuanto encierran esas murallas, menaje doméstico y bienes, joyas y adornos, monedas y tesoros, hombres, mujeres, niños, todo estará en poder de los soldados triunfantes, y él mismo renunciará a su parte, mas no al honor de haber conquistado ese último baluarte del Imperio romano de Oriente».

Los soldados escuchan el feroz anuncio con júbilo frenético. Como una tormenta eléctrica, el intenso y jubiloso estruendo y los rabiosos gritos de *«Allah il Allah!»*, proferidos por miles de guerreros, se descargan sobre la atemorizada ciudad. *«Jagma, jagma!»*, «¡Saqueo, saqueo!». La palabra se convierte en grito de guerra, con el martilleo de los tambores, con el rugido de los platillos y de las trompetas, y por la noche, el campamento militar se transforma en un mar festivo lleno de luces. Aterrados tras las murallas, los sitiados contemplan cómo miríadas de luces y antorchas arden sobre el llano y las colinas, enemigos con clarines, pífanos, tambores y panderetas que celebran la victoria antes de que se produzca. Es como la estruendosa y brutal ceremonia de los sacerdotes paganos previa al sacrificio. Pero después, de pronto, más o menos a medianoche, todas las luces se apagan por orden de Mehmed, y de golpe ese ruido ardiente de mil voces cesa. Sin embargo, a los que, trastornados, permanecen a la escucha, ese súbito enmudecimiento y esa pesada oscuridad angustian más que el júbilo frenético bajo la ruidosa luz.

Los sitiados no necesitan mensajeros, no necesitan desertores, para saber lo que les espera. Saben que ya se ha dado la orden de asalto, y la intuición de un deber inmenso, de un peligro inmenso, pesa como un nubarrón cargado sobre toda la ciudad. Por lo general dividida en escisiones y en discordias religiosas, la población se reúne en esas últimas horas; la más acuciante necesidad propicia siempre el incomparable espectáculo de la comunión en la tierra. Para que todos cobren conciencia de lo que les toca defender —la fe, un pasado glorioso, una cultura común— el *basileus* organiza una emotiva ceremonia. Respondiendo a su mandato, todo el pueblo se congrega, ortodoxos y católicos, sacerdotes y laicos, niños y ancianos, en una sola procesión. Nadie puede, nadie quiere quedarse en casa, los más ricos y los más pobres, entonando cánticos piadosos como el *Kyrie eleison*, forman un cortejo solemne que desfila primero por el interior de la ciudad y más tarde por las murallas exteriores. Recogen de las iglesias las reliquias y los iconos sagrados y encabezan con ellos la procesión. Cada vez que se topan con un boquete en las murallas, cuelgan una imagen sagrada para que los defienda de la acometida de los infieles mejor que las armas terrenales. Al mismo tiempo, el emperador Constantino convoca a los senadores, a los nobles y a los comandantes, para enardecer su valor con una última arenga. No puede prometerles, como Mehmed, un inconmensurable botín. Pero les describe el honor que obtendrán para la cristiandad y para todo el orbe occidental, si rechazan ese último y decisivo ataque, y les habla del peligro de sucumbir a esos despiadados incendiarios; Mehmed y Constantino, ambos lo saben: de ese día dependerán siglos de historia.

Comienza entonces la última escena, una de las más conmovedoras de Europa, un inolvidable éxtasis de perdición. En Hagia Sophia, por entonces aún la catedral más formidable del mundo, abandonada por unos creyentes y por los otros desde el instante de su hermanamiento, se congregan quienes están marcados por la muerte. Alrededor del emperador se aglutinan la corte, los nobles, la clerecía griega y la romana, los soldados y los marineros genoveses y venecianos, todos bien pertrechados con armas y armaduras. Y, tras ellos, miles y miles de sombras murmurantes se arrodillan mudas y reverenciales: el pueblo doblegado, angustiado por el miedo y la preocupación. Y las velas, que se afanan en su lucha con la oscuridad de las bóvedas que cae sobre ellas, iluminan esa masa postrada que reza al unísono, como si fueran un único cuerpo. Es el alma de Bizancio la que aquí suplica a Dios. El patriarca, poderoso y acuciante, eleva ahora su voz, el coro le responde cantando, de nuevo resuena en ese espacio la voz sagrada y eterna de Occidente, la música. Luego, uno tras otro, con el emperador a la cabeza, todos se aproximan al altar para recibir el consuelo de la fe; hasta lo alto de las bóvedas resuena y restalla por el inmenso espacio la incesante marea de la oración. La última misa, la misa de los difuntos del Imperio romano de Oriente, ha comenzado. Porque, por última vez, la fe cristiana está viva en la catedral de Justiniano.

Concluida la emotiva ceremonia, el emperador vuelve fugazmente a su palacio para pedir perdón a todos sus subordinados y siervos por las injusticias que haya podido cometer con ellos alguna vez. Después salta sobre su caballo y galopa —al igual que Mehmed, su gran enemigo, a esa misma hora— de un extremo a otro de las murallas, excitando el ánimo de los soldados. Ya ha caído la noche. No se alza una sola voz, no se oye un arma. Pero, con el alma inflamada, miles de personas aguardan el día y la muerte dentro de las murallas.

KERKAPORTA, LA PUERTA OLVIDADA

A la una de la mañana el sultán da la señal para el ataque. El estandarte se despliega, enorme, y con un único grito de *«Allah, Allah il Allah!»*, cientos de miles de hombres se precipitan contra las murallas con armas y escalerillas, con sogas y arpeos, mientras resuenan los tambores, rugen todas las trompetas, los timbales, los platillos y las flautas, en un estruendo acompañado de gritos y del retumbar de los cañones, unidos en un solo huracán. Despiadadas, las tropas menos instruidas, los *bashi-bazouk*, se lanzan primero contra los muros; sus cuerpos semidesnudos, según los planes del sultán, sirven como carne de cañón, para cansar al enemigo y debilitarlo antes de que el grueso de las tropas se lance al asalto definitivo. Con cientos de escalerillas, se acercan corriendo en la oscuridad, espoleados por los latigazos, escalan las almenas, son rechazados, vuelven a subir a toda prisa, una y otra vez, pues no tienen manera de volver atrás: tras ellos, material humano sin valor destinado al mero sacrificio, ya está el grueso de las tropas, que los azuza sin cesar, empujándolos a una muerte casi segura. Los defensores aún tienen ventaja, las innumerables flechas y piedras no traspasan sus cotas de malla. Pero el peligro al que de verdad se exponen —esto Mehmed lo ha calculado bien— es el agotamiento. Con sus pesadas armaduras, luchando sin cesar contra las tropas ligeras que embisten una y otra vez desde diferentes puntos de ataque, consumen buena parte de sus fuerzas en esa defensa obligada. Y cuando ahora, tras dos horas de combate, comienza a despuntar el alba, la segunda tropa de asalto, los anatolios, avanza hacia ellos, la lucha se recrudece. Pues estos anatolios son guerreros disciplinados, bien instruidos y a su vez pertrechados con cotas de malla, y además los superan en número y están descansados, mientras los defensores han de protegerse de las acometidas tan pronto en un lado como en otro. Pero los atacantes aún son derribados por todas partes, y el sultán ha de movilizar sus últimas reservas, los jenízaros, el verdadero núcleo de sus tropas, la guardia de élite del ejército otomano. Él mismo encabeza a los doce mil jóvenes soldados, una tropa escogida, los mejores guerreros que Europa haya conocido jamás, y en respuesta a un solo grito todos ellos se lanzan contra el exhausto enemigo. Ha llegado la hora de que repiquen todas las campanas de la ciudad, para que todos los hombres aptos para la lucha avancen hacia las murallas, para convocar a los marineros de los barcos, porque ahora comienza la verdadera y decisiva batalla. Para desdicha de los defensores, una pedrada impacta en el líder de la tropa genovesa, el valiente *condottiere* Giustiniani, a quien arrastran hasta los barcos gravemente herido, y ese contratiempo hace que el ánimo de los defensores se tambalee por un instante. Pero el mismísimo emperador corre ahora para evitar la amenazante invasión, otra vez logran descolgar las escalerillas de asalto: la determinación de unos se enfrenta a la determinación desesperada de los otros, y por un momento Bizancio parece salvada; la necesidad extrema ha vuelto a repeler el más salvaje de los ataques. Pero entonces un trágico incidente, uno de esos segundos preñados de misterio que, con sus inescrutables caprichos, a veces produce la propia historia, decide de golpe el destino de Bizancio.

Ha ocurrido algo por completo inverosímil. A través de uno de los muchos boquetes de los muros exteriores, no lejos del lugar desde el que en ese momento se atacaba, se han colado unos cuantos turcos. No se atreven a rebasar la muralla interior. Pero, mientras curiosean sin objeto entre esos dos muros de la ciudad, descubren que, por un inexplicable descuido, una de las puertas de la muralla interior, la llamada Kerkaporta, se ha quedado abierta. En verdad es solo una puertecilla, en tiempos de paz destinada a los peatones para esas horas del día en las cuales los grandes portones aún están cerrados; precisamente porque no tiene importancia militar, todo indica que la última noche, en medio de la excitación generalizada, se han olvidado de su existencia. Los jenízaros, para su sorpresa, se encuentran ahora con que, en mitad del inexpugnable baluarte, les han abierto esa puerta con toda tranquilidad. Al principio creen que es un ardid, pues les parece inverosímil y descabellado que, mientras miles de cadáveres se acumulan frente a cada boquete, frente a cada agujero, frente a cada puerta de la fortaleza, y sobre ellos caen silbando el aceite hirviendo y las lanzas, esta puerta, la Kerkaporta, directa al corazón de la ciudad, esté abierta como si fuera un domingo cualquiera. Sea como sea, van a por refuerzos, y a continuación, sin hallar resistencia alguna, una tropa entera entra en la ciudad y ataca por la espalda y de improviso a los desprevenidos defensores que salvaguardan la muralla exterior. Algunos soldados ven a los turcos detrás de sus propias filas y entonces se eleva ese grito funesto que es, en todas las batallas, más mortal que cualquier cañón, el grito de un rumor falso: «¡La ciudad está tomada!». Más y más fuerte, los turcos, jubilosos, siguen gritando: «¡La ciudad está tomada!». Y ese grito destroza toda la resistencia. Los mercenarios, creyéndose traicionados, abandonan sus posiciones para llegar a tiempo al puerto y ponerse a salvo en algún barco. Es inútil que Constantino, con unos cuantos hombres de su confianza, se lance contra los invasores; cae derribado en medio del tumulto, como un desconocido, y solo al día siguiente, cuando en el montón de cuerpos se distinguen sus zapatos púrpura con un águila de oro, pueden confirmar que, con honores en el sentido de Roma, el último emperador romano de Oriente ha perdido la vida junto a su imperio. Una casualidad ínfima como una mota de polvo, la Kerkaporta, la puerta olvidada, ha decidido el devenir de la historia del mundo.

La cruz se derrumba

La historia, a veces, juega con los números. Pues justo mil años después del inolvidable saqueo de Roma por los vándalos, empieza el saqueo de Bizancio. Cruel, fiel a su juramento, Mehmed, el victorioso, mantiene su palabra. Al buen tuntún, tras la primera masacre, deja en manos de sus guerreros un botín de casas y palacios, de iglesias y monasterios, de hombres, mujeres y niños; como demonios salidos del infierno, miles corren por las calles, para adelantarse unos a otros. Primero asaltan las iglesias, donde brillan las vasijas de oro, donde relucen las joyas, y en cada casa en la que irrumpen, enarbolan los estandartes a la puerta, para que los siguientes sepan que el botín ya ha sido requisado; y ese botín no incluye solo piedras preciosas, telas, dinero y bienes muebles, también las mujeres son mercancía para los harenes, y los hombres y los niños para el mercado esclavista. En manadas, los pobres infelices que se han cobijado en las iglesias son sacados a latigazos; a los viejos, considerados bocas inútiles que alimentar y un lastre no apto para la venta, los asesinan; a los jóvenes, atados entre sí como ganado, se los llevan a rastras. Y mientras avanza el saqueo, se desata una destrucción absurda. Lo que los cruzados, después de su rapiña igualmente terrible, dejaran atrás en preciosas reliquias y obras de arte, los furiosos vencedores lo destruyen, lo hacen jirones, lo desmiembran; las imágenes más valiosas son destrozadas; las estatuas más espléndidas, destruidas a mazazos; los libros en los que una sabiduría de siglos, la inmortal riqueza del pensamiento y la poesía de los griegos, debía conservarse para toda la eternidad son pasto de las llamas o se desechan sin piedad. Nunca la humanidad llegará a conocer en toda su magnitud la desgracia que se coló por la Kerkaporta en aquella hora fatídica, ni cuánto perdió el mundo del espíritu en los saqueos de Roma, de Alejandría y de Bizancio.

Solo por la tarde, después de la gran victoria, cuando la carnicería ya ha terminado, Mehmed entra en la ciudad conquistada. Orgulloso y solemne, cabalga en su espléndido corcel por delante de las atroces escenas del saqueo, sin volver la vista, manteniendo su palabra de no obstaculizar la horrible empresa de los soldados que le han procurado la victoria. En esa primera marcha no le mueven las ganancias, pues ya lo ha ganado todo; altivo, cabalga hacia la catedral, la resplandeciente cabeza de Bizancio. Más de cincuenta días ha estado mirando ansioso desde su tienda la cúpula brillante e inalcanzable de Hagia Sophia; ahora, como vencedor, puede atravesar su puerta de bronce. Pero de nuevo Mehmed embrida su impaciencia: primero quiere dar gracias a Alá, antes de consagrarle esa iglesia hasta el fin de los tiempos. Sumiso, el sultán baja de su caballo y humilla la cabeza hasta el suelo para la oración. Luego coge un puñado de tierra y se lo echa por la cabeza, en recuerdo de que él mismo es mortal y de que no ha de jactarse de su triunfo. Y solo ahora, tras haberse mostrado sumiso ante Dios, el sultán se levanta y, como primer servidor de Alá, entra en la catedral de Justiniano, la iglesia de la santa sabiduría, la iglesia de Hagia Sophia.

Curioso y emocionado, el sultán admira el magnífico edificio, las altas bóvedas resplandecientes con mármol y mosaicos, los delicados arcos, que se elevan hacia la luz desde el crepúsculo; no a él, sino a su Dios, siente Mehmed que pertenece ese palacio, el más sublime visto jamás para la oración. De inmediato hace venir a un imán, que sube al púlpito y proclama la confesión de Mahoma, mientras el *padishá*, con el rostro hacia la Meca, pronuncia en esa catedral cristiana la primera oración a Alá, el dominador del mundo. Al día siguiente, los operarios tienen la misión de retirar todos los signos del anterior credo: arrancan los altares, pintan de blanco los mosaicos piadosos, y la cruz de Hagia Sophia, elevada sobre todo lo demás, que durante miles de años ha abarcado con sus brazos extendidos todo el sufrimiento de la tierra, se derrumba con un golpe sordo sobre el suelo.

El estruendo de la piedra retumba en toda la iglesia y muy lejos de ella. Pues esa caída hace temblar todo Occidente. La terrible noticia resuena en Roma, en Génova, en Venecia, como un trueno de aviso se oye en Francia, en Alemania, y la aterrada Europa se da cuenta entonces de que, gracias a su apática indiferencia, a través de una puerta olvidada y funesta, la Kerkaporta, ha irrumpido un fatídico poder devastador que durante siglos comprometerá y paralizará sus fuerzas. Pero en la historia, como en la vida de cualquier ser humano, lamentarse no devuelve un instante perdido, y en mil años no se recupera lo que se ha dejado ir en una sola hora.

Fuga hacia la inmortalidad

El descubrimiento del océano Pacífico
25 de septiembre de 1513

Se dispone un barco

Al volver de su primer viaje a la América que acababa de descubrir, Colón muestra en su desfile triunfal por las abarrotadas calles de Sevilla y Barcelona un sinfín de tesoros y curiosidades: hombres de tez rojiza de una raza desconocida hasta entonces, animales nunca vistos, papagayos de colores que gritan, parsimoniosos tapires, seguidos de extrañas plantas y frutos que pronto encontrarían su patria en Europa: el grano de las Indias, el tabaco y los cocos. La masa exultante, presa de la curiosidad, admira todas estas maravillas, pero lo que más emociona a la pareja real y a sus consejeros son unas pequeñas cajas y unos cestitos con oro. Colón no ha traído mucho oro de las nuevas Indias, solo unos cuantos adornos que ha intercambiado o robado a los nativos, algunas barritas y unos puñados de pepitas sueltas, polvo dorado más que oro, un botín que servirá como mucho para acuñar un par de cientos de ducados. Pero el genial y fanático Colón, que siempre ha creído en lo que quería creer y que, con su travesía marítima a las Indias, ha demostrado tener razón, alardea con una emoción sincera, asegurando que aquello solo es una ínfima muestra. Le han llegado noticias fiables, dice, de inmensas minas de oro en las nuevas islas: a ras de suelo, bajo una fina capa de tierra, se hallaría el precioso metal. Con una pala común podría extraerse sin ningún problema. Y más al sur habría reinos donde los monarcas beben en copas doradas y el oro se valora menos que el plomo en España. El rey, siempre necesitado de caudales, escucha embriagado las noticias de ese nuevo Ofir, que es suyo: aún no conoce lo suficiente a Colón y su sublime locura como para dudar de sus promesas. De inmediato se dispone una gran flota para el segundo viaje, y ahora ya no se necesitan reclutadores ni tamborileros para enrolar tripulantes. La noticia del Ofir recién descubierto, donde el oro puede extraerse con las manos desnudas, vuelve loca a toda España: la gente acude en masa, por cientos, por miles, para viajar a El Dorado, a la tierra del oro.

Pero ¡qué turbias oleadas arroja ahora la codicia desde todas las ciudades, pueblos y aldeas! No solo se presentan gentes honradas y nobles que desean bañar en oro sus escudos, no solo acuden audaces aventureros y bravos soldados; toda la mugre e inmundicia de España fluye hasta Palos y Cádiz. Ladrones estigmatizados; bandoleros y asaltantes de caminos que desean un oficio más lucrativo en la tierra del oro; deudores que quieren huir de sus prestamistas; maridos que desean escapar de sus belicosas mujeres; todos los desesperados, todos los fracasados, los marcados a fuego y los perseguidos por la justicia se presentan como voluntarios para la flota, una demencial y desordenada banda de malogrados decididos a enriquecerse de golpe, y que para conseguirlo están dispuestos a cometer cualquier acto violento y cualquier crimen. Con tal frenesí se han transmitido unos a otros la fantasía de Colón de que en aquellas tierras basta con hundir la pala en el suelo para que brillen ante uno las pepitas doradas, que los emigrantes más acaudalados llevan consigo criados y mulas para poder acarrear de inmediato, en grandes cantidades, el precioso metal. Quien no es aceptado en la expedición se busca otro camino, si hace falta por la fuerza; sin preocuparse demasiado por el permiso del rey, los vulgares aventureros aparejan barcos con sus propias manos, con tal de llegar lo más rápido posible y acaparar oro, oro, oro; de buenas a primeras España se libra de los agitadores y de la chusma más peligrosa.

El gobernador de La Española (más tarde Santo Domingo y Haití) ve con horror a aquellos huéspedes no deseados que inundan la isla que le ha sido confiada. Un año tras otro los barcos traen nueva mercancía y hombres cada vez más díscolos. Pero los recién llegados sienten también una amarga desilusión, pues allí el oro en absoluto se encuentra esparcido por las calles, y a los desdichados indígenas, sobre los que se abalanzan aquellas bestias, ya no les queda un solo grano que puedan esquilmarles. De suerte que las hordas deambulan y vaguean robando todo lo que encuentran, para espanto de los infelices indios, para espanto del gobernador en persona. Este intenta en vano convertirlos en colonos, adjudicándoles tierras, procurándoles ganado, incluso ingentes cantidades de ganado humano, esto es, entre sesenta y setenta nativos como esclavos a cada uno de ellos. Pero ni los hidalgos de alta cuna ni los que en su día se dedicaran a asaltar los caminos tienen el menor interés en ser granjeros. No han venido aquí para sembrar trigo ni para criar vacas; en lugar de dedicarse a la siembra y la cosecha, torturan a los infelices indios —en pocos años una gran parte de la población habrá sido aniquilada— o terminan en prisión. En poco tiempo son tales las deudas de gran parte de ellos que, después de sus haciendas, tienen que vender la capa, el sombrero y la última camisa, entrampados hasta el mismo gaznate con comerciantes y usureros.

Por tal razón, en 1510, todos esos fracasados de La Española reciben con esperanza la noticia de que un reputado hombre de la isla, el jurista y bachiller Martín Fernández de Enciso, está preparando un barco y busca tripulantes para acudir en ayuda de su colonia en tierra firme. Dos famosos aventureros, Alonso de Ojeda y Diego de Nicuesa, habían recibido en 1509 el privilegio del rey Fernando para fundar una colonia cerca del estrecho de Panamá y de la costa de Venezuela, que un tanto irreflexivamente llamaron Castilla del Oro; embriagado por el sonoro nombre y fascinado por las fantasías que se contaban, el jurista, que lo ignoraba todo del mundo, invirtió toda su fortuna en esa empresa. Pero de la recién fundada colonia de San Sebastián, a orillas del golfo de Urabá, no llega oro alguno, sino solo una estridente llamada de socorro. La mitad de la tripulación es aniquilada por los indígenas y la otra mitad muere de hambre. Para recuperar el dinero empeñado, Enciso arriesga el resto de su patrimonio y organiza una expedición de rescate. En cuanto oyen la noticia de que Enciso necesita soldados, todos esos ru-

fianes, todos esos vagos de La Española, aprovechan la
ocasión y desaparecen. ¡Hay que irse, alejarse de los
prestamistas y de la estricta vigilancia del gobernador!
Pero los acreedores están prevenidos. Se dan cuenta de
que sus peores deudores quieren huir y no volver nunca más, de modo que se abalanzan sobre el gobernador
para que no deje salir a nadie sin un permiso expreso.
El gobernador accede a su deseo. Se decreta una estricta vigilancia, la nave de Enciso tiene que quedarse fuera
del puerto, las barcas gubernamentales patrullan e impiden que se cuele a bordo ningún indeseado. Y con
una amargura sin límites, los desesperados, que temen
menos a la muerte que al trabajo honesto o a la prisión
por endeudamiento, ven cómo el barco de Enciso navega a toda vela, sin ellos, rumbo a la aventura.

El hombre en el cajón

A toda vela navega el barco de Enciso desde La Española hacia el continente americano; el perfil de la isla ya
se ha hundido en el horizonte azul. Es una travesía tran-
quila y por el momento nada especial merece consignar-
se, más allá de que un poderoso perro de presa de fuerza
extraordinaria —es hijo del célebre perro de combate
Becerrillo y ha adquirido fama con el nombre de Leoncico— corre inquieto de un lado a otro de la cubierta,
olisqueando por todas partes. Nadie sabe de quién es el
imponente animal ni cómo ha llegado a bordo. Al final
se dan cuenta de que el perro no se separa de un gran
cajón con provisiones que se subió al barco el último
día. Pero hete aquí que entonces, inopinadamente, el
cajón se abre por sí solo y, bien armado con espada, cas-

co y escudo, como Santiago, el santo de Castilla, sale trepando un hombre de unos treinta y cinco años. Es Vasco Núñez de Balboa, que de esta forma da la primera muestra de su asombrosa audacia y de su inventiva. Nacido en el seno de una familia noble de Jerez de los Caballeros, partió hacia el Nuevo Mundo como soldado raso junto a Rodrigo de Bastidas y, más tarde, después de unas cuantas odiseas, naufragó frente a La Española. El gobernador ha intentado hacer de Núñez de Balboa un buen colono, pero ha sido inútil: a los pocos meses ha dejado la tierra que le asignaron y está tan arruinado que no sabe cómo escapar de sus acreedores. Pero mientras desde la costa los demás morosos contemplan con los puños apretados las embarcaciones del Gobierno que les impiden escapar en la nave de Enciso, Núñez de Balboa evita con audacia el cerco del gobernador Diego Colón, escondiéndose en un cajón de provisiones vacío y haciendo que sus cómplices lo suban a bordo, donde, gracias al tumulto de la partida, nadie repara en su atrevido ardid. Solo cuando sabe que la nave está ya lo bastante lejos de la costa como para volver atrás y devolverlo a tierra, el polizón da la cara. Y ahí está ahora.

El bachiller Enciso es un hombre de leyes y, como la mayoría de los juristas, carece casi por completo de romanticismo. Como alcalde, como jefe de policía de la nueva colonia, no está dispuesto a tolerar a quienes acarrean deudas ni a ningún otro elemento dudoso. Por eso le explica con aspereza a Núñez de Balboa que no piensa llevarlo con él, que lo dejará en la playa de la siguiente isla por la que pasen, sin importarle si está habitada o deshabitada.

Pero tal cosa no llega a producirse. Pues mientras el

barco aún está poniendo rumbo a Castilla del Oro, se topan —un milagro en aquellos tiempos, en los que por esos mares aún desconocidos navegaban unas pocas docenas de barcos— con una embarcación repleta de tripulantes, guiada por un marinero cuyo nombre enseguida resonará en todo el mundo: Francisco Pizarro. Sus integrantes vienen de San Sebastián, la colonia de Enciso, y al principio los consideran insurrectos que han dejado sus puestos por decisión propia. Pero para horror de Enciso informan de que San Sebastián ya no existe, de que ellos mismos son los últimos habitantes de la antigua colonia, de que el comandante Ojeda ha salido huyendo en una nave, y de que los demás, que solo disponían de dos bergantines, han tenido que esperar a que mueran setenta personas para encontrar sitio en esos dos pequeños barcos de vela. De los dos bergantines, además, uno ha naufragado; los treinta y cuatro hombres de Pizarro son los últimos supervivientes de Castilla del Oro. ¿Y ahora adónde ir? Tras la historia de Pizarro, la gente de Enciso tiene pocas ganas de exponerse al horrible clima cenagoso de la colonia abandonada y a las flechas envenenadas de los nativos; volver a La Española se les presenta como la única posibilidad. En ese peligroso momento, Núñez de Balboa da un paso al frente. Él conoce, dice, de su primera travesía con Rodrigo de Bastidas, toda la costa de América Central, y recuerda que entonces encontraron un lugar llamado Darién a orillas de un río que contenía oro, donde los nativos no eran hostiles. Allí, y no en aquel otro enclave de la desgracia, deberían fundar el nuevo asentamiento.

De inmediato toda la tripulación secunda a Núñez de Balboa. Aceptando su propuesta, ponen rumbo a

Darién, en el istmo de Panamá, donde llevan a cabo la habitual matanza de nativos, y, como entre los bienes expoliados además encuentran oro, deciden levantar allí mismo una colonia, denominando a la nueva ciudad, a modo de piadosa acción de gracias, Santa María de la Antigua del Darién.

UN ASCENSO PELIGROSO

Enseguida el infeliz financiero de la colonia, el bachiller Enciso, sentirá de veras no haber tirado a tiempo por la borda el cajón en el que se encontraba Núñez de Balboa, pues al cabo de pocas semanas este hombre audaz tiene todo el poder en sus manos. Como jurista educado en la idea de la rectitud y el orden, Enciso, en calidad de alcalde mayor en ausencia del gobernador de la colonia, intenta regir el territorio en nombre de la Corona española y promulga sus edictos en una miserable cabaña indígena con la misma pulcritud y severidad con que lo haría en su despacho judicial de Sevilla. En medio de aquella jungla aún sin pisar por el ser humano, prohíbe a los soldados arrebatar el oro a los nativos, pues se trata de una reserva de la Corona, y trata de imponer la ley y el orden entre aquella cuadrilla de levantiscos, pero por instinto los aventureros toman partido por el hombre de la espada y se alzan contra el hombre de la pluma. Balboa no tarda en ser el verdadero soberano de la colonia. Enciso tiene que huir para salvar la vida y cuando Nicuesa, uno de los gobernadores de Tierra Firme nombrados por el rey, llega por fin para poner orden, Balboa no le permite siquiera bajar del barco, y el desdichado explorador castellano, expulsado de la tierra que le concediera el rey, muere ahogado en el viaje de vuelta.

Ahora Núñez de Balboa, el hombre del cajón, es el amo de la colonia. Sin embargo, a pesar de su éxito, siente que no las tiene todas consigo. Pues ha cometido rebelión abierta contra el rey y el perdón se le antoja difícil, dado que el gobernador legítimo ha muerto por su culpa. Sabe que el huido Enciso se dirige a España con sus acusaciones y tarde o temprano tendrá que vérselas con los tribunales, que le juzgarán por insurrección. Pero, aun así, España está lejos y, hasta que un barco atraviese dos veces el océano, tiene tiempo de sobra. Tan astuto como osado, busca el único medio a su alcance para asegurarse el poder usurpado tanto tiempo como sea posible. Sabe que vive en una época en la que el éxito justifica cualquier crimen, y que un nutrido envío de oro a las arcas reales puede calmar los ánimos o retrasar cualquier proceso penal. ¡Así que a conseguir oro, pues oro significa poder! Junto a Francisco Pizarro somete y expolia a los indígenas de los territorios vecinos, y en medio de las habituales matanzas consigue un éxito definitivo. Uno de los caciques, de nombre Careta, a quien ha avasallado insidiosamente traicionando su hospitalidad de la forma más grosera, le sugiere, ya condenado a muerte, que sería mejor para él, en lugar de convertir a los indios en enemigos, establecer con su tribu una alianza, y en señal de lealtad le ofrece a su hija. Núñez de Balboa se hace cargo al instante de la importancia de tener entre los nativos un amigo de confianza y poderoso; acepta la oferta de Careta y, lo que es aún más sorprendente, mantiene con esa muchacha india, hasta el último instante de su vida, una relación de lo más tierna. Junto al cacique Careta subyuga a todos los indios de las proximidades y adquiere tal autoridad entre ellos que finalmente el jefe de tribu más poderoso, Comagre, le invita con deferencia a visitarlo.

Esa visita al poderoso jefe constituye una decisión histórica en la vida de Vasco Núñez de Balboa, que hasta el momento no ha sido más que un rebelde, un imprudente amotinado a ojos de la Corona, destinado, si alguna vez se enfrentara a los tribunales de Castilla, al patíbulo o al hacha. El cacique Comagre lo recibe en una amplia casa de piedra, cuya opulencia mueve al mayor asombro a Vasco Núñez, y sin que medie petición alguna, el jefe regala a su huésped cuatro mil onzas de oro. Pero ahora al cacique le llega el turno de asombrarse. Pues apenas han divisado el oro los vástagos del cielo, los extranjeros poderosos, parejos con los dioses, a quienes él ha recibido con tan alta reverencia, su dignidad se esfuma. Como perros desencadenados, se abalanzan unos sobre otros, empuñan las espadas, aprietan los puños, vociferan, rabian entre sí, todos quieren una parte del oro. Sorprendido y desdeñoso, el cacique asiste al alboroto: es el eterno asombro que todas las naturalezas candorosas, de un extremo a otro de la tierra, muestran ante los hombres civilizados, para quienes un puñado de metal amarillo resulta más preciado que cualquier progreso espiritual y técnico de su cultura.

Al final el cacique se dirige a ellos y los españoles, sobrecogidos por la codicia, escuchan lo que traduce el intérprete. Qué curioso, dice Comagre, que os enfrentéis por tales bagatelas, que por un metal tan común y corriente, comprometáis vuestra vida con los más peliagudos engorros y amenazas. Allá mismo, detrás de esas montañas, se extiende un imponente mar, y todos los ríos que desembocan en él llevan oro. Allí vive un pueblo que, como vosotros, navega en barcos con velas y remos, y sus reyes comen y beben en recipientes dorados. Allí podéis encontrar tanto metal dorado como deseéis. El camino es peligroso, pues seguro que los jefes os niegan el paso. Pero cubriréis la distancia en pocos días.

A Vasco Núñez de Balboa le da un vuelco el corazón. Por fin está sobre la pista de la legendaria tierra del oro con la que lleva soñando tantos años; en todas partes, en el sur y en el norte, sus antecesores han creído atisbarla, y ahora se encuentra a solo unos días de viaje, siempre que el cacique haya dicho la verdad. Por fin se demuestra la existencia de aquel otro océano cuyo acceso buscaron inútilmente Colón, Caboto o Corte Real, los más grandes y célebres navegantes, y de esta forma se descubrirá también la ruta a seguir para dar la vuelta al mundo. El nombre de quien primero divise ese nuevo mar y se adueñe de él para su patria quedará inscrito por siempre en los anales. Y Balboa advierte la gesta que tiene que llevar a cabo para comprar su libertad, para zafarse de su culpa y obtener una gloria eterna: ser el primero en atravesar el istmo hacia el Mar del Sur que conduce a la India y conquistar ese nuevo Ofir para la Corona española. En aquel instante en casa del cacique Comagre se decide su destino. A partir de entonces la vida de este aventurero casual adquiere un sentido elevado que trascenderá su tiempo.

Fuga hacia la inmortalidad

No hay mayor fortuna en el destino de un hombre que la de haber descubierto, en la mitad de su existencia, en los años de madurez creadora, la tarea de su vida. Núñez de Balboa sabe lo que está en juego: una muerte miserable en el cadalso o la inmortalidad. En primer lugar, tiene que comprar su libertad a la Corona y, ya después, legitimar y legalizar su grave crimen: la usurpación del poder. Por eso el rebelde de ayer, ahora en el papel de súbdito diligente, del oro que le ha regalado Comagre manda al tesorero real en La Española, Pasamonte, no solo el quinto que pertenece por ley a la Corona, sino que, más avezado en las prácticas mundanas que Enciso, ese escuálido jurista, añade al envío oficial, a título privado, una cuantiosa donación monetaria para el tesorero, pidiéndole que le confirme en su puesto como capitán general de la colonia. Para hacer tal cosa, Pasamonte no tiene la menor potestad, pero a cambio del oro le envía a Núñez de Balboa un documento provisional que en realidad no tiene valor alguno. Sin embargo, al mismo tiempo, Balboa, que quiere tenerlo todo bien atado, envía a España a dos de sus hombres más cercanos, para que encarezcan en la Corte su servicio a la Corona y propaguen la importante información que ha sonsacado al cacique. Vasco Núñez de Balboa les ordena decir en Sevilla que solo necesita una tropa de mil hombres; con ella se compromete a hacer por Castilla más de lo que cualquier otro español haya hecho nunca antes. Se compromete a descubrir el nuevo mar y a ganar al fin para la Corona la tierra del oro que Colón había prometido en vano y que él, Balboa, conquistará.

La suerte de este hombre perdido, de este rebelde y buscavidas, parece haber cambiado definitivamente. Pero el siguiente barco que llega de España trae malas noticias. Uno de sus cómplices en la revuelta, al que en su día había enviado allende los mares para sabotear las acusaciones del desvalijado Enciso en la corte, le informa de que corre peligro, de que su vida, incluso, está amenazada. El estafado bachiller ha logrado imponer ante los tribunales españoles su acusación contra quienes le usurparan el poder y han condenado a Balboa al pago de una indemnización. Por su parte, la noticia sobre la cercana ubicación del Mar del Sur, que podría haber significado su salvación, aún no se ha difundido; en todo caso, en el siguiente barco llegará un enviado de los tribunales para pedir explicaciones a Balboa por su alzamiento y, una de dos, o bien juzgarle allí mismo o bien enviarle con grilletes de vuelta a España.

Vasco Núñez de Balboa comprende que está perdido. Su veredicto se ha dictado antes de que llegase la noticia de que está cerca del Mar del Sur y de la costa del oro. Por supuesto, la utilizarán mientras su cabeza rueda por la arena; alguien, cualquier otro, completará la gesta —su gesta— con la que tanto ha soñado; él ya no tiene nada que esperar de España. Saben que envió a la muerte al gobernador legítimo del rey, que expulsó al alcalde por las armas. Habrá de tomarse como un acto de clemencia si le condenan solo a prisión y no ha de pagar su osadía sobre el tajo. No puede contar con amigos poderosos, pues él mismo ya no tiene ningún poder, y su principal valedor, el oro, apenas se ha manifestado aún como para asegurarle clemencia. Una sola cosa puede salvarle de la condena por su osadía: una osadía aún mayor. Si descubre el otro mar y el nuevo Ofir antes de que lleguen los enviados de la justicia y sus esbirros le atrapen y le encadenen, puede salvarse. Solo le queda una forma de fuga, aquí, en los confines del mundo habitado, la fuga mediante una magnífica gesta, la fuga hacia la inmortalidad.

Así pues Núñez de Balboa resuelve no esperar a los mil hombres que ha pedido para conquistar el océano desconocido, ni mucho menos esperar la llegada de los enviados de la justicia. Es preferible aventurarse a la inmensidad con unos pocos hombres igual de decididos que él. Es preferible morir con honores en una de las aventuras más audaces de todos los tiempos a que lo arrastren maniatado hasta el patíbulo. Núñez de Balboa reúne a todos los habitantes de la colonia, explica, sin guardarse para sí las dificultades, su intención de cruzar el estrecho y pregunta quién está dispuesto a acompañarle. Su arrojo envalentona al resto. Ciento noventa soldados, casi todos los hombres de la colonia capacitados para tomar las armas, declaran su intención de seguirle. El equipamiento es lo de menos, pues esa gente está acostumbrada a vivir en estado de guerra. Y el 1 de septiembre de 1513, Núñez de Balboa, héroe y bandido, aventurero y rebelde, emprende, a fin de escapar del cadalso o de la cárcel, su marcha hacia la inmortalidad.

UN INSTANTE ETERNO

La travesía por el estrecho de Panamá empieza en la provincia de Coiba, el pequeño reino del cacique Careta, cuya hija es compañera de Balboa. Núñez de Balboa, como se sabrá más tarde, no ha elegido el paso más estrecho y, a causa de ese desliz, el peligroso cruce se demora unas jornadas. Pero para él lo más importante en esa internada tan audaz en lo desconocido era tener a su lado una tribu india para el abastecimiento o la retirada. En diez canoas de gran tamaño los hombres de Darién cruzan hasta Coiba: ciento noventa soldados pertrechados con lanzas, espadas, arcabuces y ballestas, acompañados de una formidable jauría de temidos perros de presa. El cacique amigo ofrece a sus indios como animales de carga y guías, y el 6 de septiembre comienza la gloriosa marcha a través del istmo, una empresa que exige una inmensa fuerza de voluntad incluso a esos intrépidos y avezados aventureros. En el tórrido clima ecuatorial, sofocante y agotador, los españoles tienen que atravesar primero las tierras bajas, cuyo suelo cenagoso, atestado de enfermedades tropicales, mataría siglos después a miles de constructores del canal de Panamá. Desde el primer minuto tienen que desbrozar el camino hacia lo ignoto con la espada y el hacha, a través de la tóxica jungla de lianas. Como si cruzaran una enorme mina verde, los primeros de la tropa abren paso a los demás a lo largo de la espesura, por una angosta galería que, más tarde, la armada de conquistadores recorrerá hombre tras hombre, en una larga e infinita serie, con las armas siempre empuñadas, siempre, día y noche, con los sentidos alerta para defenderse de un eventual y repentino ataque de los nativos. El ambiente se va haciendo más y más asfixiante en la oscuridad bochornosa y polvorienta que forma la bóveda de árboles gigantescos, sobre la que se derrama un sol de justicia. Empapados en sudor y con los labios agrietados por la sed, la tropa sigue arrastrándose metro a metro en sus pesadas armaduras, cuando, de pronto, se descarga un chaparrón huracanado y los pequeños arroyos se transforman en el acto en ríos caudalosos que han de vadear o cruzar a toda prisa por los inseguros puentes de troncos improvisados por los indios. El único alimento que tienen los españoles es un puñado de maíz; amodorrados, hambrientos, sedientos, rodeados por el fragor de miríadas de insectos que pican y chupan la sangre, trabajan para avanzar con sus ropas desgarradas por la maleza y los pies heridos, los ojos febriles y las mejillas hinchadas por las picaduras de los mosquitos zumbones, sin descanso por el día, sin sueño por la noche, y enseguida en la más completa extenuación. Tras la primera semana de caminata, gran parte de la guarnición no soporta ya la fatiga, y Núñez de Balboa, que sabe que aún aguardan los verdaderos peligros, ordena que los febriles y los exhaustos se queden atrás. Solo con lo más selecto de su tropa quiere internarse en la aventura decisiva.

Por último enfilan hacia tierras más elevadas. Se aclara la selva, que solo en las cenagosas llanuras ha desplegado toda su exuberancia tropical. Pero ahora que la sombra no los protege, el sol ecuatorial arde cegador y punzante sobre sus pesadas armaduras. Despacio, en etapas cortas, los exhaustos soldados consiguen remontar peldaño a peldaño las tierras montuosas y alcanzan la cordillera que, como una columna vertebral de piedra, separa el angosto espacio entre los dos mares. La vista se va abriendo paulatinamente, después el aire refresca. Tras un esfuerzo heroico de dieciocho días, el mayor obstáculo parece superado; ya se alza ante ellos la cresta de las montañas desde cuya cumbre, según los guías indígenas, pueden divisarse los dos océanos, el Atlántico y ese otro aún desconocido y sin nombre: el Pacífico. Pero justo ahora, cuando la recia y taimada resistencia de la naturaleza parece cosa del pasado, se cruza en su camino un nuevo enemigo, el cacique de aquellas tierras, que con cientos de sus soldados bloquea el paso a los extranjeros. Pero Núñez de Balboa sabe bien cómo combatir a los indígenas. Basta abrir fuego con los arcabuces y la salva de truenos y relámpagos artificiales vuelve a demostrar su probado hechizo sobre los nativos. Los indígenas huyen despavoridos, mientras los persigue el aluvión de españoles y de perros de combate. Sin embargo, en lugar de contentarse con esa sencilla victoria, Balboa la deshonra, como es costumbre entre los conquistadores españoles, por medio de una miserable crueldad, dejando que un gran número de prisioneros inermes y atados —a imitación de las corridas de toros y las luchas de gladiadores— sean pasto de los perros hambrientos, que los despedazan y devoran vivos. Una infecta carnicería mancilla la última noche antes del día inmortal de Núñez de Balboa.

Una aleación singular e inexplicable en el carácter y los modos de estos conquistadores españoles. Devotos y creyentes como solo lo eran entonces los cristianos, invocan a Dios con alma fervorosa y al mismo tiempo cometen en su nombre las barbaridades más vergonzosas de la historia. Capaces de los más formidables y heroicos gestos de valentía, del sacrificio, de la capacidad de sufrimiento, se engañan y se combaten unos a otros de la manera más infame, y aun así, entre todas sus vilezas, conservan una marcada conciencia del honor y un sentido maravilloso, de veras admirable, de la grandeza histórica de su tarea. El mismo Núñez de Balboa, que la víspera había tirado a los perros a un grupo de prisioneros inermes y maniatados, y que tal vez acariciara satisfecho los belfos de las bestias mientras aún chorreaban sangre fresca de seres humanos, está plenamente convencido de lo que significa su gesta en la historia de la humanidad y, en el instante decisivo, encuentra uno de esos gestos magníficos que sobreviven, inolvidables, a través de todos los tiempos. Sabe que el 25 de septiembre será un día clave de la historia universal y, haciendo gala de un *pathos* maravillosamente español, este recio y desconsiderado aventurero demuestra hasta qué punto ha entendido el sentido de su misión destinada a perdurar para siempre.

He aquí el magnífico gesto de Balboa: al anochecer, justo después del baño de sangre, un nativo le ha señalado una cumbre cercana desde cuyas alturas ya puede otearse el mar, el desconocido Mar del Sur. De inmediato Balboa dispone sus instrucciones. Deja a los heridos y a los exhaustos en la aldea saqueada y ordena a los que aún son capaces de caminar —sesenta y siete en total, de los ciento noventa con los que empezó la marcha en Darién— que suban la montaña. Sobre las diez de la mañana están ya cerca de la cumbre. Solo les queda ascender un pequeño repecho pelado y la panorámica se abrirá hacia lo infinito.

En ese momento Balboa ordena detenerse a su tropa. Que ninguno le siga, pues no quiere compartir con nadie la primera vista del océano desconocido. Quiere ser el único español para toda la eternidad, quiere perdurar como el primer europeo, el primer cristiano que, luego de atravesar el inmenso océano de nuestro orbe, el Atlántico, otee ese otro mar desconocido, el Pacífico. Despacio, con el corazón agitado, profundamente conmovido por el significado del momento, asciende la pendiente, con la bandera en la zurda, con la espada en la diestra, una silueta solitaria en medio de la inconmensurable esfera terrestre. Asciende despacio, sin darse prisa, pues el verdadero trabajo ya está hecho. Solo unos cuantos pasos, cada vez menos, menos, y, en efecto, una vez ha alcanzado la cima, se abre ante él la inmensa panorámica. Tras la escarpada cordillera, tras las colinas que se hunden cubiertas de bosque y verdor, yace infinito un disco gigantesco, metálico, especular, el mar, el mar, el nuevo y desconocido mar hasta entonces solo soñado y nunca visto, el mar legendario, el mar buscado en vano durante años y años por Colón y por sus sucesores, cuyas olas bañan América, India y China. Y Vasco Núñez de Balboa mira y mira y mira, orgulloso, feliz, embebecido en la certeza de que sus ojos son los primeros de un europeo en los que se refleja el infinito azul de ese mar.

Vasco Núñez de Balboa mira largamente, extasiado, en lontananza. Solo después llama a sus camaradas para que compartan su dicha, su orgullo. Inquietos, emocionados, jadeando y gritando, escalan, trepan, corren pendiente arriba, y desde allí miran embelesados y sorprendidos, señalando con miradas entusiastas. De pronto el padre Andrés de Vara, que acompaña a la tropa, comienza a cantar el *Te Deum laudamus*, y el griterío y el alboroto cesa de inmediato; las voces recias y ásperas de esos soldados, de esos aventureros, de esos bandidos, forman un coro piadoso. Sorprendidos, los indios ven cómo, siguiendo las órdenes del sacerdote, los soldados talan un árbol para erigir una cruz en la que graban las iniciales del rey de España. Y cuando esa cruz se alza es como si sus brazos de madera quisieran abarcar ambos océanos, el Atlántico y el Pacífico, en toda su invisible lejanía.

En medio del temeroso silencio, Núñez de Balboa da un paso al frente y se dirige a sus soldados. Sería de ley dar las gracias a Dios porque les haya concedido ese honor y esa gracia, dice, y pedirle que en lo sucesivo los ayude a conquistar ese mar y todos sus territorios. Si siguen fieles a él como hasta ahora, volverán de esas nuevas Indias como los españoles más ricos de su tiempo. Solemne, ondea la bandera a los cuatro vientos, tomando en posesión para España todo cuanto abarcan esas corrientes, todo cuanto se extiende hasta el horizonte. Después llama al escribano real, Andrés de Valderrábano, para que levante acta de esa ceremonia solemne, de la que ha de quedar constancia para los restos. Andrés de Valderrábano desenrolla un pergamino —lo ha llevado durante toda la marcha por la selva, en un cofre de madera sellado, con pluma y tintero— y pide a todos «los caballeros y hidalgos y hombres de bien que se hallaron en el descubrimiento de la Mar del Sur con el magnífico y muy noble señor capitán Vasco Núñez de Balboa, gobernador por sus Altezas en la Tierra Firme» que certifiquen que «el señor Vasco Núñez fue el primero de todos que vio aquella mar y se la enseñó a quienes lo seguían».

Después los sesenta y siete hombres bajan la pendiente, y desde ese 25 de septiembre de 1513 la humanidad tiene noticia del último, y hasta entonces desconocido, océano de la tierra.

Oro y perlas

Ya no tienen dudas. Han visto el mar. ¡Ahora toca bajar a sus costas, probar sus húmedas mareas, tocarlo, sentirlo, saborearlo y llevarse el botín de sus playas! El descenso dura dos días, y para conocer en el futuro el camino más rápido desde la cordillera hasta el mar, Núñez de Balboa divide a su tropa en grupos. El tercer grupo, comandado por Alonso Martín, es el primero en llegar a la playa. Y tan imbuidos están estos humildes soldados del afán de gloria, de la sed de inmortalidad, que hasta el sencillo Alonso Martín hace que el escribano ratifique, negro sobre blanco, que él ha sido el primero en mojar el pie y la mano en esas aguas aún innombradas. Solo tras haber procurado a su pequeño «yo» esa migaja de inmortalidad, comunica a Balboa que ha llegado al mar y que ha tocado el oleaje con sus manos. De inmediato Balboa prepara un nuevo gesto dramático. A la mañana siguiente, día de san Miguel, aparece en la playa acompañado por veintidós hombres nada más, y bien pertrechado, con la armadura ceñida como el santo, toma posesión del nuevo mar en una ceremonia solemne. No se dirige a las aguas de inmediato, sino que, como su amo y señor, espera con altanería, descansando bajo un árbol, hasta que la marea creciente empuja hasta él sus olas y le lame los pies como un perro servicial. Solo entonces se levanta, se echa a la espalda el escudo, que brilla bajo el sol como un espejo, agarra con una mano la espada y con la otra el estandarte de Castilla, que porta la imagen de la madre de Dios, y se adentra en las aguas. Cuando las olas ya le bañan la cadera, cuando está metido casi por completo en esas inmensas aguas desconocidas, Núñez de Balboa, hasta la fecha un rebelde y un buscavidas, ahora el súbdito más leal de su rey y un triunfador, ondea la bandera a los cuatro vientos, gritando a voz en cuello: «¡Vivan los muy altos e poderosos señores monarcas don Fernando e doña Juana, Reyes de Castilla e de León, e de Aragón, etc. en cuyo nombre e por la Corona real de Castilla tomo e aprehendo la posesión real e corporal e actualmente destas mares e tierras, e costas, e puertos, e islas australes... E si algún otro príncipe o capitán, cristiano o infiel o de cualquier ley o secta o condición que sea pretenden algún derecho a estas tierras e mares, yo estoy presto e aparejado de se lo contradecir o defender en nombre de los Reyes de Castilla presentes o por venir, cuyo es aqueste imperio e señorío de aquellas Indias, islas e tierra firme... e agora e en todo tiempo en tanto que el mundo dure hasta el universal juicio de los mortales».

Todos los españoles repiten el juramento y sus palabras resuenan por un instante sobre el fuerte estruendo de las olas. Todos se mojan los labios con agua de mar, y de nuevo el escribano, Andrés de Valderrábano, levanta acta de la toma de posesión y termina su escrito con la siguiente cláusula: «Estos veintidós y el escribano Andrés de Valderrábano fueron los primeros cristianos que los pies pusieron en el Mar del Sur y con sus manos todos ellos probaron el agua, que metieron en sus bocas para ver si era salada, como la de la otra mar; y viendo que lo era, dieron gracias a Dios».

La gesta se ha completado. Ahora toca sacar provecho terrenal de la heroica hazaña. Los españoles arrebatan o truecan algo de oro con los nativos. Pero en medio de su triunfo les aguarda otra sorpresa. Los indios les traen, de unas islas cercanas ricas en tesoros, puñados de perlas preciosas, entre ellas una que adoptará el nombre de «Peregrina», ensalzada por Cervantes y Lope de Vega, porque adornó, siendo unas de las perlas más hermosas del mundo, la corona real de España e Inglaterra. Los españoles llenan hasta los topes todas las bolsas y todos los sacos con esos tesoros que aquí no valen más que las conchas y la arena, y cuando preguntan ávidos por el que para ellos es el bien más preciado de la tierra, el oro, uno de los caciques señala el sur, donde el perfil de las montañas se borra con suavidad en el horizonte. Allí, les cuenta, hay una tierra repleta de incontables riquezas, los soberanos yantan en vajillas doradas y unos grandes cuadrúpedos —las llamas, a eso se refiere el cacique— arrastran las más formidables mercancías hasta las arcas del rey. Y dice el nombre del país, que está al sur del mar y al otro lado de las montañas. Suena como «Birú», melodioso y exótico.

Vasco Núñez de Balboa mira absorto la mano desplegada del cacique, que apunta a la lejanía, donde las montañas, ya pálidas, se pierden en el cielo. La suave y tentadora palabra, *Birú*, se ha inscrito ya en su alma. El corazón le late apresurado. Por segunda vez en su vida, recibe una gran promesa insospechada. La primera revelación, la revelación de Comagre sobre la cercanía del mar, resultó ser cierta. Ha encontrado la costa de las perlas y el Mar del Sur, tal vez logre también la segunda proeza, el descubrimiento, la conquista del Imperio inca, del país del oro.

Rara vez conceden los dioses...

Con nostalgia, Núñez de Balboa sigue mirando absorto la lejanía. Como el tañido de una campana dorada, la palabra *Birú*, «Perú», resuena en su alma. Pero —¡dolorosa renuncia!— esta vez no puede aventurarse en busca de certezas. Con dos o tres docenas de hombres extenuados no puede conquistarse un reino. De modo que primero hay que volver a Darién y, más tarde, con las fuerzas repuestas, emprender el camino recién revelado hacia el nuevo Ofir. Pero la vuelta no es menos agotadora. De nuevo los españoles tienen que abrirse paso a través de la jungla, de nuevo sufren las acometidas de los indígenas. Y ya no son una tropa bien pertrechada para el combate, sino una pequeña compañía de hombres tambaleantes, debilitados por las fiebres, al límite de sus fuerzas —el mismo Balboa roza la muerte y los indios tienen que llevarlo en unas angarillas—, que, tras cuatro meses de espantosas fatigas, llega por fin a Darién el 19 de enero de 1514. Pero se ha consumado una de las mayores gestas de la historia. Balboa ha cumplido su promesa: los que se aventuraron con él a lo desconocido se han hecho ricos; sus soldados han traído tesoros de la costa del Mar del Sur, cosa que nunca hicieron Colón ni otros conquistadores, y los demás colonos reciben también su parte. Se aparta un quinto para la Corona y a nadie le molesta que el triunfador, al distribuir el botín, también recompense, como a cualquier otro guerrero, a su perro Leoncico, haciendo que lo cubran con quinientos pesos de oro, por haber desgajado con arrojo la carne del cuerpo a los desdichados nativos. Tras un pago como ese, ningún colono vuelve a cuestionar su autoridad como gobernador. Se ensalza como a un Dios al aventurero y rebelde, y este, orgulloso, puede despachar a España la noticia de que, tras Colón, él ha completado la gesta más grande para la corona castellana. En un empinado ascenso, el sol de su fortuna se ha antepuesto a todas las nubes que lo habían lastrado a lo largo de su vida. Ahora está en el cénit.

Pero la suerte de Balboa no dura mucho. Al cabo de pocos meses, un espléndido día de junio, la población de Darién se agolpa con asombro en la playa. Una vela ha centelleado en el horizonte, y tal cosa es un milagro en este perdido rincón del mundo. Pero hete aquí que surge a su lado una segunda, una tercera, una cuarta, una quinta vela, y enseguida son diez, no, quince, no, veinte, una flota al completo que navega rumbo al puerto. Y enseguida se enteran de que la causa es la carta de Núñez de Balboa, pero no la que informaba de su victoria —esta no ha llegado aún a España—, sino la anterior, en la que se transmitía por primera vez la revelación del cacique sobre la cercanía del Mar del Sur y de la tierra del oro y pedía una armada de mil hombres para conquistar esos territorios. Para una expedición así la Corona española no ha dudado en procurarle una formidable flota. Pero en Sevilla y Barcelona ni se les ha pasado por la cabeza confiar una misión de tanta enjundia a un aventurero y rebelde como Vasco Núñez de Balboa, a quien precede su mala reputación. Como gobernador envían a un hombre acaudalado, noble, de gran prestigio, de sesenta años, Pedro Arias Dávila, mayormente conocido como Pedrarias, cuya tarea es, en tanto que enviado del rey, poner orden al fin en la colonia, impartir justicia por los crímenes cometidos hasta la fecha, encontrar ese Mar del Sur y conquistar el prometido país del oro.

A Pedrarias se le presenta ahora una situación peliaguda. Por un lado, tiene órdenes de exigir responsabilidades a Núñez de Balboa, el rebelde, por la expulsión del gobernador anterior, y, si se demuestra que es culpable, ha de ponerle los grilletes o justificar su acto; por otro lado, tiene la misión de descubrir el Mar del Sur. Pero en cuanto su barco atraca en el puerto, se entera de que ese Núñez de Balboa al que ha de llevar ante los tribunales ya ha completado la magnífica gesta sin encomendarse a nadie, de que ese rebelde ya ha festejado el triunfo destinado a él y ha prestado a la Corona española el mayor servicio desde el descubrimiento de América. Por supuesto, no puede poner sobre el tajo la cabeza de un hombre así, como si fuera un criminal común; ha de saludarle con educación, darle su sincera enhorabuena. Pero desde ese instante Núñez de Balboa está perdido. Pedrarias nunca perdonará a su rival que llevara a cabo por su cuenta la gesta para la que le habían enviado a él y que habría de asegurarle una gloria imperecedera, eterna. Al principio, para no crispar a los colonos antes de tiempo, ha de ocultar su encono hacia el héroe, se pospone el proceso y hasta se dispone una paz falsa, que Pedrarias rubrica entregando a Núñez de Balboa la mano de su propia hija, que se ha quedado en España. Pero su odio y sus celos contra Balboa no se calman, y no hacen sino aumentar cuando, desde España, donde ya se han enterado de la hazaña de Balboa, llega un decreto mediante el cual al rebelde de ayer se le otorga con retraso el título que él ya se atribuía, con las mismas se le nombra Adelantado y a Pedrarias se le ordena que consulte con él todos los asuntos importantes. El país es muy pequeño para dos gobernadores: uno ha de hacerse a un lado, uno de los dos tiene que irse. Vasco Núñez de Balboa siente que la espada pende sobre él, pues el poder militar y la justicia están en manos de Pedrarias. Así que intenta por segunda vez la fuga que tiempo atrás resultara tan exitosa: la fuga hacia la inmortalidad. Pide permiso a Pedrarias para preparar una expedición con la que explorar la costa del Mar del Sur y ampliar los territorios conquistados. Pero la intención secreta del viejo rebelde es librarse de cualquier vigilancia a la otra orilla del mar, reunir él mismo una flota, convertirse en soberano de su propia provincia y tal vez conquistar el legendario Birú, ese Ofir del Nuevo Mundo. Pedrarias le dice que sí, pero tiene sus planes. Si Balboa muere en la empresa, mejor para él. Y si completa su gesta, ya tendrá tiempo de librarse de ese rebelde demasiado ambicioso.

Así comienza Núñez de Balboa su nueva fuga hacia la inmortalidad; esta segunda empresa es quizá más grandiosa que la primera, aunque no le procure la misma celebridad en la historia, que solo glorifica a los que salen bien parados. Esta vez, al cruzar el istmo, no solo le acompañan sus hombres, sino que ordena a miles de indígenas arrastrar madera, tablones, velas, anclas y cabestrantes para construir cuatro bergantines. Si consigue tener una flota al otro lado, podrá apropiarse de todo el litoral, conquistar las islas de las perlas y Perú, el legendario Perú. Mas esta vez el destino da la espalda al audaz, que encuentra a su paso una resistencia tras otra. Durante la marcha por la húmeda selva, la carcoma roe la madera, los tablones llegan podridos y no sirven para nada. Sin dejarse abatir, Balboa ordena talar más troncos en el golfo de Panamá y pulir nuevos tablones. Su energía culmina un verdadero milagro: parece que lo ha logrado, parece que los bergantines están a punto, los primeros del océano Pacífico. Pero entonces un tornado sacude y agiganta los ríos donde están atracados y listos para partir. Arranca los barcos de allí y los estrella contra el mar. Tiene que empezar por tercera vez; y ahora, por fin, logra poner a punto tres bergantines. Balboa necesita dos más, tres más, y entonces podrá salir al océano y conquistar el país con el que sueña día y noche desde que aquel cacique le indicara el sur con la mano extendida y él escuchara por primera vez la tentadora palabra *Birú*. ¡Solo tiene que reclamar aún unos cuantos bravos oficiales, pedir una buena tropa de refuerzo y fundar su reino! Un par de meses más, un poco más de suerte sumada a su íntimo coraje y la historia universal no habría conocido a Pizarro, sino a Núñez de Balboa, como el vencedor de los incas, el conquistador de Perú.

Pero ni siquiera con sus predilectos se muestra el destino siempre generoso. Rara vez conceden los dioses al mortal más de una gesta única y eterna.

La caída

Con férrea energía, Núñez de Balboa ha preparado su gran empresa. Pero precisamente la audacia de su éxito le pone en peligro, pues los ojos desconfiados de Pedrarias observan con inquietud las intenciones del subordinado. Quizá algún traidor le haya puesto al tanto de los ambiciosos sueños de poder de Balboa, quizá tan solo tema, celoso, un segundo éxito del viejo rebelde. Sea como sea, envía una carta muy amable a Balboa, diciendo que, antes de que comience su expedición de conquista, querría entrevistarse con él en Acla, una ciudad cercana a Darién. Balboa, que espera recibir más hombres de Pedrarias, accede a la petición y regresa de inmediato. Ante las puertas de la ciudad, sale a su encuentro un pequeño contingente de soldados, al parecer para recibirlo; contento, Núñez de Balboa se apresura para abrazar a su capitán, a su compañero en armas de tantos años, que estaba con él en el descubrimiento del Mar del Sur, a su buen amigo Francisco Pizarro.

Pero Pizarro le pone la mano en el hombro y le informa de que está arrestado. También él ansía la inmortalidad, también él desea conquistar la tierra del oro, y tal vez no le venga mal quitarse de en medio a alguien como Balboa, un hombre audaz que está por delante de él. El gobernador Pedrarias abre un proceso por supuesta rebelión, se celebra un juicio rápido e injusto. Pocos días después, Vasco Núñez de Balboa camina hacia el cadalso junto a sus hombres más leales; centellea la espada del verdugo y, en un segundo, en la cabeza que rueda hacia abajo, se apagan para siempre los primeros ojos de la humanidad que vieron al mismo tiempo los dos océanos que abrazan nuestra tierra.

La resurrección de Georg Friedrich Händel

21 de agosto de 1741

La tarde del 13 de abril de 1737, el sirviente de Georg Friedrich Händel se hallaba ocupado, ante la ventana a pie de calle de la casa de Brook Street, en una actividad de lo más singular. Irritado, se había dado cuenta de que su provisión de tabaco se había terminado, y aunque en realidad solo hubiera tenido que caminar dos calles para comprar picadura fresca en el puesto de su amiga Dolly, no se atrevió a salir de casa por miedo a su colérico señor y maestro. Georg Friedrich Händel había regresado del ensayo rebosando ira, con la cara de un rojo encendido por la sangre que le hervía a borbotones y una madeja de venas inflamadas en las sienes; cerró de un golpe la puerta de la calle y ahora caminaba —el sirviente podía oírlo— de un lado a otro de la primera planta tan agitado que el techo vibraba: en tales días de cólera, no era aconsejable desatender el servicio doméstico.

Así las cosas, el sirviente se había buscado una distracción para el aburrimiento, que consistía en hacer que, de su corta pipa de barro, en lugar de los hermosos tirabuzones de humo azul, salieran pompas de jabón. Se había preparado un pequeño cuenco con espuma y se divertía persiguiendo con la vista las coloridas pompas que flotaban desde la ventana hasta la calle. Los transeúntes se detenían y, con aire divertido, explotaban con el bastón alguna de esas bolitas multicolores, reían y hacían gestos con las manos, aunque aquello no les sorprendía. Pues de esa casa de Brook Street podía esperarse cualquier cosa: allí, de repente, resonaba el clavicordio en plena noche, allí se oía a las cantantes gritar y llorar a mares cuando el colérico alemán, hecho un energúmeno, las amenazaba porque se les había ido la voz una octava arriba o abajo. Para los vecinos de la Grosvenor Square el número 25 de Brook Street era desde hacía mucho tiempo un verdadero manicomio.

El sirviente, callado y perseverante, soplaba sus pompas de colores. Pasado un rato, su destreza había mejorado a ojos vistas: las irisadas burbujas eran cada vez más grandes y más finas, flotaban más alto y con mayor ligereza, y una incluso llegó a elevarse por encima del caballete de la casa baja que había al otro lado de la calle. Pero, de pronto, el hombre se sobrecogió, pues toda la casa tembló con un golpe seco. Los vasos tintinearon, las cortinas se movieron; algo pesado y macizo debía de haberse desplomado en el piso superior. El criado se levantó de un salto y subió a la carrera las escaleras que conducían al cuarto de trabajo de su señor.

La butaca en la que el maestro trabajaba estaba vacía, el cuarto estaba vacío, y el criado ya iba corriendo a su dormitorio cuando vio a Händel en el suelo, sin moverse, con los ojos abiertos y fijos, y en ese momento, el sirviente, paralizado por el primer susto, escuchó un estertor sordo y trabajoso. Aquel hombre corpulento yacía de espaldas, gimiendo, o más bien, exhalando gemidos que iban acompañados de temblores breves, cada vez más débiles.

Se muere, pensó aterrado, y se arrodilló a toda prisa para ayudar a quien prácticamente había perdido ya la consciencia. Intentó levantarlo, llevarlo hasta el sofá, pero el cuerpo de aquel hombre gigantesco pesaba demasiado. Así pues, se limitó a quitarle el ceñido pañuelo que llevaba al cuello, y al instante dejó de resollar.

Pero en ese momento llegó desde el piso de abajo Christof Schmidt, el fámulo, el ayudante del maestro, que acababa de entrar en casa para copiar unas arias; también a él le había asustado aquel golpe sordo. Entre los dos levantaron al corpulento hombre —los brazos le colgaban flácidos por los lados como los de un muerto— y lo acostaron en la cama, levantándole la cabeza.

—Desvístele —ordenó Schmidt al criado—. Me voy corriendo a por el médico. Y rocíale con agua hasta que despierte.

Christof salió corriendo sin chaqueta, no tardó nada en atravesar Brook Street en dirección a Bond Street; iba llamando a cada carruaje que, con un trote grave, pasaba a su lado sin hacer ni caso a ese hombre gordo, sin resuello, en mangas de camisa. Al final uno se detuvo, el cochero de lord Chandos había reconocido a Schmidt, y este, olvidando las formas, abrió la portezuela de un tirón.

—¡Händel se muere! —le gritó al duque, a quien conocía por ser un gran aficionado a la música y el mejor benefactor de su querido maestro—. Tengo que ir a buscar a un médico.

Al momento, el duque le invitó a subir al carruaje, los caballos saborearon el látigo afilado, y así fueron a recoger al doctor Jenkins a su cuarto de Fleet Street, donde en aquel instante, muy apurado, analizaba una muestra de orina. En su ligero cupé, partió de inmediato con Schmidt hacia Brook Street.

—La culpa la tienen los disgustos —se lamentaba el fámulo, desesperado, mientras el carruaje recorría las calles—, lo han torturado hasta matarle, todos esos malditos cantantes y castrados, los torpes plumillas y los criticastros, esos gusanos asquerosos. Cuatro óperas ha escrito este año para salvar el teatro, pero los otros tienen engatusadas a las mujeres y a la corte, y sobre todo el italiano ese, que los vuelve a todos locos, ese maldito castrado, ese mono aullador. ¡Ay, cuánto daño le han hecho a nuestro pobre Händel! Ha invertido todos sus ahorros, diez mil libras, y ahora le atormentan con pagarés, acabarán matándole. Nunca nadie ha completado una obra tan magnífica, nadie jamás se ha entregado de tal modo, pero una cosa así tiene que derribar incluso a un coloso como él. ¡Oh, qué hombre! ¡Qué genio!

El doctor Jenkins, frío y taciturno, permanecía a la escucha. Antes de entrar en la casa, dio una calada y sacudió la ceniza de su pipa.

—¿Cuántos años tiene?

—Cincuenta y dos —respondió Schmidt.

—Una edad crítica. Ha trabajado sin descanso como un toro. Pero también es fuerte como un toro. En fin, veremos qué se puede hacer.

El criado sujetó la palangana, Christof Schmidt levantó el brazo de Händel y el médico pinchó la vena. Salió disparado un chorro de sangre roja clara, caliente, y al momento un suspiro de alivio salió de los labios sellados. Händel respiró hondo y abrió los ojos, que aún parecían cansados, ausentes y desvanecidos. El brillo que normalmente tenían se había extinguido.

El médico vendó el brazo. No había mucho más que hacer. Ya iba a marcharse cuando reparó en que los labios de Händel se movían. Se acercó. En un tono apenas audible, como un suspiro nada más, Händel jadeaba:

—Se acabó... Estoy acabado..., no tengo fuerzas..., no quiero vivir sin fuerzas...

El doctor Jenkins se inclinó sobre él. Se dio cuenta de que un ojo, el derecho, estaba fijo, mientras el otro se movía. Intentó levantarle el brazo derecho. Cayó como un peso muerto. Después levantó el izquierdo. El izquierdo se quedó en la nueva posición. Con eso al doctor Jenkins ya le bastaba.

Cuando salió del cuarto, Schmidt le siguió hasta las escaleras, asustado, aturdido.

—¿Qué tiene?

—Apoplejía. El lado derecho está paralizado.

—¿Y se... —a Schmidt se le atascaron las palabras—, se curará?

El doctor Jenkins tomó, con mucha ceremonia, una pizquita de rapé. No le gustaban ese tipo de preguntas.

—Quizá. Nunca se sabe.

—¿Y se quedará paralítico?

—Es probable, salvo intervención divina.

Pero Schmidt, leal al maestro con cada gota de su sangre, no lo dejó ahí.

—¿Y podrá... podrá al menos volver a trabajar? No puede vivir sin crear.

El doctor Jenkins ya estaba junto a la escalera.

—Eso nunca —dijo en voz baja—. Quizá podamos

recuperar al hombre. Pero al músico lo hemos perdido. El ataque le ha afectado al cerebro.

Schmidt lo miró fijamente. Había tal desesperación en su mirada que el médico se sintió conmovido.

—Como he dicho —se apresuró a repetir—, ha de producirse un milagro. Pero lo cierto es que, hasta ahora, yo no he presenciado ninguno.

Cuatro meses vivió Georg Friedrich Händel sin energías, y la energía era su vida. El lado derecho de su cuerpo permanecía muerto. No podía andar, no podía escribir, con la mano derecha no podía hacer sonar una sola tecla. No podía hablar, el labio le pendía ladeado por el terrible desgarro que había atravesado su cuerpo, las palabras se limitaban a brotar de su boca como un balbuceo ahogado. Cuando los amigos iban a tocarle algo de música, un fogonazo aparecía en sus ojos, y entonces su cuerpo pesado y desobediente se movía como el de un enfermo en sueños, intentaba seguir el ritmo, pero tenía los miembros congelados, era víctima de una rigidez atroz, los tendones, los músculos, ya no le obedecían; aquel hombre, antes fuerte como un coloso, se sentía prisionero en una tumba invisible. En cuanto la música terminaba, los párpados se le cerraban con pesadez, y volvía a yacer como un cadáver. Por fin, el médico, apurado —la aflicción del maestro, era evidente, no tenía curación—, les recomendó que llevaran al enfermo a tomar baños calientes en Aquisgrán; tal vez, dijo, le procuraran alguna mejoría.

Pero bajo la tiesa envoltura de su cuerpo, al igual que en aquellas misteriosas aguas calientes que fluían bajo la tierra, latía una fuerza invencible: la voluntad de Händel, la fuerza primordial de su naturaleza, no se había visto en absoluto afectada por el ataque exterminador, y no iba a dejar que lo inmortal pereciera en aquel cuerpo mortal. Aquel hombre colosal no se había dado por vencido, aún quería, aún ansiaba vivir, quería crear, y esa voluntad obró el milagro contra las leyes de la naturaleza. En Aquisgrán los médicos le advirtieron una y otra vez de que no prolongara los baños más de tres horas, su corazón no lo soportaría, podía morir. Pero la voluntad, por mor de la vida y de su indómito deseo, desafió a la muerte: quería curarse. Para espanto de los médicos, Händel se daba baños calientes durante nueve horas al día, y la voluntad le hizo recuperar la fuerza. Al cabo de una semana ya podía arrastrarse; al cabo de dos, mover el brazo; y, como un inmenso triunfo de la voluntad y de la confianza, se zafó una vez más del paralizante yugo de la muerte, para abrazar la vida, con más fogosidad, con más brío que nunca, con esa indescriptible alegría que solo conoce quien se está curando.

El último día, dueño y señor de su cuerpo, a punto de partir ya de Aquisgrán, Händel hizo un alto ante una iglesia. Nunca había sido muy religioso, pero ahora, pudiendo andar de nuevo por un acto de gracia, mientras subía a la galería donde estaba el órgano, se sintió conmovido por lo inconmensurable. Con la mano izquierda tocó tímidamente las teclas. Sonó, sonó una nota clara y pura que atravesó aquella nave propicia. Entonces lo intentó, dubitativo, con la mano derecha, que tanto tiempo llevaba rígida y agarrotada. Y ocurrió que, bajo la misma, como una fuente argentina, brotó un nuevo sonido. Poco a poco empezó a tocar, a fantasear con melodías improvisadas, y un torrente lo arrastró. Maravillosos, los sillares de notas iban construyéndose y acumulándose en lo invisible, subiendo y subiendo, espléndidos, en la ligera construcción de su genio sin sombra, una claridad inmaterial, una luz sonora. Abajo, monjas y feligreses anónimos escuchaban atentos. Nunca habían visto tocar así a un ser humano. Y Händel, con la cabeza inclinada con humildad, tocaba y tocaba. Había recuperado su lenguaje, con el que hablaba con Dios, con la eternidad y con las personas. Podía volver a componer, podía volver a crear. Solo entonces se sintió de veras curado.

—He vuelto del Hades —dijo Georg Friedrich Händel a su médico de Londres, orgulloso, con el pecho henchido y los brazos estirados, y el doctor no pudo sino admirar boquiabierto aquel milagro de la medicina.

Y con toda su fuerza, con aquella rabia furiosa que ponía en el trabajo, con ansia redoblada y sin perder un segundo, el convaleciente volvió a volcarse en su obra. La vieja tenacidad se apoderó otra vez del hombre de cincuenta y tres años. Escribió una ópera —la mano restablecida le obedecía espléndidamente—, luego otra, y una tercera, los grandes oratorios *Saúl* e *Israel en Egipto*, además de *L'Allegro*, *Il Penseroso*; como de una fuente estancada largo tiempo, brotaba inagotable el gusto por la creación. Pero el tiempo juega en su contra. La muerte de la reina interrumpe las representaciones, empieza la guerra española, en las plazas públicas se congregan a diario gentes que gritan y cantan, pero el teatro está vacío y las deudas crecen. Después viene un riguroso invierno. El frío en Londres es tan intenso que se hiela el Támesis, y sobre su superficie reluciente se deslizan los trineos, dejando tras de sí una estela de cascabeles; durante esas duras semanas, todas las salas permanecen cerradas, pues ninguna música angelical puede hacer frente al frío terrible de esos grandes espacios. Los cantantes enferman, se cancela una función tras otra; la incómoda situación de Händel no deja de agravarse. Los acreedores le presionan, los críticos se burlan, el público calla indiferente; Händel, que lucha a la desesperada, pierde poco a poco el valor. Un concierto benéfico le ha salvado por los pelos de la cárcel por deudas, pero ¡qué vergüenza tener que pedir como un mendigo para salir adelante! Händel cada vez se encierra más en sí mismo, adopta un aire sombrío. ¿No era mejor tener paralizado un lado del cuerpo que, como ahora, el alma entera? En 1740 se siente de nuevo derrotado, abatido, escoria y ceniza de su gloria pasada. A duras penas, recopila fragmentos de obras anteriores, aún consigue, cada tanto, alguna pequeña proeza creativa. Pero el gran caudal se ha secado, y con él la fuerza primordial en su cuerpo restablecido; por primera vez, se siente cansado el hombre colosal; por primera vez, se siente derrotado el magnífico luchador; por primera vez, la corriente sagrada de su placer creador, el caudal creativo que durante treinta y cinco años ha inundado el mundo, se ha estancado. Otra vez está acabado, otra vez. Y sabe, o cree saber, desesperado, que está acabado para siempre. ¿Por qué —suspira— Dios hizo que resucitara de mi enfermedad, cuando los hombres vuelven a enterrarme? Mejor habría sido morir, en lugar de andar por ahí como una sombra de mí mismo, a la intemperie, en el vacío de este mundo. Y enfadado, a veces murmura las palabras de quien muriera en la cruz: «Dios mío, Dios mío, ¿por qué me has abandonado?».

Un hombre perdido, desesperado, cansado de sí mismo, que ya no cree en su fuerza, que tal vez no crea ya ni siquiera en Dios, Händel, durante esos meses, se dedica a deambular por Londres al caer la noche. Hasta bien tarde no se atreve a salir de casa, pues de día los acreedores le esperan a la puerta con los pagarés y por la calle le asquean las miradas displicentes, desdeñosas, de los hombres. A veces le da por pensar en huir a Irlanda, donde aún conserva el prestigio —bah, ¡no saben hasta qué punto es un hombre destruido!—, o a Alemania, o a Italia; puede que allí se le descongelara la helada de su interior, y de nuevo, acariciada por el dulce viento del sur, la melodía brotase del devastado pedregal de su alma. No, no lo aguanta, no aguanta esto, no poder crear, no poder trabajar en nada, Georg Friedrich Händel no aguanta sentirse derrotado. A veces se queda de pie frente a una iglesia. Pero sabe que las palabras no le proporcionan ningún consuelo. A veces se sienta en una taberna; pero a quien conoce la sublime, sagrada y pura embriaguez de la creación, le repugnan los destilados con sabor a matarratas. Y a veces, desde el puente del Támesis, mira fijamente abajo, a la corriente nocturna y negra, silenciosa, y se pregunta si no sería mejor dejarlo todo atrás con un salto súbito. Solo para no tener que cargar más con el lastre de ese vacío, ni con esa atroz soledad de quien ha sido abandonado por Dios y por los hombres.

De nuevo había estado deambulando por la noche. Aquel 21 de agosto de 1741 había sido un día sofocante; como metal fundido, un cielo bochornoso, cubierto de calima, se extendía sobre Londres. Al caer la noche, Händel había salido a respirar un poco de aire fresco en el Green Park. Bajo la impenetrable sombra de los árboles, donde nadie lo veía, donde nadie podía molestarle, se había sentado, exhausto, pues el cansancio pesaba sobre él como una enfermedad, un cansancio que le impedía hablar, escribir, tocar, pensar, un cansancio que nublaba sus sentimientos, que le impedía vivir. Pues ¿por qué y para quién iba a hacerlo? Como un borracho, había vuelto a casa, recorriendo Pall Mall y St. James Street, movido por un solo pensamiento anhelante: dormir, dormir, no saber nada más, solo descansar, reposar, a ser posible para siempre. En la casa de Brook Street ya no quedaba nadie despierto. Despacio —¡ay, qué agotado estaba, cómo le había perseguido la gente, hasta dejarlo exhausto!—, subió las escaleras, con cada paso que daba, pesado, crujía la madera. Por fin llegó a su habitación. Encendió la vela del pupitre: lo hizo sin pensar, de forma mecánica, como lo había hecho durante años, para sentarse a trabajar. Pues antaño —un suspiro melancólico brotó como un reflejo de sus labios— cada paseo que daba le procuraba una melodía, un tema que se traía a casa, y siempre lo escribía con premura para no perder en el sueño lo que había imaginado. Ahora, sin embargo, la mesa estaba vacía. No había ninguna partitura. La santa rueda de molino estaba inmóvil en la helada corriente. No tenía nada que empezar, nada que terminar. La mesa estaba vacía.

Pero no, ¡vacía no estaba! ¿No resplandecía allá, sobre el iluminado rectángulo, algo blanco, envuelto en papel de estraza? Händel lo agarró. Era un paquete, y vio algo escrito. Rompió el sello a toda prisa. En la parte superior había una nota, una nota de Jennens, el poeta, que le había escrito el texto para *Saúl* y para *Israel en Egipto*. «Le envío un nuevo poema —decía—, a la espera de que el más sublime genio de la música, *phoenix musicae*, se compadezca de mis torpes palabras y tenga a bien elevarlas con sus alas a través del éter de la inmortalidad.»

Händel se sobrecogió, como tocado por algo enojoso. ¿También ese Jennens quería burlarse de él, del moribundo, del impedido? Rompió la carta de un tirón, la arrugó, la tiró al suelo y la pisoteó.

—¡Canalla! ¡Bellaco! —gruñó.

Aquel torpe había hurgado en su herida más profunda, más ardiente, desgarrándole hasta las vísceras, hasta la profundidad más amarga de su ser. Furioso, sopló la vela para apagarla, anduvo a tientas, confuso, hasta sus aposentos, y se tiró en la cama: las lágrimas le brotaron de repente de los ojos, y todo el cuerpo le temblaba con la rabia que le causaba su impotencia. ¡Condenado mundo, en el que se burlan del despojado y se tortura al sufriente! ¿Por qué le llamaban a él, si tenía el corazón helado y no le quedaban fuerzas? ¿Por qué le pedían una obra más, si tenía el alma paralizada y la sensibilidad inerte? ¡Solo quería dormir, quedarse embotado como un animal! ¡Olvidarse de todo! ¡Dejar de existir! Aquel hombre aturdido, extraviado, se quedó tumbado en la cama como un peso muerto.

Pero no podía dormir. Sentía una inquietud, agitada por la ira como el mar se agita por la tormenta, una inquietud malsana y misteriosa. Se puso sobre el lado derecho, después sobre el izquierdo, pero cada vez estaba más y más desvelado. ¿No sería mejor que se levantara y repasara las palabras que le habían enviado? ¡Pues no! ¿Qué efecto podían tener sobre él, si ya estaba muerto? No, ya no había consuelo para él. ¡Dios le había dejado caer a los abismos, separándole de la sagrada corriente de la vida! Y aun así, todavía latía en él una fuerza, una misteriosa curiosidad que lo apremiaba y que se sobreponía incluso a su impotencia. Händel se levantó, volvió a su estudio y, con las manos temblando de emoción, encendió la vela. ¿No le había librado ya en una ocasión un milagro de la parálisis del cuerpo? Tal vez Dios supiera también cuál era la curación y el consuelo para el alma. Händel levantó el candelabro y lo arrimó a aquellas hojas escritas. «El Mesías», decía en la primera página. ¡Ah, otro oratorio! Los últimos habían sido un fiasco. Pero, movido por la inquietud, pasó la página del título y empezó a leer.

Con las primeras palabras se sobrecogió. «*Comfort ye.*» Tal era el arranque del texto. «¡Consolaos!» Parecían un conjuro, aquellas palabras..., pero no, no eran palabras, era una respuesta divina, una llamada de los ángeles desde el cielo nublado a su afligido corazón. «*Comfort ye.*» Cómo sonaban, cómo sacudían su alma temerosa: eran palabras creadoras, estimulantes. Y apenas las leyó, apenas las sintió, Händel las oyó convertidas en música, flotando con las notas, llamando, susurrando, cantando. ¡Qué dicha! ¡Las puertas se habían abierto! ¡Volvía a sentir, a oír música!

Las manos le temblaban al pasar las páginas. Sí, había sentido la llamada, la invocación, cada palabra le conmovía con un poder irresistible. «*Thus saith the Lord.*» «¡Así habló el Señor!» ¿No apelaban esas palabras a él y solo a él? ¿No era la misma mano que lo había tirado al suelo la que ahora lo levantaba de la tierra con un gesto de gracia? «*And he shall purify.*» «Y él os purificará.» Sí, a él le había pasado; la oscuridad quedó barrida de su corazón, la claridad penetró, la pureza cristalina de la luz sonora. ¿Quién había elevado de ese modo la pluma del pobre Jennens, aquel ripioso de Gopsall, si no Él, el único que estaba al tanto de su necesidad? «*That they may offer unto the Lord.*» «Que ofrezcan sacrificios al Señor.» Sí, que en su ardiente corazón se prenda una vela sacrificial que ascienda al cielo y que dé respuesta, respuesta a esa espléndida llamada. A él, solo a él apelaba ese «Proclama tu palabra con fuerza». ¡Oh, proclamar! Proclamarlo con la potencia y el estruendo de las trompetas, del coro vibrante, con el trueno del órgano, que de nuevo, como el primer día, la palabra, el sagrado logos, despierte a los hombres, a todos, a los que aún caminan desesperados en la oscuridad, pues de veras «*Behold, darkness shall cover the earth*», las tinieblas aún cubren la tierra, ellos aún no saben que la feliz noticia de la redención ha ocurrido en él. Y en cuanto lo lee, hierve en su interior, diáfano, el grito de gratitud: «*Wonderful, counsellor, the mighty God*». ¡Sí, quería alabarlo, al Dios todopoderoso, al magnífico, a él, que sabía aconsejar y daba paz al corazón atribulado! «Pues el ángel del Señor compareció ante ellos.» Sí, con alas plateadas, ese ángel había bajado a su estudio y, acariciándole suavemente, le había salvado. ¿Cómo no iba a dar las gracias, cómo no iba a lanzar gritos de júbilo con mil voces fundidas con la suya, cómo no iba a cantar y a ensalzarlo: «*Glory to God!*»?

Händel inclinó la cabeza sobre las páginas, como si se protegiera de una fuerte tormenta. Todo el cansancio había desaparecido. Nunca se había sentido tan fuerte, nunca antes había sentido el placer de la creación atravesándole de ese modo. Y una y otra vez, como una colada de luz cálida y reparadora, las palabras se derramaron sobre él, todas dirigidas a su corazón, implorantes, liberadoras. «*Rejoice*», «¡Regocijaos!». Cuando el coro elevó su magnífico canto, sin querer alzó la cabeza, y los brazos se extendieron por completo. «Él es el auténtico Salvador.» Sí, él quería testimoniarlo, como ningún mortal lo hubiera hecho antes, quería alzar su testimonio sobre el mundo como si fuera un cartel lleno de luz. Solo quien ha padecido mucho conoce la alegría; solo quien ha sido sometido a prueba intuye el bien supremo de la gracia; ha de ser él quien dé fe ante los hombres de la resurrección, en nombre de quienes han sucumbido a la muerte. Cuando Händel leyó: *«He was despised»*, «Fue despreciado», le vino a la mente un recuerdo transformado en un sonido oscuro y asfixiante. Pensaban que le habían vencido, que le habían enterrado en vida, persiguiéndole con sus burlas: *«And they that see him, laugh»*. «Y los que se cruzaban con él, se reían.» «Y nadie ofrecía consuelo al mártir.» Nadie le había ayudado, nadie le había consolado cuando yacía impotente, pero ¡oh, fuerza maravillosa!, *«He trusted in God»*, «Confió en Dios», y este no le dejó en la tumba, *«But thou didst not leave his soul in hell»*. No, no le dejó en la tumba de su desesperación, no le dejó en el infierno de su impotencia, maniatado, desaparecido; no abandonó su alma, no, le llamó de nuevo, para que llevara un mensaje de alegría a los hombres. *«Lift up your heads»*, «Levantad la cabeza». ¡Cómo surgía, brotando de sus entrañas, el gran mandato de su anunciación! Y de pronto se sobrecogió, pues allí estaba, en palabras del pobre Jennens: *«The Lord gave the word»*.

Se le cortó la respiración. La verdad había sido dicha por boca de un cualquiera: el Señor le había enviado la palabra desde las alturas. *«The Lord gave the word»*: de él había venido la palabra, el sonido, la gracia. Debía volver a él, debía elevarse hasta él con las olas de su corazón; ensalzarlo con un canto era el más sublime placer, el más sublime deber creador. ¡Oh, entender y conservar y elevar y ondear la palabra, extenderla y difundirla hasta hacerla vasta como la tierra, para que abarcara todo el júbilo de la existencia, para que fuera grande como Dios, que la había dado! ¡Oh, devolver a la eternidad la palabra, mortal y transitoria, a través de la belleza y del ímpetu infinito! Y hela aquí, estaba escrita, sonaba, la palabra, podía repetirse y transformarse durante toda la eternidad, hela aquí: «¡Aleluya! ¡Aleluya! ¡Aleluya!». Sí, congregar todas las voces de la tierra, las claras y las oscuras, la voz obstinada del hombre, la voz dúctil de la mujer, colmarlas y elevarlas y transformarlas, unirlas y disolverlas en un rítmico coro, hacerlas subir y bajar por la escalera musical de Jacob, sosegadas con las dulces cuerdas del violín, enardecerlas con el timbre agudo de los clarines, hacerlas bramar en el trueno del órgano: ¡Aleluya! ¡Aleluya! ¡Aleluya! Crear un canto jubiloso de esa palabra, de esa gratitud, que retumbara de vuelta desde la tierra hasta el Creador del universo.

Las lágrimas nublaron los ojos de Händel, tan inmenso era el fervor que le atravesaba. Le quedaban páginas por leer, la tercera parte del oratorio. Pero tras ese «Aleluya, Aleluya», ya no era capaz de seguir. Sentía ese júbilo de forma musical, se estiraba y se tensaba, le dolía ya como lava ardiente que quisiera manar, salir a borbotones. ¡Oh, cómo le angustiaba y le oprimía, pues deseaba salir de él, elevarse y regresar al cielo! Raudo, Händel cogió la pluma y apuntó unas notas; con mágica premura, se formaban signos y signos. No podía parar, como un barco cuyas velas empujara la tempestad, adelante, siempre adelante. A su alrededor callaba la noche; muda, la húmeda oscuridad se cernía sobre la gran ciudad. Pero a él afluía la luz e, inaudible, la música del cosmos resonaba en su estudio.

A la mañana siguiente, cuando el criado entró con tiento en el estudio, se encontró a Händel sentado a su escritorio, trabajando. Este no contestó cuando Christof Schmidt, su adlátere, le preguntó temeroso si podía ayudarle copiando algo; se limitó a gruñir en voz baja, amenazante. Nadie más se atrevió a merodear por allí, en tres semanas Händel no abandonó el estudio, y cuando le llevaban comida, arrancaba apresurado con la zurda un par de migas de pan, mientras con la diestra seguía escribiendo. No era capaz de parar, parecía sumido en una gran embriaguez. Cuando se ponía de pie y andaba por la habitación, cantando a voces mientras marcaba el compás, sus ojos tenían un aire extraño; si se dirigían a él, se estremecía, y su respuesta era insegura y atolondrada. El criado, entretanto, pasó jornadas difíciles. Venían los acreedores a cobrar los pagarés, venían los cantantes a pedir piezas para algún festival, venían los correos para invitar a Händel al palacio de los reyes; el criado tenía que despacharlos a todos, pues cuando intentaba, ya fuera con una sola palabra, dirigirse a quien trabajaba con tanta entrega, los exabruptos de cólera con que le respondía el importunado eran comparables al zarpazo de un león. Durante aquellas semanas Georg Friedrich Händel perdió la noción del tiempo y de las horas, ya no distinguía el día de la noche, vivía sumido en esa esfera en la que el tiempo se reduce a ritmos y compases, solo se movía a merced de esa corriente que brotaba y fluía de su interior cada vez más salvaje, más imperiosa, a medida que su obra se acercaba a esa sagrada explosión, el final. Cautivo en sí mismo, se limitaba a recorrer con fuertes y rítmicas zancadas la celda que se había creado en su estudio, cantaba, se lanzaba sobre el clavicordio, volvía a dejarlo, escribía y escribía hasta que le quemaban los dedos; jamás en su vida le había sobrevenido semejante arrebato creativo, nunca había vivido ni padecido la música de ese modo.

Al final, apenas tres semanas después —¡inconcebible a día de hoy y durante toda la eternidad!—, el 14 de septiembre, la obra estaba concluida. La palabra se había hecho música; inmarcesible, florecía y sonaba lo que hacía bien poco era un mero discurso seco, árido. El alma ardiente había obrado el milagro de la voluntad, como antes se obró el milagro de la resurrección en el cuerpo paralizado. Todo estaba escrito, creado, formado, desarrollado en melodía e impulso; solo faltaba una palabra, la última de la obra: «Amén». Pero Händel había dejado aquel «Amén», aquellas dos sílabas concisas y rápidas, para lo último, a fin de construir sobre ellas unos sonidos que se elevasen por unos escalones hasta el cielo. Las lanzó, esas dos sílabas, a unas voces y a otras en un coro alterno, las expandió y volvió a separarlas, para volver a fundirlas todo el tiempo, una y otra vez, en cada ocasión con un ardor más intenso, y como el aliento de Dios, su propio fervor penetró en el colofón de su gran oratorio, que resultó vasto como el mundo y colmado de su propia plenitud. Esa última palabra, una sola, no le dejó, y él tampoco la dejó a ella; en una magnífica fuga construyó aquel «Amén», desde la primera vocal, la «A» que retumbaba, el sonido primigenio del comienzo, hasta lograr erigir a partir de ella una catedral resonante y plena, con cuyo campanario alcanzó el cielo, subiendo cada vez más y más, volviendo a caer y volviendo a subir, y, atrapado al final por el estruendo del órgano, arrojado sin cesar a las alturas por el poder de las voces unidas en coro, llenó todas las esferas, como si a aquel peán de gratitud también contribuyeran los ángeles con su canto y los artesonados saltaran en mil pedazos sobre la propia cabeza del maestro con ese eterno «¡Amén, amén, amén!».

Händel se levantó con esfuerzo. Se le cayó la pluma. No sabía dónde estaba. No veía nada, no oía nada. Solo sentía cansancio, un cansancio sin límites. Tuvo que apoyarse en la pared, de tanto como se tambaleaba. Había desaparecido su fuerza; su cuerpo, exhausto; sus sentidos, confusos. Como un ciego, caminó a tientas palpando la pared. Luego se desplomó en la cama y durmió como un muerto.

Tres veces, a lo largo de la mañana, el criado abrió con mucho cuidado su puerta. El maestro aún dormía; inmóvil, como esculpido en piedra blanca, yacía su rostro hermético. A mediodía, el criado intentó despertarle por cuarta vez. Carraspeó con algo de escándalo, llamó a la puerta, pero fue inútil. En el inconmensurable abismo de aquel sueño no penetraba sonido alguno, ninguna palabra podía alcanzarlo. Por la tarde, Christof Schmidt vino a ayudarle; Händel aún estaba tumbado con aquella postura rígida. Schmidt se inclinó sobre el durmiente; Händel, destrozado por el cansancio tras su indescriptible gesta, yacía como un héroe caído en el campo de batalla tras haber logrado la victoria. Pero Christof Schmidt y el criado no sabían nada de la gesta ni de la victoria; lo único que sintieron al verle allí, tendido de aquella forma, tan inquietantemente inmóvil, fue espanto: temían que un nuevo ataque le hubiera fulminado. Y cuando, por la noche, por más que le hubieran sacudido, Händel seguía sin despertarse —llevaba diecisiete horas así, embotado y rígido—, Christof Schmidt volvió a salir a la carrera en busca del médico. No lo encontró de inmediato, pues el doctor Jenkins, aprovechando la noche templada, había ido a la orilla del Támesis a pescar y, cuando al fin Christof lo encontró, el doctor rezongó ante la inoportuna molestia. Solo al escuchar que se trataba de Händel, guardó el sedal y los utensilios de pesca, cogió —esto les llevó bastante tiempo— sus instrumentos quirúrgicos para hacerle la consabida sangría y por fin el carruaje, tirado por un poni, los llevó a ambos a Brook Street.

Pero allí los esperaba ya el criado, sacudiendo los brazos abiertos.

—¡Se ha levantado! —les gritó aun antes de que los otros entraran—. Y ahora está comiendo lo que seis cargadores juntos. Ha engullido de una sentada la mitad de un jamón de Yorkshire. He tenido que rellenarle cuatro veces la pinta de cerveza, y aún pide más.

En efecto, allí estaba Händel, a cuerpo de rey ante la mesa repleta, y así como en un día y una noche había recuperado el sueño de tres semanas, comía y bebía con todo el apetito y la fuerza de su colosal cuerpo, como si quisiera reponer de una vez las energías empleadas en aquellas duras semanas de trabajo. Apenas vio al doctor, empezó a reírse; fue una risa que paulatinamente se hizo inmensa, atronadora, estrepitosa, hiperbólica; Schmidt recordó que en todas aquellas semanas no había visto los labios de Händel esbozando una sonrisa, tan solo tensión e ira; ahora explotaba esa alegría primitiva suya, tan propia de su carácter, que había ido acumulando; resonó como la marea contra las rocas, espumeante y soltando sonidos guturales; Händel jamás en su vida había reído de un modo tan elemental como cuando vio al médico, pues se sentía mejor que nunca y el placer de la existencia lo atravesaba como una corriente fragorosa. Levantó la jarra y la acercó en dirección al hombre vestido de negro, a modo de saludo.

—Madre del cielo —dijo asombrado el doctor Jenkins—. ¿Qué os ocurre? ¿Qué elixir habéis ingerido? ¡Rebosáis vida! ¿Qué os ha pasado?

Händel lo miró riendo, de sus ojos saltaban chispas. Luego, poco a poco, fue poniéndose serio. Se levantó despacio y caminó hasta el clavicordio. Se sentó, acercó las manos a las teclas, al principio sin tocarlas. Después se dio la vuelta, esbozó una extraña sonrisa y, con sumo cuidado, medio hablando, medio cantando, empezó a interpretar la melodía del recitativo: «*Behold, I tell you a mystery*», «Atended, os contaré un secreto». Eran las palabras de *El Mesías*, empezaban en tono jocoso. Pero apenas hubo hundido los dedos en el aire tibio, se sintió arrastrado. Mientras tocaba, Händel se olvidó de los demás y de sí mismo, la corriente tiró de él con un impulso formidable. De repente volvía a estar atrapado en la obra, cantó, tocó los últimos coros, que hasta entonces solo había concebido en sueños; ahora, sin embargo, los oía despierto por primera vez: «*Oh death where is thy sting*», «Oh, muerte, ¿dónde está tu aguijón?». Sentía los coros íntimamente, atravesados por el fuego de la vida, y elevó la voz con más fuerza, como el coro, jubiloso, festivo, y siguió y siguió tocando y cantando hasta el «¡Amén, amén, amén!», y a punto estuvo de desmoronarse la estancia ante aquellos sonidos, tal era la potencia, la intensidad con que Händel aplicaba su fuerza a la música.

El doctor Jenkins parecía aturdido. Y cuando Händel se levantó por fin, Jenkins, con admiración y al mismo tiempo ruborizado, dijo, por decir algo:

—Caray, nunca había escuchado cosa igual. Ni que tuvierais el demonio en el cuerpo.

En ese instante el rostro de Händel se ensombreció. También él estaba asustado por la obra y por la gracia que se le había concedido en pleno sueño. También él estaba ruborizado. Se dio la vuelta y, en voz baja, de suerte que los demás apenas pudieron oírle, dijo:

—Creo más bien que ha sido cosa de Dios.

Al cabo de unos meses, dos caballeros bien vestidos llamaron a la casa de alquiler de Abbey Street donde un distinguido huésped de Londres, el gran maestro Händel, residía en Dublín. Venían a trasladarle una petición, dijeron respetuosos. Durante aquellos meses, Händel había deleitado a la capital de Irlanda con obras tan magníficas como no se habían escuchado allí jamás. Ahora habían oído que el maestro quería estrenar allí también su nuevo oratorio, *El Mesías*; el honor que esto suponía, dijeron, no era poca cosa, precisamente que reservara a aquella ciudad, antes que a Londres, la primera audición de su obra más reciente, y considerando lo extraordinario de este concierto, no cabía duda de que la recaudación sería cuantiosa. Así pues, venían a preguntar si al maestro, conocido en todas partes por su longanimidad, no le gustaría destinar las ganancias de esa primera audición a las instituciones benéficas que ellos tenían el honor de representar.

Händel los miró con amabilidad. Amaba esa ciudad porque la ciudad le había demostrado su amor, y tenía el corazón abierto a ella. Lo haría con mucho gusto, dijo sonriendo, solo le gustaría saber de qué instituciones se trataba.

—Una es de apoyo a los presos de distintas cárceles

—dijo el primero, un hombre de aspecto bondadoso y pelo blanco.

—Y la otra es para los enfermos del hospital Mercier —añadió el otro.

Por supuesto, aclararon que esa obra caritativa afectaba solo a los ingresos del estreno, los de las demás representaciones serían para el maestro.

Pero Händel lo rechazó.

—No —dijo en voz baja—. No quiero dinero por esta obra. Nunca aceptaré dinero por ella, nunca; al componerla contraje una deuda. Pertenecerá para siempre a los enfermos y a los presos. Pues yo mismo era un enfermo y, gracias a ella, estoy curado. Y era un preso y me liberó.

Los dos hombres levantaron la vista, algo desconcertados. No lo habían entendido del todo. Pero a continuación se lo agradecieron mucho, hicieron una reverencia y se marcharon a divulgar la buena nueva por todo Dublín.

El 7 de abril de 1742 tuvo lugar, por fin, el último ensayo. Solo pudieron acceder como oyentes unos cuantos familiares de los cantantes del coro de ambas catedrales, y para ahorrar, la sala del Music Hall, en Fishamble Street, apenas se iluminó tenuemente. Aislados y dispersos, en los bancos vacíos, se sentaron allí una pareja, más allá un grupo, para escuchar la nueva obra del maestro de Londres; oscura y fría, la vasta sala parecía cubierta de niebla. Pero algo extraordinario ocurrió en cuanto los coros empezaron a rugir como cataratas sonoras. Sin darse cuenta, los grupos aislados fueron agrupándose en los bancos, formando poco a poco un único bloque oscuro de escucha y asombro, pues a cada cual le parecía que el vigor de esa música inaudita, para él, para él solo, era demasiado, como si en cualquier momento fuera a llevárselo por delante y a arrastrarlo fuera de allí. Se iban juntando más y más, como si quisieran escuchar con un solo corazón, o recibir como una sola comunidad piadosa la palabra de confianza que, dicha cada vez de un modo, con una forma distinta, se les dirigía con resonantes voces entrecruzadas. Cada cual se sentía débil ante aquellas fuerzas primitivas, pero felizmente atrapado y llevado por ellas, y una sacudida de placer los atravesó a todos como si de un solo cuerpo se tratara. Cuando el «Aleluya» resonó por primera vez, alguien se incorporó de repente y los demás, dando un brusco tirón, se levantaron con él; sentían que no podían quedarse pegados a la tierra; presos de aquella fuerza violenta, se alzaron para estar con sus voces un palmo más cerca de Dios y ofrecerle, serviciales, su respeto. Y luego se fueron y llamaron a todas las puertas para contar que se había creado una pieza de arte sonoro como no había existido jamás en la tierra. Y toda la ciudad tembló de alegría y de expectación ante la idea de escuchar aquella obra maestra.

Seis días después, la noche del 13 de abril, la multitud se agolpaba ante las puertas del auditorio. Las damas iban sin miriñaque, los caballeros sin espada, a fin de dejar espacio en la sala para más oyentes; setecientas personas, un número nunca antes alcanzado, se apretujaban en la entrada, así de rápido se había extendido la gloria de la obra. Pero en cuanto empezó la música, no se oyó un suspiro más, y la escucha se volvió cada vez más silenciosa. Mas luego el coro estalló con poder huracanado y los corazones empezaron a estremecerse. Händel estaba pegado al órgano. Quería supervisar y guiar su obra, pero esta se le escapó, y él se perdió en ella, se le volvió ajena, como si nunca la hubiera escuchado, como si no la hubiese creado ni concebido él mismo; de nuevo, le arrastraba su propia corriente. Y al final, a medida que se elevaba el «Amén», sus labios se fueron abriendo sin que él lo quisiera, y cantó con el coro, cantó como jamás en su vida había cantado. Pero después, en cuanto el júbilo de los demás llenó la sala con una atronadora ovación, se deslizó a un lado en silencio, para no dar las gracias a la gente que quería darle las gracias a él, sino a la merced que le había inspirado aquella obra.

La esclusa se había abierto. Aquella corriente musical siguió fluyendo durante muchos, muchos años. Nada doblegó a Händel desde entonces; nada tumbó de nuevo al resucitado. La compañía de ópera que había fundado en Londres volvió a quebrar; los acreedores volvieron a acosarle con las deudas. Pero él se mantuvo firme y superó las adversidades; a sus sesenta años, despreocupado, seguía el camino jalonado con sus obras. Se lo pusieron difícil, pero supo salir adelante con gloria. La edad fue socavando su fuerza, le paralizó los brazos, la gota le entumeció una pierna, pero su alma inagotable no dejó de crear. Al final le falló la vista; mientras escribía su *Jephtha*, se quedó ciego. Pero aun con los ojos cerrados, como Beethoven los oídos, siguió creando y creando, incansable, invencible, y más humilde ante Dios a medida que crecían sus éxitos terrenales.

Como todos los artistas auténticos y rigurosos, no glorificaba sus propias obras. Pero había una que amaba, *El Mesías*, y la amaba por gratitud, porque le había salvado del abismo, porque se había redimido en ella. Año tras año se interpretó en Londres, y en cada ocasión, el total de los ingresos, quinientas libras, se destinó a mejorar los hospitales: de parte de quien se había curado, a los achacosos; de parte del liberado, a los que aún llevaban las esposas. Y con esta obra, con la que había ascendido desde el Hades, quiso también despedirse. El 6 de abril de 1759, muy enfermo a sus setenta y cuatro años, aceptó subir una vez más a la tarima del Covent Garden. Allí estaba aquel hombre colosal, ciego, en medio de sus fieles, entre músicos y cantantes. Sus ojos vacíos, apagados, no podían verlos. Pero cuando, con un inmenso y fragoroso estrépito, las ondas de las notas musicales llegaron hasta él, cuando sintió el huracanado júbilo de la certeza expandiéndose en miles de voces, su rostro fatigado se iluminó y se aclaró. Movió los brazos para marcar el ritmo, cantó con el rigor y la fe de un sacerdote que se hallara guiando su propio cortejo fúnebre, y rezó con todos por su redención y por la de los demás. Solo una vez, ante la llamada «*The trumpet shall sound*», cuando las trompetas, en efecto, restallaron, Händel se sobrecogió y, con los ojos inertes, miró hacia arriba, como si se sintiera ya listo para el Juicio Final; sabía que había cumplido con creces su tarea. Podía comparecer ante Dios con la cabeza bien alta.

Emocionados, los amigos guiaron al ciego hasta su casa. También ellos se daban cuenta: era la despedida. Tendido en la cama, alcanzó a mover los labios con suavidad. Quería morir el Viernes Santo, murmuró. Los médicos se miraron con asombro, no le entendían, pues ignoraban que aquel Viernes Santo caía en 13 de abril, la misma fecha en la que un pesado manotazo le abatió, la misma también en la que *El Mesías* sonó por primera vez para el mundo. La misma en la que, estando todo muerto en su interior, había vuelto a la vida. En la misma fecha en que había resucitado quería morir, para tener la certeza de su resurrección a la vida eterna.

Y así fue: aquella voluntad única se impuso también sobre la muerte, como hiciera antes sobre la vida. El 13 de abril las fuerzas abandonaron a Händel. Dejó de ver, dejó de oír, aquel hombre inmenso yacía tendido entre almohadas, sin moverse, como un envoltorio vacío y pesado. Pero así como el fragor del mar resuena en una caracola vacía, la música murmuraba en su interior, inaudible, más extraña y grandiosa que cualquier música que hubiese escuchado antes. Despacio, su apremiante marea fue liberando el alma del exhausto cuerpo, alzándola hacia la ingravidez. Oleaje en oleaje, sonido eterno en las esferas eternas. Y al día siguiente, antes de que repicaran las campanas de Pascua, murió al fin todo cuanto había de mortal en Georg Friedrich Händel.

El genio de una noche

La Marsellesa
25 de abril de 1792

1792. Dos meses, tres meses ha demorado ya la Asamblea Nacional francesa la toma de una decisión: la guerra contra la coalición del emperador y los reyes, o la paz. Luis XVI también está indeciso; intuye el peligro de una victoria de los revolucionarios, intuye el peligro de su derrota. Los partidos también dudan. Los girondinos insisten en la guerra, a fin de conservar el poder; Robespierre y los jacobinos abogan por la paz, porque pretenden, en el interludio, conquistar el poder. La situación es cada día más tensa: los periódicos azuzan, se discute en los clubs, los rumores corren cada vez más desbocados y la opinión pública se altera por momentos. Como siempre que se toma una decisión, esta resulta liberadora, y así ocurre el 20 de abril, cuando el rey de Francia declara por fin la guerra al emperador de Austria y al rey de Prusia.

Hace semanas que una tensión eléctrica se cierne,

pesada y perturbadora, sobre la ciudad de París; pero aún más angustiosa, aún más amenazante, es la agitación en las ciudades fronterizas. En los vivaques ya se han reunido las tropas; en cada pueblo, en cada ciudad, se equipa a voluntarios y a guardias nacionales; por doquier se ponen a punto las fortalezas, sobre todo en Alsacia, pues se sabe que en esa tierra, como siempre ocurre entre Francia y Alemania, se dará la primera orden. A orillas del Rin se encuentra el enemigo, el oponente, que no es una abstracción como en París, un concepto patético y retórico, sino una presencia visible, palpable; pues junto a la cabeza de puente fortificada, desde la torre de la catedral, puede verse claramente el avance de los regimientos prusianos. Por la noche el viento trae, atravesando el río que resplandece indiferente bajo la luz de la luna, el estruendo de la artillería enemiga, la vibración de las armas, los toques de trompeta. Y todos lo saben: basta una palabra, un decreto, para que rayos y truenos salgan disparados de las calladas bocas de los cañones prusianos y comience de nuevo la milenaria lucha entre Alemania y Francia. Esta vez, en nombre de una nueva libertad, por un lado, y en nombre del viejo orden, por el otro.

Un día incomparable, por tanto, aquel 25 de abril de 1792 en el que las estafetas llevan de París a Estrasburgo la noticia de la declaración de guerra. De inmediato, desde todos los callejones, desde todas las casas, el pueblo se echa a la calle; lista para la guerra, la guarnición al completo emprende su último desfile, un regimiento tras otro. En la plaza mayor espera el alcalde, Dietrich, con la banda tricolor ceñida al cuerpo, agitando el sombrero con la escarapela para recibir a los soldados. El toque de las cornetas y los redobles de tambores imponen el silencio. Elevando la voz, Dietrich lee palabra por palabra, en aquella plaza y en todas las de la ciudad, en francés y en alemán, la declaración de guerra. Pronunciadas las últimas palabras, los músicos de la banda militar entonan el primer himno, provisional, de la Revolución, el *Ça ira*, en realidad una melodía para bailar, alegre y burlona, aunque los atronadores pasos del regimiento le dan un aire marcial. Luego la masa se dispersa, llevando a todos los callejones y a todas las casas su enardecido entusiasmo; en los cafés, en los clubs, se elevan discursos exaltados y se difunden proclamas. *«Aux armes, citoyens! L'étendard de la guerre est déployé! Le signal est donné!»*,[1] así, y con consignas similares, empiezan, y lo hacen por doquier, todos los discursos, todos los periódicos, todos los carteles, todas las bocas repiten esos rítmicos y combativos gritos, como *«Aux armes, citoyens! Qu'ils tremblent donc, les despotes couronnés! Marchons, enfants de la liberté!»*,[2] y siempre, una y otra vez, la multitud jalea embriagada aquellas palabras fogosas.

Cuando se declara una guerra, la gran masa siempre grita y vitorea por calles y plazas, pero en esos momentos de exaltación callejera, de forma más discreta y en lugares apartados, suelen agitarse también otras voces; también la angustia y la preocupación despiertan tras una declaración de guerra, pero susurran a escondidas en las habitaciones o callan con labios exangües. Ha ocurrido siempre, en todas partes, madres que se pre-

---

1. *«¡A las armas, ciudadanos! ¡Se ha desplegado el estandarte de guerra! ¡Se ha dado la señal!» (Todas las notas son del traductor.)*
2. «¡A las armas, ciudadanos! ¡Que tiemblen los déspotas coronados! ¡Avancemos, hijos de la libertad!»

guntan si los soldados extranjeros no matarán a sus hijos, labriegos, en todos los países, preocupados por sus bienes, por sus tierras, por sus cabañas, por su ganado y su cosecha. ¿Aplastarán esas hordas brutales sus sembrados, saquearán su casa, abonarán con sangre el fruto de su trabajo? Pero el alcalde de Estrasburgo, Friedrich Baron Dietrich, en realidad un aristócrata, si bien, como la mejor aristocracia de Francia entonces, entregado en cuerpo y alma a la nueva libertad, solo quiere dar la palabra a esas voces fuertes y esperanzadas; deliberadamente, convierte el día de la declaración de guerra en una fiesta al aire libre. Con la banda cruzada en el pecho, se apresura de un grupo a otro para enardecer al pueblo. Ordena repartir vino y viandas a los soldados que marchan, y por la noche, en su espaciosa casa de la Place de Broglie, reúne al generalato, a los oficiales y a los funcionarios de alto rango, para una fiesta de despedida, convertida a la postre, por el entusiasmo general, en una celebración anticipada de la victoria. Los generales, seguros como siempre de la victoria, presiden la velada; los oficiales jóvenes, que ven en la guerra el sentido de su vida, tienen libertad de palabra. Unos enardecen a otros. Alzan los sables, se abrazan, brindan; exaltados por el vino, pronuncian discursos cada vez más apasionados. Y a las arengas vuelven siempre las mismas palabras estimulantes de los diarios y las proclamas: «¡A las armas, ciudadanos! ¡Adelante! ¡Salvemos la patria! ¡Que tiemblen los déspotas coronados! La bandera de la victoria se ha desplegado, ¡ha llegado la hora de portar la tricolor por el mundo! Hemos de dar lo mejor de nosotros mismos. ¡Por el rey! ¡Por la bandera! ¡Por la libertad!». En momentos así, el pueblo, el país entero, quiere formar una unión sagrada, confiado en la victoria, entusiasmado con la causa de la libertad.

De repente, en medio de las arengas y los brindis, el alcalde Dietrich se vuelve hacia el capitán del cuerpo de ingenieros, un hombre llamado Rouget que está sentado a su lado. Se ha acordado de que ese amable oficial, no precisamente agraciado, aunque simpático, medio año antes, cuando se proclamó la Constitución, escribió un himno muy bonito al que Pleyel, de la banda del regimiento, puso música enseguida. Aquel modesto trabajo resultó ser muy cantable, la banda militar se lo aprendió, lo tocaron en la calle, delante del público, y la gente lo cantó a coro. ¿No eran ahora la declaración de guerra y la partida al frente una ocasión perfecta para montar un festejo parecido? Así pues, el alcalde Dietrich, como quien no quiere la cosa, como si pidiera un favor a un conocido, le pregunta al capitán Rouget (que se ha ennoblecido el nombre por su cuenta y ahora se llama Rouget de Lisle) si, aprovechando esa patriótica ocasión, no le gustaría escribir algo para las tropas, una canción bélica para el ejército del Rin, que se dispone a marchar al día siguiente contra el enemigo.

Rouget, un hombre modesto, insignificante, que jamás se ha considerado a sí mismo un gran compositor —sus versos no han conocido la letra impresa, sus óperas han sido rechazadas— sabe que los versos de urgencia fluyen fácilmente de su pluma. Para mostrarse servicial con el alto funcionario y buen amigo, acepta la petición. Sí, lo intentará.

—¡Bravo, Rouget! —dice un general frente a él, y alza la copa urgiéndole a enviar la canción al frente en cuanto la acabe. Según él, puede que el ejército del

Rin necesite un himno patriótico que haga volar sus pasos.

Mientras tanto, otro pronuncia un discurso. Vuelven a brindar, a meter ruido, a beber. A oleadas más y más intensas, el entusiasmo general trasciende aquel pequeño y casual cruce de palabras. El banquete adquiere un tinte cada vez más entusiasta, más ruidoso, más frenético, y entre unas cosas y otras se hace tarde, ya es medianoche, y los invitados abandonan la casa del alcalde.

Sí, ya son más de las doce. El 25 de abril, día de gran agitación en Estrasburgo por la declaración de guerra, ha terminado. Ya es 26 de abril. La oscuridad de la noche envuelve todas las casas. Pero es una oscuridad engañosa, pues la ciudad aún está enfebrecida por la emoción. En los cuarteles, los soldados se pertrechan para marchar al frente, puede que algunos, los más cautos, al otro lado de los postigos cerrados, estén planeando una huida secreta. Por las calles desfilan pelotones aislados, se oyen los cascos de los presurosos correos a caballo, luego el estruendo de algún pesado convoy de artillería, y cada poco resuena, monótono, el aviso de los centinelas, que se dan el queo de un puesto a otro. El enemigo está muy cerca, el alma de la ciudad, muy insegura, muy excitada como para que alguien concilie el sueño en un momento tan crítico.

También Rouget, que acaba de subir las escaleras de caracol hasta su modesto cuchitril de la Grande Rue 126, siente una extraña emoción. No ha olvidado su promesa de procurar componer, tan rápido como pueda, una marcha, un canto de guerra para el ejército del

Rin. Inquieto, camina con paso firme de un lado a otro de su angosta habitación. ¿Cómo empezar? ¿Cómo empezar? Aún resuenan en su cabeza, en un torbellino caótico, los inflamados llamamientos, las arengas, los discursos, los brindis. «*Aux armes, Citoyens!... Marchons, enfants de la liberté!... Ècrasons la tyrannie!... L'étendard de la guerre est déployé!...*»[3] Pero recuerda otras palabras que ha escuchado por la calle, voces de mujeres que temblaban por sus hijos, la preocupación de los campesinos, que temen que aplasten los campos de Francia y los abone la sangre de hordas extranjeras. Medio inconsciente, escribe las dos primeras líneas, que son solo un eco, una reverberación de esos llamamientos.

> *Allons, enfants de la patrie,*
> *Le jour de gloire est arrivé!*[4]

Entonces se interrumpe, asombrado. Suena bien. El arranque es bueno. Solo falta encontrar el ritmo adecuado, la melodía para las palabras. Abre el armario y coge el violín, ensaya. ¡Qué maravilla! En esos primeros compases, el ritmo ya encaja a la perfección. Sigue escribiendo deprisa, llevado, arrastrado por una fuerza que tira de él. Y de pronto todo fluye: todos los sentimientos liberados en las últimas horas, todas las palabras oídas en la calle, en el banquete, el odio a los tiranos, el temor por la tierra patria, la fe en la victoria, el

---

3. «¡A las armas, ciudadanos! ¡Aplastemos a la tiranía! ¡Se ha desplegado el estandarte de guerra!»
4. «En marcha, hijos de la patria, / Ha llegado el día de la gloria.»

amor a la libertad. Rouget no necesita hacer literatura, no necesita inventar nada, solo rimar, disponer en el ritmo arrebatador de su melodía las palabras que ha escuchado hoy, ese día único, corriendo de boca en boca, y así todo cuanto siente la nación en lo más profundo de su alma quedará dicho, expresado, cantado. Tampoco tiene que componer, pues los postigos cerrados dejan pasar el ritmo de la calle, del momento decisivo, ese compás terco y desafiante marcado por el paso marcial de los soldados, por el restallido de las trompetas, por el estruendo de los cañones. Acaso él no lo oiga, por más que su oído esté alerta, pero el genio del instante, que en esa noche única reside en su cuerpo mortal, lo ha escuchado por él. La melodía se va sometiendo, cada más dúctil, al palpitante y jubiloso compás, el latido de todo un pueblo. Como si un extraño le dictara, Rouget escribe las palabras y las notas a toda prisa, cada vez más rápido; una tempestad lo atraviesa de un modo que su alma estrecha y burguesa no había conocido jamás. Una exaltación, un entusiasmo que no le pertenecen, más bien una fuerza mágica, condensada en un solo segundo explosivo, que arrastra al pobre diletante cien veces por encima de su propia estatura, lanzándole como un cohete —una luz que dura un segundo y una llama radiante— hasta las estrellas. Por una noche, al capitán Rouget de Lisle se le ha permitido confraternizar con los inmortales: las proclamas de las primeras líneas, que escuchó por azar y tomó prestadas de los diarios, de la calle, terminan formando la palabra creadora, y esta se eleva a una estrofa que, en su formulación poética, resulta tan imperecedera como la inmortal melodía.

Amour sacré de la patrie,
Conduis, soutiens nos bras vengeurs!
Liberté, liberté chérie,
Combats avec tes défenseurs![5]

Más tarde, una quinta estrofa, la última, y, al despuntar la mañana, en un rapto de emoción, como de una pieza, perfecta en su unión de melodía y letra, la inmortal canción está terminada. Rouget apaga la luz y se tumba en la cama. Algo, no sabe qué, lo ha elevado a una clarividencia nunca antes sentida, algo lo derriba ahora, dejándole agotado e indolente. Duerme un sueño abismal, como la misma muerte. Y de hecho, el creador, el poeta, el genio, ha muerto también en su interior. Sin embargo, sobre la mesa, al margen del dormido, a quien el milagro ha hundido en una sagrada embriaguez, está la obra finalizada. Apenas podrá encontrarse en la historia de los pueblos otro himno en el que con tanta rapidez y perfección la letra y la música hayan surgido simultáneamente.

Como cada mañana, las campanas de Münster anuncian el nuevo día. De vez en cuando, el viento del Rin trae el eco de los disparos, han empezado las primeras escaramuzas. Rouget despierta. A duras penas logra alzarse a tientas del abismo de su sueño. Tiene la vaga sensación de que algo ha pasado, y de que le ha pasado a él, pero su recuerdo es sumamente impreciso. Hasta entonces no había reparado en las cuartillas que hay sobre la mesa, escritas con tinta aún fresca. ¿Ver-

5. «¡Amor sagrado de la patria, / Guía, sostén nuestros brazos vengadores! / ¡Libertad, libertad querida, / Lucha junto a tus defensores!»

sos? ¿Cuándo los he escrito? ¿Música de mi puño y letra? ¿Cuándo la compuse? ¡Ah, sí! Es el encargo del amigo Dietrich, la marcha para las tropas del Rin. Rouget lee sus versos mientras tararea la melodía, pero, como cualquier creador ante la obra recién terminada, siente un sinfín de dudas. Se acuerda de que al lado vive un camarada del regimiento; le muestra los versos, se los canta. Al amigo parecen gustarle, aunque se limita a sugerir algunos pequeños cambios. Ese primer visto bueno le infunde a Rouget cierta confianza. Con la impaciencia de cualquier autor y orgulloso por haber cumplido tan rápido su promesa, se presenta sin demora en casa del alcalde Dietrich, que en ese momento, como todas las mañanas, pasea por el jardín mientras medita un nuevo discurso. ¡Qué, Rouget! ¿Terminada? Veamos, pues, cómo suena. Los dos hombres, dejando tras de sí el jardín, entran en el salón de la casa, Dietrich se sienta al piano y toca el acompañamiento. Rouget canta. Atraída por la inesperada música matinal, la mujer del alcalde entra en la estancia, y acto seguido se compromete a hacer copias de la nueva canción. Como la persona versada en música que es, hará algún arreglo en el acompañamiento, a fin de que esa misma noche, en la tertulia, puedan tocarla, entre otras muchas canciones, para los amigos de la casa. El alcalde Dietrich, por su parte, orgulloso de su agradable voz de tenor, asume la tarea de estudiarla a conciencia, y el 26 de abril, la noche del mismo día en cuya madrugada se escribió y se compuso la canción, esta fue cantada por primera vez ante una audiencia fortuita en el salón del alcalde.

Al parecer, los oyentes aplaudieron con amabilidad y al autor, allí presente, a buen seguro no le faltaron todo tipo de cumplidos formales. Pero, por supuesto, los invitados del Hôtel de Broglie, en la gran plaza de Estrasburgo, no tenían la menor idea de que una melodía eterna acababa de desplegar las alas invisibles sobre su presencia terrenal. Raramente los contemporáneos comprenden al primer vistazo la grandeza de una persona o de una obra, y hasta qué extremo ignoraba la mujer del alcalde la magnitud de aquel admirable momento se demuestra con la carta que le envió a su hermano, en la que reduce el milagro a un simple acontecimiento social. «Sabes que recibimos a mucha gente en casa y que siempre hay que inventarse algo para aportar variedad a la velada. Así que mi marido tuvo la idea de encargar a alguien que compusiera una canción circunstancial. El capitán del cuerpo de ingenieros, Rouget de Lisle, un apreciable poeta y compositor, terminó muy rápido la música para un himno de guerra. Y mi marido, que tiene una buena voz de tenor, se apresuró a cantar la pieza, que es muy pegadiza y hasta cierto punto singular. Es como Gluck, pero mejor: más vivo, más animado. Yo, por mi parte, he aportado mi talento en la parte orquestal y he hecho algunos arreglos para el piano y otros instrumentos, así que he trabajado bastante. Se ha tocado la pieza en nuestra casa, para gran satisfacción de todos los invitados.»

«Para gran satisfacción de todos los invitados.» Esto hoy se nos antoja de una asombrosa frialdad. Pero la amable complacencia y el tibio beneplácito se entienden bien, pues en aquella primera audición *La Marsellesa* aún no se había desplegado con toda su fuerza. *La Marsellesa* no es pieza para que un tenor de voz suave la cante en audiciones, ni mucho menos un solo cantante en un salón pequeñoburgués, entre romanzas y arias italianas. Una canción que se eleva a esos compases palpitantes, ligeros, retadores —«*Aux armes, citoyens!*»— apela a la masa, a la multitud, y su compañía es el traqueteo de las armas, el restallido de las trompetas, los regimientos en marcha. No, no está hecha para oyentes sentados, en actitud de frío y acomodado disfrute, sino para cómplices, para compañeros de batalla. No ha de cantarla una soprano sola, ni un tenor, sino mil gargantas a una, como marcha modélica, como canto triunfal, de muerte, patriótico: el himno nacional de un pueblo. Solo el entusiasmo del que nació daría a la canción de Rouget aquel poder excitante. La canción aún no ha prendido. Ni las palabras ni la melodía han alcanzado, en su mágica resonancia, el alma de la nación. Las tropas aún no han oído su canto, su himno triunfal, y la Revolución aún ignora su eterno grito de guerra.

Al igual que los demás, Rouget de Lisle, que en cuestión de horas ha experimentado ese milagro, desconoce lo que ha creado, sonámbulo y guiado por un genio poco fiable, en aquella única noche. Por supuesto, el honesto y sencillo diletante se alegra de corazón de que los invitados aplaudan enérgicamente, de que, como autor de la obra, lo agasajen con afectuosos cumplidos. Con la pequeña arrogancia del hombre pequeño, intenta aprovechar ese pequeño logro en su pequeño círculo provinciano. A sus camaradas les canta en los cafés la nueva melodía, manda hacer copias y se las remite a los generales del Rin. Mientras tanto, por orden del alcalde y recomendación de las autoridades castrenses, la banda militar de Estrasburgo se aprende el *Canto de guerra para el ejército del Rin*, y cuatro días después, con la partida al frente de las tropas, la banda de la Guardia Nacional de Estrasburgo toca la nueva marcha en la plaza principal de la ciudad. Por patriotismo, el editor local se ofrece a imprimir, dedicado respetuosamente al general Luckner de parte de sus subordinados militares, el *Chant de guerre pour l'armée du Rhin*. Pero ni un solo general del ejército del Rin piensa siquiera en ordenar que se toque o que se cante la nueva melodía para acompañar el avance de las tropas, de modo que el éxito logrado por el «*Allons, enfants de la patrie*» en el salón parece limitarse, como todos los intentos de Rouget hasta la fecha, a un triunfo pasajero, a un asunto de provincias que, como tal, pasará sin pena ni gloria.

Sin embargo, la fuerza innata de una obra nunca puede quedar oculta ni encerrada para siempre. Puede que el tiempo haga que una obra de arte se olvide, se prohíba o quede sepultada, pero lo elemental acaba siempre por imponerse a lo efímero. Durante un mes o dos nadie vuelve a oír nada sobre la canción de las tropas del Rin. Manos indiferentes guardan y se pasan de unas a otras los ejemplares impresos o manuscritos. Pero, como siempre sucede, a una obra le basta el entusiasmo verdadero de una sola persona, pues ese entusiasmo, cuando es real, resulta creador. El 22 de junio, en la otra punta de Francia, en Marsella, el Club de Amigos de la Constitución celebra un banquete para los voluntarios que marchan al frente. En una larga mesa corrida se sientan quinientos jóvenes apasionados, vestidos con el uniforme nuevo de la Guardia Nacional; en ellos late, febril, el mismo ánimo que el 25 de abril en Estrasburgo, si bien aún más enardecido, ardiente y pasional, como es natural entre los meridionales marselleses, y sin la vana seguridad en la victoria que reinaba durante las primeras horas tras la declaración de guerra. Pues las tropas revolucionarias francesas no han marchado enseguida sobre el Rin ni se las ha recibido en todas partes con los brazos abiertos, tal y como aseguraban mendazmente los generales. Al contrario, el enemigo ha penetrado un buen trecho en territorio francés, la libertad está amenazada y la causa de la libertad, en peligro.

De repente, en medio del banquete, alguien —se llama Mireur y es estudiante de Medicina en la Universidad de Montpellier— da unos golpecitos en su copa alzada. Todos callan, le miran. Esperan un discurso o una arenga. Pero en lugar de eso el joven levanta la diestra y empieza a entonar una canción, nadie la conoce, no saben de dónde la ha sacado: *«Allons, enfants de la patrie»*. Y entonces prende la chispa, como si hubiera caído en un polvorín. Sentimiento y sentimiento, los eternos polos, se han tocado. Todos esos muchachos que parten al frente mañana, que quieren luchar por la libertad y que están dispuestos a morir por la patria, sienten que esas palabras expresan su voluntad más íntima, sus pensamientos más profundos; el ritmo los arrastra, irresistible, a un entusiasmo extático y unánime. Tras cada estrofa aclaman con júbilo, otra vez, una segunda, ha de repetirse la canción, y ya se saben la melodía, ya la cantan, se levantan emocionados, levantando las copas, repitiendo el estribillo a voz en cuello. *«Aux armes, citoyens! Formez vos bataillons!»*[6] Algunos curiosos se agolpan a la puerta para escuchar lo que con tanto entusiasmo están cantando allí dentro, y al final se unen ellos también; al día siguiente la melodía

6. «¡A las armas, ciudadanos! ¡Formad vuestros batallones!»

ya está en miles, en decenas de miles de bocas. Se reimprime y se difunde, y el 2 de julio, cuando quinientos voluntarios parten al frente, la canción marcha con ellos. Si se sienten exhaustos en la carretera, si su paso se vuelve renqueante, basta con que alguien empiece a entonar el himno, y su arrebatador compás da a todos ellos un impulso renovado. Cuando cruzan un pueblo y los asombrados campesinos, los habitantes curiosos, se congregan, los soldados lo entonan a coro. Ahora es su canción, sin saber que estaba destinada al ejército del Rin, sin sospechar quién la escribió ni cuándo, la adoptan como himno de su batallón, como expresión de su entrega a vida o muerte en la batalla. Les pertenece, como la bandera, y mientras avanzan enfervorizados quieren llevarla por el mundo.

La primera gran victoria de *La Marsellesa* —pues así se conocerá enseguida el himno de Rouget— tiene lugar en París. El 30 de julio, el batallón entra en los *faubourgs*, precedido por la bandera y por el himno. Miles y miles de personas esperan en las calles, a fin de darles una solemne bienvenida; cuando se acercan los marselleses, quinientos hombres marcando el paso y cantando la canción una vez tras otra, como si saliera de una sola garganta, la multitud los escucha atenta. Pero ¿qué himno magnífico y arrebatador es aquel que cantan esos meridionales? ¡Qué espléndido fragor de trompetas que llega a todos los corazones, acompañado de un redoble de tambor, al grito de «*Aux armes, citoyens*»! Pasadas dos, tres horas, el estribillo ya suena hasta en el último callejón de la ciudad. Nadie recuerda el *Ça ira*, ni las viejas marchas militares, ni las gastadas cancioncillas: la Revolución ha reconocido su propia voz, la Revolución ha encontrado su himno.

Su propagación es imparable; irreprimible, su marcha triunfal. El himno se canta en los banquetes, en los teatros y en los clubs, incluso en las iglesias, después del *Te Deum*, al que enseguida sustituye. En un mes, dos meses, *La Marsellesa* se convierte en la canción del pueblo y de todo el ejército. Servan, el primer ministro de la guerra republicano, se da cuenta con buen ojo de la fuerza enardecedora, vigorizante, de tan singular canto de batalla. Ordena repartir cien mil ejemplares entre todas las tropas, y en dos o tres noches la canción del desconocido está más presente que cualquier obra de Molière, Racine y Voltaire. No hay fiesta que no se cierre con *La Marsellesa*, ni batalla en la que la banda del regimiento no entone en primer lugar el canto bélico a la libertad. En las batallas de Jemappes y Neerwinden, los regimientos, al formar, la entonan a coro antes del ataque, y los generales enemigos, que solo pueden estimular a sus soldados con la vieja costumbre de doblar la ración de aguardiente, ven con espanto que nada pueden oponer a la fuerza explosiva de ese himno «aterrador» que, cantado por miles y miles de voces a la vez, se abalanza sobre sus filas como una ola fragorosa, vibrante. Sobre todas las batallas de Francia, arrastrando a incontables hombres al entusiasmo y la muerte, planea *La Marsellesa*, como Nike, la diosa alada de la victoria.

Mientras tanto, en la pequeña guarnición de Hüningen, un capitán de ingenieros a quien nadie conoce, Rouget, diseña un minucioso sistema de defensas y trincheras. Tal vez ha olvidado ya el *Canto de guerra para el ejército del Rin* que creara aquella lejana noche del 26 de abril de 1792, y ni siquiera se atreve a sospechar, cuando lee en los periódicos acerca de ese otro himno, de esa otra canción de guerra que ha conquistado por asalto París, que esa triunfal «canción de los marselleses», palabra por palabra, compás a compás, no es otra que la que a él y en él se manifestó de forma milagrosa aquella noche. Pues —atroz ironía del destino— esa melodía que ruge en todos los cielos, que resuena hasta en las estrellas, enardece a todos los hombres menos a uno: el que la ideó. Nadie en toda Francia presta atención al capitán Rouget de Lisle. La más inmensa gloria que jamás haya alcanzado una canción se reserva solo a esta, y ni una sombra de esa gloria recae sobre su creador, Rouget. Su nombre no aparece en las impresiones y habría permanecido inadvertido para los soberanos de aquellas horas si él mismo no se hubiera convertido en un elemento molesto. Pues, en una paradoja genial como solo las puede propiciar la historia, el creador del himno de la Revolución no es un revolucionario. Al contrario, quien impulsara como ningún otro con su inmortal canto la Revolución desea contenerla con todas sus energías. Cuando los marselleses y la plebe parisina —con su cántico en los labios— asaltan las Tullerías y derrocan al rey, Rouget ya no quiere saber nada más de la Revolución. Se niega a jurar lealtad a la república y prefiere colgar el uniforme antes que servir a los jacobinos. Las palabras *liberté chérie*, la querida libertad de su himno, no son, para este hombre intachable, una expresión vacía: desprecia a los nuevos tiranos, a los déspotas de la Convención, no menos que a los coronados y ungidos del otro lado de las fronteras. Airea a los cuatro vientos su disgusto con el Comité de Salvación Pública cuando su amigo, el alcalde Dietrich, padrino de *La Marsellesa*, cuando el general Luckner, a quien está dedicada, cuando todos los oficiales y nobles que conformaron la audiencia que la escuchó por primera vez, son llevados a rastras a la guillotina, y pronto se da la grotesca tesitura de que el poeta de la Revolución es detenido por contrarrevolucionario, de que a él, precisamente a él, se le procesa por traición a la patria. Solo la apertura de las cárceles el 9 de termidor, tras la caída de Robespierre, evita a la Revolución francesa la ignominia de haber pasado al poeta de su canción más imperecedera por la «cuchilla nacional».

Pero al menos habría sido una muerte heroica y no una penosa decadencia en la oscuridad como la que se le impuso a Rouget. Pues durante más de cuarenta años, durante miles y miles de días, el desafortunado Rouget sobreviviría al único día de su vida en el que fue un verdadero creador. Le han quitado el uniforme, le han retirado la pensión, nadie imprime los poemas ni los textos que escribe, nadie interpreta sus óperas. El destino no perdona al diletante su intrusión en las filas de los inmortales. Con toda clase de pequeños negocios, no siempre limpios, el pequeño hombre sigue adelante con su pequeña vida. En vano intentan ayudarle, por pena, Carnot y más tarde Bonaparte. Pero algo en el carácter de Rouget está emponzoñado y destruido sin remedio por la crueldad de su fortuna, que le dejó ser Dios y genio durante tres horas para, más tarde, devolverle con desdén a su insignificancia. Se pelea y litiga con todos los poderes, escribe a Bonaparte, que quiere ayudarle, cartas insolentes y patéticas, se jacta en público de haber votado en su contra en el plebiscito que lo eligió soberano. Sus negocios lo involucran en turbios asuntos y, a causa de una letra sin pagar, conoce incluso el presidio para deudores de Sainte-Pélagie. Impopular allá donde va, acosado por los prestamistas, vigilado sin tregua por la policía, se oculta en algún lugar remoto de provincias y, como desde una tumba, excluido y olvidado, espía la fortuna de su inmortal canción; asiste a cómo *La Marsellesa* se abalanza con las tropas victoriosas sobre todos los países de Europa, y después ve cómo Napoleón, apenas convertido en emperador, la elimina de todos los programas porque la considera demasiado revolucionaria, y cómo por último los Borbones la prohíben del todo. Un ligero asombro, solo eso, siente aquel anciano amargado cuando, una generación más tarde, en la Revolución de julio de 1830, su letra, su melodía, vuelven a resucitar con toda su fuerza en las barricadas de París, y Luis Felipe, el rey ciudadano, le asigna una pequeña pensión por su autoría. A aquel hombre ausente, olvidado, le parece un sueño que alguien lo recuerde, pero es un recuerdo modesto, y cuando por fin, en 1836, a los setenta y seis años, muere en Choisy-le-Roi, ya nadie dice su nombre ni lo recuerda. De nuevo ha de pasar una generación. En la guerra mundial, cuando *La Marsellesa*, convertida tiempo atrás en himno de todos los franceses, vuelve a sonar belicosa en todos los frentes del país, se ordena que el cadáver del pequeño capitán Rouget sea depositado en el mismo lugar de los Inválidos donde está el pequeño teniente Bonaparte, y de este modo, el muy poco célebre creador de una canción eterna descansa, en el panteón de figuras ilustres de su patria, de la decepción de no haber sido nada más que el poeta de una sola noche.

El minuto universal de Waterloo

Napoleón
18 de junio de 1815

El destino apremia a los poderosos y a los violentos. Durante años se somete, obediente y servil, a un solo individuo: César, Alejandro, Napoleón. Pues ama a las personas elementales, que se parecen a él, el inescrutable elemento.

En ocasiones, sin embargo —muy raras veces a lo largo de los tiempos—, un capricho particular lo lleva a abandonarse ante un ser anodino. En ocasiones —y estos son los instantes más sorprendentes de la historia universal— el hilo de los hados cae, durante un minuto vibrante, en manos de una criatura completamente incapaz. Estas personas siempre se sienten más asustadas que felices ante ese golpe de responsabilidad que los involucra en un juego universal heroico, y casi siempre ese destino indeseado se les escurre de las manos temblorosas. Raro es que alguno de ellos se sobreponga a las circunstancias y se eleve sobre sí mismo.

157

Pues la grandeza se entrega a lo minúsculo durante apenas un segundo; quien lo desaprovecha, jamás resulta agraciado con una segunda oportunidad.

Grouchy

Entre bailes, flirteos, intrigas y discusiones del Congreso de Viena, vuela como la bala silbante y atronadora de los cañones la noticia de que Napoleón, el león encadenado, se ha escapado de su jaula de Elba. Y a estas primeras noticias siguen otras. Ha conquistado Lyon, dicen, ha expulsado al rey, las tropas, enarbolando la bandera del fanatismo, lo siguen, está en París, en las Tullerías; Leipzig, así como las dos décadas de guerra asesina, no han tenido ningún efecto. Como golpeados por un zarpazo, los ministros, que hace un momento aún estaban discutiendo y lloriqueando, se estremecen; se organiza a toda prisa un ejército inglés, uno prusiano, uno austríaco, uno ruso, para aplastar de una vez por todas al usurpador del poder: nunca antes la Europa legítima del emperador y los reyes ha estado tan unida como en este primer momento de horror. Desde el norte, Wellington carga contra Francia; por su parte, un ejército prusiano dirigido por Blücher se acerca a socorrerle; a orillas del Rin, Schwarzenberg se pertrecha para la guerra; y, como reserva, atraviesan Alemania, con paso lento y pesado, los regimientos rusos.

Napoleón entiende enseguida el peligro mortal en que se encuentra. Sabe que en muy poco tiempo la jauría se habrá agrupado. Debe dividirlos, atacarlos uno a uno, prusianos, ingleses, austríacos, antes de que formen un ejército europeo y hundan su imperio. Debe darse prisa, si no el descontento despertará en su propio país, debe vencer antes de que los republicanos se armen y se alíen con los realistas, antes de que Fouché, el de la lengua viperina, el imprevisible, se alíe con Talleyrand, su contrario, su imagen reflejada, y le seccione los tendones por la espalda. De un solo embate, aprovechando el fragoroso entusiasmo de las tropas, debe caer sobre el enemigo. Cada día es una pérdida; cada hora, un peligro. Así pues, tras arrojar el dado a toda prisa sobre el mapa de Europa, este recae en el campo de batalla más sangriento: Bélgica. El 15 de junio, a las tres de la madrugada, la avanzadilla del gran —y ahora único— ejército de Napoleón cruza la frontera. Al día siguiente, en Ligny, se lanzan ya contra el ejército prusiano, obligándole a la retirada. Es el primer zarpazo del león huido, un golpe terrible, pero no mortal. Golpeado, mas no destruido, el ejército prusiano retrocede hacia Bruselas.

Ahora Napoleón toma impulso para una segunda ofensiva, esta vez contra Wellington. No puede coger aire, ni soltarlo, pues cada día trae nuevas fuerzas al oponente, y el país que tiene a su espalda, el pueblo francés, desangrado e inquieto, necesita embriagarse a diario con fogosos y triunfales partes de guerra. El 17 de junio ya marcha con todo su ejército hasta los altos de Quatre-Bras, donde Wellington, el oponente frío y con nervios de acero, se ha atrincherado. Las disposiciones de Napoleón nunca fueron tan cautas, ni tan claras sus órdenes militares, como en aquellos días: no sopesa únicamente el ataque, sino también sus peligros, es decir, que el ejército de Blücher, golpeado, mas no destruido, pueda llegar a unirse con el de Wellington. A fin de evitarlo, destaca una parte de sus tropas para que siga los pasos del ejército prusiano e impida la unión con los ingleses.

Delega el mando de este ejército en el mariscal Grouchy. Grouchy: un hombre gris, formal, honrado, eficaz y de confianza, un comandante de caballería, experimentado, sí, pero un comandante de caballería, nada más. No es un feroz y valiente guerrero como Murat, ni un estratega como Saint-Cyr y Berthier, ni un héroe como Ney. No engalana su pecho una coraza guerrera, no le rodea ningún mito, ninguna singularidad le da gloria ni estatus en el heroico mundo de la leyenda napoleónica: solo sus desgracias, sus contratiempos, le han hecho célebre. Durante veinte años ha luchado en todas las batallas, de España a Rusia, de Holanda a Italia, subiendo despacio en el escalafón hasta llegar a mariscal, dignidad que no es inmerecida, pero que no responde a ninguna gesta particular. Las balas de los austríacos, el sol de Egipto, los puñales árabes, las heladas de Rusia le han quitado de en medio a quienes le llevaban ventaja: Desaix en Marengo, Kléber en El Cairo, Lannes en Wagram; no ha asaltado el camino hacia la dignidad suprema, pero este se le ha ido despejando a balazos a lo largo de veinte años de guerra.

Que Grouchy no es ningún héroe ni tampoco un estratega, sino un hombre fiable, leal, honesto y sobrio, Napoleón lo sabe. Pero la mitad de sus mariscales están bajo tierra y los otros se han quedado rezongando en sus fincas privadas, cansados de ir sin cesar de un campamento militar a otro. Así que no le queda más remedio que confiar esa decisiva operación a un hombre mediocre.

El 17 de junio, a las once de la mañana, un día después de la victoria en Ligny, un día antes de Waterloo, por primera vez Napoleón pone en manos del mariscal Grouchy un destacamento independiente. Por un instante, por un día, el modesto Grouchy sale de la jerarquía militar para entrar en la historia universal. Solo por un momento, pero ¡qué momento! Las órdenes de Napoleón están claras. Mientras él mismo se lanza contra los ingleses, Grouchy, con un tercio de las tropas, debe seguir al ejército prusiano. Parece una tarea sencilla, precisa e inequívoca, pero al mismo tiempo dúctil y de doble filo como la hoja de un sable. Pues, además de acosar a los prusianos, a Grouchy se le pide no perder el contacto en ningún momento con el grueso del ejército.

El mariscal acata la orden con recelo. No está acostumbrado a trabajar de forma independiente; hombre juicioso pero carente de iniciativa, solo está seguro cuando la mirada genial del emperador le asigna una tarea. Además, percibe tras de sí el descontento de sus generales, quizá también, quizá, el oscuro aleteo del destino. Lo único que le tranquiliza es la cercanía del cuartel general: solo tres horas a paso ligero separan su destacamento del ejército del emperador.

Caen chuzos de punta cuando Grouchy se despide. Despacio, sobre un suelo blando, cenagoso, sus soldados avanzan por detrás de los prusianos, en la dirección, al menos, en la que creen que están Blücher y los suyos.

La noche de Caillou

Cae a mares, sin parar, la lluvia del norte. Como un rebaño mojado, los regimientos de Napoleón avanzan lentamente en la noche, cada hombre con dos libras de porquería en las suelas; no hay refugios a la vista, ni casas, ni techos. La paja está demasiado calada como para tenderse encima, así que los soldados se aprietan de diez en diez o de doce en doce, y duermen sentados, espalda con espalda, bajo la tempestuosa lluvia. El emperador tampoco logra descansar. Un nerviosismo febril no le deja en paz: los reconocimientos fracasan por el impenetrable mal tiempo, los exploradores, en el mejor de los casos, trasladan mensajes equívocos. El emperador aún ignora si Wellington acepta la batalla y no hay noticias de Grouchy acerca de los prusianos. Así que, sobre la una de la mañana, impasible ante el atronador aguacero, recorre los puestos avanzados hasta situarse a un cañonazo de distancia de los campamentos ingleses, que de vez en cuando lanzan una luz fina y humeante en mitad de la niebla, y entonces imagina la ofensiva. Al amanecer regresa a su modesta cabaña de Caillou, su miserable cuartel general, y allí se topa con los primeros despachos de Grouchy: mensajes poco claros sobre la retirada de los prusianos, si bien, al menos, la tranquilizadora promesa de que perseverará en su acoso. Va poco a poco escampando. Impaciente, el emperador camina de un lado a otro de la habitación, con la mirada fija en el horizonte amarillo, por ver si al fin, a lo lejos, el cielo se despeja y él puede tomar una decisión.

A las cinco de la mañana —la lluvia ha cesado— se aclaran los nubarrones internos que le impedían decidir. Se da la orden de que a las nueve todo el ejército esté listo para el ataque. Los ordenanzas galopan en todas las direcciones. Enseguida los tambores redoblan para formar. Solo entonces Napoleón se acuesta en su cama de campaña para dormir dos horas.

Nueve de la mañana. Aún no se han reunido todas las tropas. El suelo, empapado después tres días de lluvia, dificulta cualquier movimiento y frena el avance de la artillería. Sale el sol poco a poco, brillando por encima de un viento cortante. Pero no es el sol de Austerlitz, radiante y promisorio, pues esta luz del norte solo despide un pálido y triste resplandor. Al fin las tropas están dispuestas y ahora, antes de que la batalla empiece, Napoleón recorre una vez más en su yegua blanca toda la línea del frente. Las águilas de las banderas se inclinan como abatidas por un tempestuoso vendaval, los jinetes blanden sus sables con gesto marcial, los de infantería saludan levantando sus sombreros de piel de oso ensartados en la punta de la bayoneta. Los tambores resuenan con redobles frenéticos, las trompetas lanzan su vibrante vigor al general en jefe, pero a todas esas estridencias las supera el sonoro, el atronador grito de júbilo que recorre los regimientos, el grito de setenta mil gargantas de soldados a la vez: «*Vive l'Empereur!*».

En los veinte años que duró la estrella de Napoleón, no hubo revista militar tan magnífica ni entusiasta como esta, la última. Apenas concluidas las llamadas a formar, a las once —dos horas después de lo previsto, ¡un retraso fatal!—, se ordena a los artilleros lanzar su metralla contra la colina, donde están las casacas rojas. Ney, *le brave des braves*, avanza con la infantería. Comienza la hora decisiva de Napoleón. En incontables ocasiones se ha descrito esta batalla, pero uno no se cansa de leer sus excitantes avatares, ora en la espléndida exposición de Walter Scott, ora en los episodios de Stendhal. Es grande y variada vista de cerca y de lejos, tanto desde la colina del general en jefe como desde la silla del coracero. Es una obra maestra de tensión y drama, con sus incesantes cambios entre la esperanza y la angustia, resueltos de pronto en un instante de extraordinaria catástrofe. Y modelo de una verdadera tragedia, porque aquel destino individual determinaba el destino de toda Europa, y porque aquel día, una vez más, los fantásticos fuegos artificiales de la existencia de Napoleón aún se dispararon contra todos los cielos con sus fastuosos cohetes, antes de extinguirse para siempre en una trepidante caída.

Entre las once y la una, los regimientos franceses se lanzan sobre los altos, toman pueblos y posiciones, son rechazados, vuelven al ataque. Decenas de miles de muertos cubren ya las colinas enfangadas y húmedas de aquellas tierras yermas, pero lo único que han logrado hasta entonces es el agotamiento de los dos bandos. Ambos ejércitos están exhaustos; ambos generales, inquietos. Ambos saben que la victoria será de quien primero reciba refuerzos. Wellington, de Blücher. Napoleón, de Grouchy. Napoleón, nervioso, echa mano del telescopio una y otra vez, envía ordenanzas por el campo de batalla. Si su mariscal llega a tiempo, el sol de Austerlitz volverá a resplandecer sobre Francia.

El error de Grouchy

Mientras tanto, Grouchy, que sin saberlo tiene en sus manos el destino de Napoleón, cumpliendo las órdenes ha salido el 17 de junio por la noche y sigue a los prusianos en la dirección marcada. Ha dejado de llover. Despreocupadas como en un país en paz, las jóvenes compañías, un día después de probar por vez primera la pólvora, avanzan poco a poco: aún no da la cara el enemigo, aún no han encontrado una sola huella del ejército prusiano vencido la víspera.

Pero, de pronto, mientras el mariscal toma un desayuno rápido en la casa de unos campesinos, un suave temblor agita el suelo bajo sus pies. Prestan atención. Y escuchan cada vez más cerca un estruendo amortiguado y constante que al momento se apaga: son cañones, baterías abriendo fuego a lo lejos, aunque tampoco demasiado lejos, como mucho a tres horas de distancia. Algunos oficiales se tiran al suelo como los indios, para captar con mayor claridad la dirección. El eco retumba en la lejanía, constante y ahogado. Son los cañonazos de Saint-Jean, es el principio de Waterloo. Grouchy reúne a su consejo. Ferviente e impetuoso, Gerard, su subcomandante, exige ir corriendo al encuentro de esos cañones: *«Il faut marcher au canon!»*. Un segundo oficial opina lo mismo. ¡Rápido, por allí! Nadie duda de que el emperador se ha cruzado con los ingleses y se ha desatado una cruda batalla. Grouchy no sabe qué hacer. Acostumbrado a acatar órdenes, se atiene con temor a la hoja escrita, al mandato del emperador de seguir a los prusianos en su retirada. Gerard se vuelve más vehemente al comprobar sus dudas: *«Marchez au canon!»*. La exigencia del subcomandante ante veinte oficiales y civiles suena como una orden, no como una petición. Esto fastidia a Grouchy. Con un tono más duro y severo, explica que, mientras no reciban una contraorden del emperador, no les está permitido desviarse de su deber. Los oficiales están decepcionados y los cañones resuenan en medio de un airado silencio.

Gerard juega su última carta: ruega que al menos le

dejen ir al campo de batalla con su división y con unos cuantos efectivos de caballería, y se compromete a volver a su puesto a tiempo. Grouchy reflexiona. Durante un segundo, reflexiona.

HISTORIA UNIVERSAL EN UN INSTANTE

Durante un segundo, Grouchy reflexiona, y ese único segundo determina su destino, el de Napoleón y el del mundo. Ese segundo en casa de unos campesinos de Walhain decide sobre todo el siglo XIX y pende —inmortal— de los labios de un hombre honrado, del todo banal, y está tendido y abierto en esas manos que, nerviosas, arrugan entre los dedos la funesta orden del emperador. Si Grouchy pudiera ahora reunir valor, ser audaz, desobedecer la orden por fe en sí mismo y en las señales que ve, Francia estaría salvada. Pero la criatura subalterna siempre obedece lo que está escrito y jamás atiende la llamada del destino.

Así que Grouchy niega enérgicamente con la cabeza. No, sería irresponsable dividir de nuevo un ejército ya de por sí tan reducido. Su misión le exige que persiga a los prusianos, solo eso. Y se niega a actuar contra las órdenes del emperador. Los oficiales callan disgustados. Se hace el silencio a su alrededor. Y en él desaparece sin remedio lo que ni las palabras ni los hechos serán capaces ya de restablecer: el segundo decisivo. Wellington ha ganado.

Así, siguen marchando, Gerard, Vandamme, con los puños crispados, Grouchy, desasosegado y de hora en hora más inseguro, pues, cosa extraña, los prusianos siguen sin aparecer; es evidente que ya no se dirigen a

Bruselas. Los correos no tardan en transmitir inquietantes indicios de que su repliegue se ha transformado en una marcha hacia el campo de batalla por un flanco. Pero aún habría tiempo, si se dan prisa, de acudir a socorrer al emperador, y, cada vez más impaciente, Grouchy espera el mensaje, la orden que le haga regresar. Pero no se le transmite mensaje alguno. Solo resuena cada vez más lejos el eco apagado de los cañones sobre la tierra que se estremece: los dados de hierro de Waterloo.

La tarde de Waterloo

Ya es la una. Aunque han respondido a cuatro ataques, el núcleo del ejército de Wellington solo se ha movido ligeramente. Napoleón ya se prepara para el asalto decisivo. Ordena que las baterías se refuercen delante de Belle-Alliance y, antes de que la embestida de los artilleros tienda su cortina de humo entre las colinas, Napoleón otea por última vez el campo de batalla.

Entonces, por el nordeste, atisba el avance de una sombra que parece surgir de los bosques: ¡nuevas tropas! De inmediato, dirige los prismáticos hacia allí. ¿Es Grouchy, que en un gesto audaz ha desoído sus órdenes y ahora se presenta providencialmente antes de que sea demasiado tarde? No, un prisionero recuperado informa de que son tropas de Prusia, la vanguardia del general Blücher. Por primera vez, el emperador intuye que el ejército prusiano vencido ha escapado a la persecución para unirse a tiempo a los ingleses, mientras un tercio de sus propias tropas maniobra inútilmente en el lugar equivocado. Al momento escribe una carta a

Grouchy con la orden de no separarse bajo ningún concepto y de evitar que los prusianos se involucren en la batalla.

De forma simultánea, el mariscal Ney recibe orden de atacar. Tienen que vencer a Wellington antes de que lleguen los prusianos: ninguna acción parece ya demasiado arriesgada ante la súbita disminución de sus opciones. Ahora, y a lo largo de toda la tarde, se suceden espeluznantes ataques sobre la llanura, con una infantería que se lanza a la batalla una y otra vez. Se precipitan sin tregua a la conquista de aldeas destruidas, una y otra vez los rechazan con brío, una y otra vez las olas se alzan, con las banderas ondeando, contra los cuadros completamente arrasados. Pero Wellington aún resiste y todavía no han llegado noticias de Grouchy. «¿Dónde está Grouchy? ¿Dónde se ha metido?», murmura nervioso el emperador al ver la paulatina intervención de la vanguardia prusiana. Los comandantes, sus subordinados, también se impacientan. Y decidido, dispuesto a terminar por la fuerza, el mariscal Ney, audaz en la misma medida en que Grouchy se ha mostrado timorato (ya han derribado a tiros a tres de sus caballos), lanza a toda la caballería francesa en un ataque conjunto. Diez mil coraceros y dragones se precipitan en esa cabalgada mortal: destruyen cuadros, arrasan artilleros y hacen saltar por los aires las primeras líneas del frente. Aunque se ven repelidos una y otra vez, el ejército inglés está de capa caída y el puño que ciñe la colina empieza a distenderse. Y cuando ahora la diezmada caballería francesa se repliega ante los disparos de los fusiles, la última reserva de Napoleón, la vieja guardia, avanza con ritmo lento y pesado para asaltar la colina de cuyo dominio depende el destino de Europa.

El fuego cruzado de cuatrocientos cañones resuena sin cesar desde el alba. En el frente se oye el choque de los jinetes contra las tropas que disparan, retumba el rataplán de la atronadora piel del tambor, toda la planicie vibra con múltiples reverberaciones. Pero en lo alto, sobre las dos colinas, ambos generales aguzan el oído por encima de la tempestad humana. Ni el menor sonido se les escapa.

En sus manos, el tictac de dos relojes, como el corazón de dos pájaros, suena con suavidad sobre la multitud tempestuosa. Napoleón y Wellington, ambos miran sin cesar el cronómetro y cuentan las horas, los minutos que faltan para recibir la supuesta última ayuda, que será decisiva. Wellington sabe que Blücher está cerca y Napoleón ha depositado sus esperanzas en Grouchy. A ninguno le quedan reservas y quien llegue primero decantará la batalla a su favor. Ambos otean con el telescopio el extremo del bosque, donde ahora, como una nubosidad ligera, empieza a aparecer la vanguardia prusiana. Pero ¿son solo escaramuzas aisladas o es el grueso del ejército que ha huido de Grouchy? Los ingleses ya apenas ofrecen una agónica resistencia, pero las tropas francesas también empiezan a estar exhaustas. Como dos luchadores jadeantes, están uno frente a otro con los brazos paralizados, tomando aliento antes de lanzarse contra el otro por última vez: por fin ha llegado el asalto irrevocable, el definitivo.

Entonces retumban al fin los cañones por el flanco prusiano. ¡Escaramuzas! ¡Fuego de fusiles! *«Enfin Grouchy!»* ¡Al fin Grouchy! Napoleón respira aliviado. Confía en que tiene aquel flanco asegurado, así que reúne

169

a sus últimos hombres y se lanza una vez más contra el núcleo del ejército de Wellington, para destruir el cerrojo inglés que protege Bruselas, para volar por los aires la puerta de Europa.

Pero ese fuego de fusiles era solo una equívoca escaramuza que los prusianos, confundiendo el uniforme de sus aliados, han emprendido contra el ejército de Hannover: pronto cesan los disparos y, sin obstáculos, como una masa amplia y poderosa, los soldados emergen del bosque. No, no es Grouchy quien avanza con sus tropas, sino Blücher, y con él la fatalidad. La noticia se propaga a toda velocidad entre las tropas imperiales, que empiezan a replegarse, al principio más o menos ordenadas. Pero Wellington comprende el momento crítico. Cabalga hasta las faldas de la colina defendida con éxito, se quita el sombrero y lo agita sobre la cabeza en dirección al enemigo que se retira. Los suyos entienden de inmediato que es un gesto de victoria. Con una sacudida, lo que queda de las tropas inglesas se levanta y se lanza en pos de la masa dispersa. Al mismo tiempo, la caballería prusiana cae desde un lado sobre el exhausto y destruido ejército francés. Resuena estridente el grito mortal: «*Sauve qui peut!*».[1] Bastan un par de minutos y la Grande Armée ya no es más que un torrente de angustia que huye desbocado, arrastrándolo todo consigo, incluido Napoleón. Como una corriente desvalida e insensible, los jinetes espolean a sus caballos hacia esa marea que retrocede a toda prisa, un río revuelto y espumoso que grita de espanto y en el que pescan sin problema la carroza de Napoleón, el tesoro del ejército, toda la artillería; solo la caída de la noche

1. «¡Sálvese quien pueda!»

salva la vida y la libertad del emperador. Pero a media-noche, cuando cansado, sucio y aturdido, se desploma en la butaca de una modesta pensión de pueblo, ya no es emperador. Su imperio, su dinastía, su destino: todo ha terminado. El desánimo de un hombre pequeño, irrelevante, ha hecho pedazos lo que el más audaz y clarividente había construido en veinte años heroicos.

RECAÍDA EN LO COTIDIANO

Apenas el ataque inglés ha derribado a Napoleón cuando un hombre, entonces casi un completo desconocido, se apresura en una calesa por el camino que lleva a Bruselas, y desde allí al mar, donde le espera un barco. Navega hasta Londres para llegar antes que los correos del Gobierno y, gracias a que aún no se conoce la noticia, consigue reventar la bolsa: es Rothschild, que con ese movimiento genial funda un nuevo imperio, una nueva dinastía. Al día siguiente, en Inglaterra se enteran de la victoria y en París, Fouché, el eterno traidor, de la derrota: en Bruselas y en Alemania ya repican las campanas triunfales.

Un día después solo hay una persona que no sabe nada de Waterloo, aunque está a solo cuatro horas de aquel lugar donde se ha decidido el destino de Europa: el infeliz Grouchy. Terco y meticuloso, acatando rigurosamente las órdenes, sigue a los prusianos. Pero —¡qué extraño!— no los encuentra en ninguna parte y esto le llena de dudas. Los cañones, mientras tanto, aún retumban no lejos de allí, más y más fuerte, como si gritaran pidiendo ayuda. Sienten los temblores, sienten cada disparo como si les atravesara el corazón. Todos saben ahora que no es ninguna escaramuza, sino que se ha desatado una colosal batalla, la batalla que lo decidirá todo.

Nervioso, Grouchy cabalga entre sus oficiales. Estos evitan discutir con él: sus consejos ya fueron rechazados en una ocasión.

Sienten alivio, por tanto, cuando al fin se topan en Wavre con un grupo de prusianos, la retaguardia del ejército de Blücher. Enfervorecidos al instante, se precipitan hacia las trincheras, Gerard por delante de todos, como si, impelido por una sombría intención, buscara la muerte. Una bala lo derriba: el que elevara sus advertencias con voz más potente enmudece ahora. Aprovechando la caída de la noche, se precipitan contra el pueblo, pero sienten que esa pequeña victoria en la retaguardia ya no tiene sentido, pues, de pronto, en el otro lado, en el campo de batalla, se extiende un silencio sepulcral. Un mutismo aterrador, una paz espeluznante, un silencio terrible y de ultratumba. Y todos se dan cuenta de que el estruendo de los fusiles era mejor que esa incertidumbre que les consume los nervios. La batalla debe de estar decidida, la batalla de Waterloo, para la que Grouchy, por fin (¡demasiado tarde!), acaba de recibir la carta en la que Napoleón le pedía ayuda con urgencia. Debe de estar decidida, la colosal batalla, pero ¿de qué lado? Esperan toda la noche. ¡En vano! No reciben mensaje alguno. Es como si la Grande Armée los hubiera olvidado y ellos, en el vacío, sin objeto alguno, deambularan por un espacio opaco. Por la mañana desmantelan el campamento y reanudan la marcha, exhaustos, sabiendo desde hace tiempo que su avance y sus maniobras han sido inútiles. Por último, a las diez de la mañana, un oficial del Estado Mayor los alcanza al galope. Le ayudan a bajar del caballo y le acosan con preguntas. Pero el hombre, con el rostro descompuesto por el espanto, el pelo húmedo en las sienes y temblando por un esfuerzo sobrehumano, solo acierta a balbucear unas palabras incomprensibles, palabras que ellos no entienden, que no pueden ni quieren entender. Creen que es un demente, un borracho, cuando les dice que ya no hay emperador, ni ejército imperial, que Francia está perdida. Pero poco a poco le sonsacan toda la verdad, el informe devastador, mortal, que los deja paralizados. Grouchy se queda lívido y, temblando, se apoya en su sable: sabe que ahora comienza el martirio de su vida. Pero asume con decisión la ingrata tarea de cargar con la responsabilidad. El temeroso y sumiso subordinado que, incapaz de ver la grandeza del instante, fracasó en la decisión, se convierte ahora, cara a cara con un peligro cercano, en un hombre, casi un héroe. Reúne de inmediato a todos los oficiales y pronuncia —lágrimas de rabia y el duelo en los ojos— un breve discurso en el que justifica sus dudas y al mismo tiempo las lamenta. En silencio le escuchan sus oficiales, los mismos que ayer estaban enfadados con él. Cualquiera podría acusarle y jactarse de haber tenido una idea mejor que la suya. Pero ninguno se atreve a hacerlo, ni tampoco quiere. Guardan silencio, eso es todo. Un dolor lleno de rabia los ha enmudecido.

Y en ese preciso momento, después del instante desperdiciado, Grouchy —demasiado tarde— muestra toda su fuerza militar. Sus grandes virtudes, la sensatez, el empeño, la cautela y la minuciosidad, se esclarecen desde que vuelve a confiar en sí mismo y no en la orden escrita. Cercado por una potencia cinco veces superior, guía a sus tropas en retirada —un movimiento táctico magistral— en medio de las líneas enemigas, sin perder un solo cañón, ni un solo hombre, y salva para Francia, para el imperio, a su último ejército. Pero al volver ya no hay emperador que se lo agradezca, ni enemigo ante el que oponer sus tropas. Ha llegado tarde, demasiado tarde, y no hay vuelta atrás. Y cuando, de puertas afuera, siga ascendiendo y le nombren comandante en jefe y par de Francia, y él se desempeñe en cada cargo de forma viril y eficiente, ya no podrá resarcirse de aquel instante que le convirtió en amo y señor del destino, pero ante el que no estuvo a la altura.

El gran instante, ese que rara vez desciende a la vida de los mortales, se venga terriblemente del que recibe su llamada sin merecerla y no sabe aprovecharla. Todas las virtudes cotidianas —cautela, obediencia, celo y mesura— se funden impotentes ante el ascua ardiente del gran momento del destino, que siempre requiere al genio para plasmarlo en una imagen perdurable. Desdeñoso, rechaza al que vacila; solo a los audaces enaltece, como otro dios en la tierra, elevándolo con brazos flameantes al cielo de los héroes.

La elegía de Marienbad

Goethe entre Karlsbad y Weimar
5 de septiembre de 1823

El 5 de septiembre de 1823, un coche de caballos recorre despacio la carretera de Karslbad en dirección a
Eger: la mañana se estremece por el frío otoñal y un
viento cortante atraviesa los campos cosechados, pero
el cielo azul se extiende sobre el amplio paisaje. En la
calesa hay tres hombres: el consejero privado del archiduque de Sajonia-Weimar, Von Goethe (así consta am-
pulosamente en la lista del balneario de Karlsbad) y sus
dos fieles colaboradores, Stadelmann, el viejo sirviente,
y John, su secretario, de cuyo puño y letra están escritas
casi todas las obras originales de Goethe desde que co-
menzara el nuevo siglo. Ninguno de los dos dice nada,
pues, desde su partida de Karlsbad, donde unas cuantas jovencitas se congregaron alrededor de quien se
marchaba para cubrirle de besos y despedidas, los labios del anciano permanecen sellados. Sentado en el
carruaje sin moverse, solo la mirada absorta, introspec-

tiva, revela cierta actividad interior. En la primera parada de postas, el poeta se apea y los dos acompañantes lo ven anotar a vuelapluma unas palabras en un pliego, y lo mismo ocurre a lo largo de todo el camino a Weimar, mientras avanzan y también en las estaciones. En Zwotau, nada más llegar, en el castillo de Hartenberg, al día siguiente, en Eger y después en Pößneck. En todas partes, es lo primero que hace, anotar con trazos apresurados lo que ha ido pensando durante el trayecto. El diario, lacónico, se limita a consignar: «Trabajando en el poema» (6 de septiembre), «Domingo, sigo con el poema» (7 de septiembre), «Otra vez revisando el poema» (12 de septiembre). Al llegar a Weimar, su destino, la obra está terminada; es, nada menos, la *Elegía de Marienbad*, el más importante, el más íntimo y, por tanto, el más amado de entre todos sus poemas de vejez, su despedida heroica, un nuevo comienzo a la altura de un héroe.

«Diario de la vida interior», así llamó Goethe una vez, en una conversación, al poema, y tal vez ninguna página de su diario de vida se nos presente tan abierta, tan clara en su origen y gestación, como ese documento en el que trágicamente se pregunta, se lamenta, sobre su más íntimo sentir. Ningún desborde lírico de sus años de juventud surgió con tal inmediatez de una razón, de un hecho, ninguna obra suya podemos ver construirse así, verso a verso, estrofa a estrofa, como este «maravilloso canto que nos ofrece», este poema tardío de auténtico fervor otoñal —el más hondo, el más maduro— de un hombre de setenta y cuatro años. «Producto de un estado de la más intensa pasión», como lo definió ante Eckermann, se concilia a la vez con la más sublime contención formal; así, manifiesta y misteriosamente, toma forma el momento vital más fogoso. Aún hoy, más de un siglo después, nada se ha amustiado ni oscurecido en esa soberbia página de su variada y tempestuosa vida, y a lo largo de los siglos ese 5 de septiembre permanecerá en la memoria y en el sentir de las próximas generaciones de alemanes.

Sobre esa página, sobre ese poema, sobre esa persona y esa hora decisiva, se eleva radiante la inusual estrella de un renacimiento. En febrero de 1822, Goethe ha superado la enfermedad más grave, intensos escalofríos febriles sacuden su cuerpo, por momentos la conciencia parece ya perdida, y él no lo parece menos. Los médicos, que no reconocen ningún síntoma claro pero a la vez intuyen el peligro, no saben cómo proceder. Pero de repente, tal y como ha llegado, la enfermedad desaparece. En junio, Goethe va a Marienbad transformado, con la sensación casi de que el ataque ha sido solo el síntoma de un rejuvenecimiento interior, de una «nueva pubertad»: el introvertido, el implacable, el meticuloso, ese hombre en el que lo poético ha conformado una costra erudita obedece de nuevo, décadas después, solo al sentimiento. La música «le desdobla», dice, apenas puede tocar el piano, y apenas puede oírlo, en especial si lo toca una mujer tan hermosa como la Szymanowska, sin que los ojos se le llenen de lágrimas; empujado por un instinto abismal, busca la juventud y, sorprendido, sus camaradas ven al hombre de setenta y cuatro años coquetear con mujeres hasta la medianoche, ven que, después de muchos años, participa de nuevo en los bailes, durante los cuales, explica él mismo orgulloso, «al cambiar de pareja, las más bellas criaturas pasan por mi mano». Ese verano su rígida naturaleza se ha fundido como por ensalmo, y abierto, como lo está ahora su alma, cae en el antiguo hechizo, en la magia eterna. El diario, traicionero, revela «sueños conciliadores», el «viejo Werther» vuelve a despertar en él: la cercanía femenina le entusiasma, inspirándole breves poemas, juegos procaces y bromas, como las que hace medio siglo gastara a Lili Schönemann. Aún vacila, inseguro, al elegir a una: primero es la hermosa Polin, después, sin embargo, es Ulrike von Levetzow, de diecinueve años, hacia quien late su restablecido corazón. Quince años atrás amó y adoró a su madre, y solo un año antes aún gastaba bromas paternales a la «hijita», si bien ahora el cariño crece súbitamente hasta transformarse en pasión, otra enfermedad, por tanto, que invade todo su ser, sacudiendo el volcán de sus emociones mucho más que cualquier otra experiencia de los últimos años. El septuagenario se entusiasma como un adolescente: apenas oye la alegre voz en el paseo, deja el trabajo y se apresura sin sombrero ni bastón al encuentro de la jovial criatura. Pero también hace la corte como un joven, como un hombre: así comienza un grotesco espectáculo que se presta a la sátira pese a su carácter trágico. Tras consultar en secreto con su médico, Goethe se confiesa a su amigo de más edad, el archiduque, rogándole que pida de su parte a la señora Levetzow la mano de su hija Ulrike. Y el archiduque, echando la vista cincuenta años atrás, a alguna divertida aventura mujeriega en compañía de su amigo, y sonriendo quizá por lo bajo, regodeándose por dentro ante el hombre que Alemania, que toda Europa, venera como el más sabio entre los sabios, como el espíritu más maduro y equilibrado del siglo, el archiduque, pertrechado con todas sus estrellas y medallas, acude a pedir a la madre la mano de la chica de diecinueve años para un anciano de setenta y cuatro. No sabemos qué le contestó exactamente; al parecer, lo dejó en suspenso, pospuso la decisión. Así pues, el pretendiente Goethe no tiene certeza alguna y se conforma con algún beso robado, con palabras cariñosas, mientras el ardiente deseo de poseer una vez más la juventud en una figura tan delicada lo atraviesa con más y más pasión. Otra vez el eterno impaciente lucha por el supremo favor del instante. Sigue fielmente a la amada desde Marienbad hasta Karlsbad, pero allí vuelve a encontrar de nuevo incertidumbre para su ardiente deseo, y al terminar el verano su tormento se multiplica. Al fin se acerca la despedida, sin prometerle nada, sin augurarle gran cosa, y cuando el carruaje echa a andar, el poeta, capaz de predecirlo todo, siente que algo inmenso ha terminado en su vida. Pero, eterno camarada del dolor más profundo, para las horas más oscuras ahí está el viejo consuelo: sobre el que sufre se inclina el genio y quien no encuentra consuelo en lo terrenal invoca a Dios. De nuevo, como en innumerables ocasiones antes, y ahora por última vez, Goethe huye de la vivencia a la poesía, y con misteriosa gratitud por esa última gracia, el anciano escribe encima de su poema los versos de su *Tasso*, que había compuesto cuarenta años atrás, para revivirlos otra vez con asombro:

Y aunque es norma que el hombre cuando sufre calle
me dio a mí un dios el don para contar mis males.[1]

1. Tanto para esta como para las demás citas literales de la obra de Goethe, se transcribe la traducción de Helena Cortés Gabaudan en *Elegía de Marienbad*, Ediciones Linteo, Ourense, 2017.

El anciano va sentado ahora en el carruaje en marcha, pensativo y desanimado por la incertidumbre que siente ante sus preguntas internas. A primera hora de la mañana, Ulrike aún se ha apresurado a su encuentro para darle la «tumultuosa despedida», aún le ha besado la boca joven y amada, pero ¿ha sido un beso tierno, ha sido como el de una hija? ¿Podría amarle, no le olvidaría? Y el hijo, la nuera, que esperan ansiosos e intranquilos la rica herencia, ¿tolerarían un matrimonio? Y el mundo, ¿no se burlaría de él? ¿No será el año próximo ya un viejo decrépito? Y si llega a verla de nuevo, ¿qué podrá esperar de ese reencuentro?

Las preguntas se agitan inquietas. Pero entonces una, la esencial, se plasma en una línea, en una estrofa: la pregunta, la urgencia, se hace un poema que Dios le ha dado «para contar mis males». De inmediato, realmente desnudo, el grito golpea dentro del poema, poderoso impulso de su actividad interior:

> *¿Qué podré esperar ahora yo del reencuentro,*
> *qué de la flor aún cerrada del día?*
> *Abiertos te están el paraíso e infierno:*
> *¡qué pugna sin tregua en tu alma que oscila!*

Y ahora confluye su dolor en estrofas cristalinas, maravillosamente depuradas por el propio desconcierto. Y mientras deambula desnortado por ese estado interior de caótico desamparo, por esa «atmósfera espesa», el poeta eleva por casualidad la mirada. Desde el carruaje en marcha, bajo la luz de la mañana, ve el plácido paisaje de Bohemia, una paz divina opuesta a su inquietud, y al momento la imagen que apenas acaba de ver se cuela en su poema:

¿Es que ya no hay mundo ni montañas quedan
siempre coronadas por sagradas sombras?
¿No madura el trigo? ¿Las verdes praderas
no bordean ya el río, no hay bosques ni frondas?
¿Ya no hay firmamento, bóveda curvada
de figuras llena y de pronto sin nada?

Pero para él ese mundo no tiene alma. En semejante momento apasionado, solo alcanza a entender las cosas en relación con la figura de la amada y, por arte de magia, la memoria se condensa transfigurándose, renovándose:

¡Cuán grácil y tierna, cuán clara y liviana,
un ángel que flota entre el coro de nubes:
del éter azul una forma emanada
que se alza sutil cual vapor de un perfume!
Así tú la viste girando en el baile,
la más amorosa de cuanto es amable.

Mas solo un instante puedes permitirte
a ese aéreo espejismo tomarlo por ella.
¡Al corazón vuelve! Más viva allí existe
mudando sin tregua su externa apariencia.
De entre todas las figuras revividas,
destaca una que será tu preferida.

Pero, en cuanto la evoca, la imagen de Ulrike surge ya en toda su sensualidad. Describe cómo le recibió y cómo se sintió «a cada peldaño» más dichoso, cómo, después del último beso, llegó a darle «aún otro» en los labios, y con la felicidad de ese feliz recuerdo, el viejo maestro concibe ahora una de las estrofas más puras y de forma más sublime que jamás se hayan creado en alemán ni en ninguna otra lengua sobre el sentimiento de la entrega y del amor:

> En lo más hondo de nuestro pecho vive
> un ansia de entrega a un ser más puro y alto,
> un desconocido al que nos damos libres
> descifrando así al eterno Innombrado:
> devoción es; mas yo esa sublime altura
> también la comparto si veo su figura.

Pero al sentir a la postre esa bienaventurada condición, el abandonado sufre por la separación del presente, y ahora estalla un dolor que casi desgarra el sublime carácter elegíaco del magnífico poema, una franqueza de las emociones como solo una vez en muchos años logra hacerse realidad a partir de la espontánea transformación de una vivencia inmediata. Y es conmovedor ese lamento:

> Y ahora, ya lejos, ¿qué hacer con el minuto?
> ¿De qué me sirve? Yo no sabría decirlo;
> aún me brinda por instantes bellos frutos
> mas solo me pesan y quiero rehuirlo.
> Me agita sin tregua un insaciable anhelo,
> no encuentro consejo y mil lágrimas vierto.

Después asciende, aunque apenas es posible elevarse más, el último, el más terrible grito:

> Dejadme pues aquí, fieles compañeros,
> abandonadme entre las rocas o el fango.
> ¡Seguid adelante! El mundo es todo vuestro,
> la tierra es ancha y el cielo excelso y vasto.

> *¡Medid y explorad la naturaleza,*
> *seguid balbuceando su esencia secreta!*
>
> *Que yo a mí ya me perdí, y al universo,*
> *yo que antes era el amado de los dioses:*
> *me han puesto a prueba y a Pandora me dieron,*
> *más rica en peligros de lo que es en dones.*
> *Junto a sus pródigos labios me empujaron:*
> *pues me apartan, al abismo me arrojaron.*

Nunca había sonado así una estrofa de este poeta siempre contenido. Quien de joven supiera esconderse y de adulto moderarse, quien casi siempre solo a través del juego de espejos, de claves y símbolos, revelara su más profundo secreto, ahora, ya de viejo, muestra por primera vez, magníficamente libre, todo su sentimiento. Es posible que, en los últimos cincuenta años, el hombre sensible, el gran poeta lírico, jamás estuviera tan vivo en su interior como en esta página inolvidable, como en este memorable punto de inflexión de su vida.

Así de enigmático, como una inusual gracia del destino, ha sentido también el propio Goethe su poema. Apenas regresa a Weimar, lo primero que hace, antes de ponerse con cualquier otro trabajo o tarea de la casa, es caligrafiar de su puño y letra una esmeradísima copia de su elegía. Como un monje en su celda, transcribe el poema a lo largo de tres días, en un papel elegido con cuidado para la ocasión, con letras grandes y solemnes, y se lo oculta incluso a quienes viven con él, también a aquellos en los que más confía, como si se tratara de un secreto. Él mismo se encarga de la encuadernación, para que ningún indiscreto lo difunda antes de tiempo, y asegura el manuscrito atándolo con un cordel de seda entre unas tapas de tafilete rojo (más tarde ordenaría cambiarlas por una cubierta de tela azul, primorosa, que aún hoy puede verse en el archivo de Goethe y Schiller). Los días resultan desagradables, molestos, en casa sus planes de boda solo han encontrado burlas, su hijo incluso ha estallado en verdaderos arrebatos de odio; solo en su palabra poética puede pasar el rato con la mujer que ama. Y solo cuando vuelve a visitarle la hermosa Polin, la Szymanowska, se renueva el sentimiento de los límpidos días de Marienbad, volviéndole extrovertido. El 27 de octubre, por fin, manda llamar a Eckermann, y la singular solemnidad con que introduce la lectura ya delata con cuánto amor se siente unido a ese poema. El criado tiene que colocar dos velas en el escritorio, y solo después el poeta le pide a Eckermann que tome asiento frente a la luz y lea la elegía. Con el tiempo pueden ir escuchándola otros, pero solo los más allegados, pues Goethe oculta el poema, siguiendo literalmente la recomendación de Eckermann, «como una reliquia». Que tiene un significado especial en su vida se demuestra en los siguientes meses. Al bienestar del remozado le sigue pronto un colapso. Otra vez parece cerca de la muerte, se arrastra de la cama al sillón, del sillón a la cama, sin encontrar sosiego; la nuera está de viaje; el hijo, lleno de odio; nadie cuida ni aconseja al abandonado, al anciano enfermo. Entonces llega desde Berlín, al parecer llamado por los amigos, Zelter, el más caro a su corazón, que al instante reconoce el fuego que le consume. «¿Y qué es lo que me encuentro? —escribe con asombro el amigo—. A un hombre que parece tener metido en el cuerpo el amor, todo el amor con toda la pena de la juventud.» Para sanarle, lee para él, en voz alta, una y otra vez, «con íntima participación», su propio poema, y Goethe nunca se cansa de escucharlo. «Lo cierto es que fue extraño —escribió después el convaleciente, cuando ya se encontraba mejor— que con tu voz afectuosa y suave me dieras a oír en repetidas ocasiones algo que amo hasta tal extremo que ni siquiera yo mismo soy capaz de confesármelo.» Y escribe a continuación: «No puedo dejarlo en manos de otro, pero si viviéramos juntos, tendrías que leerlo y recitarlo para mí hasta sabértelo de memoria».

Así llega, como dice Zelter, «de la lanza que lo había herido, la curación». Goethe se salva —si es que puede decirse así— a través de ese poema. Por fin, el suplicio está superado; la última y trágica esperanza, vencida; el sueño de una vida matrimonial con la amada «hijita», terminado. Sabe que nunca volverá a Marienbad, ni a Karlsbad, nunca más al mundo lúdico de los despreocupados. A partir de entonces, su vida se supedita por completo al trabajo. El hombre sometido a prueba renuncia al nuevo comienzo que le ha deparado el destino; en su lugar, un nuevo y grandioso término rige a partir de entonces su vida: completar. Con seriedad, vuelve la vista a su obra, que abarca sesenta años, la ve en pedazos y dispersa, y decide, puesto que ya no puede construir nada, al menos reunirla; cierra el contrato para las *Obras completas*, adquiere todos los derechos. Una vez más, su amor, que acababa de extraviarse en torno a una muchacha de diecinueve años, corteja a los dos compañeros más antiguos de su juventud: *Wilhelm Meister* y *Fausto*. Con vigor, se concentra en su obra; renueva el plan del siglo pasado, que yace en papeles amarillentos. Antes de cumplir los ochenta, culmina

Los años itinerantes y a los ochenta y uno, con voluntad heroica, retoma la «principal empresa» de su vida, el *Fausto*, que termina siete años después de esos trágicos y fatídicos días de la *Elegía* y que al igual que esta, con la misma piedad devota, cierra bajo llave frente al mundo, como si se tratase de un precioso secreto.

Entre esas dos esferas de emociones, entre el último deseo y la última renuncia, entre el principio y la culminación, se encuentra, como una cúspide, como un inolvidable momento de cambio interior, aquel 5 de septiembre, la despedida de Karlsbad, la despedida del amor, transformada en eterna por medio de un emocionante lamento. Podemos decir que aquel día fue memorable, pues desde entonces la poesía alemana no ha vuelto a tener una hora de tan extraordinaria sensibilidad como cuando aquella descarga del sentimiento más primigenio se plasmó en este formidable poema.

El descubrimiento de El Dorado

J. A. Suter, California,
enero de 1848

CANSADO DE EUROPA

1834. Un vapor americano zarpa de El Havre rumbo a Nueva York. Entre los muchos maleantes que van a bordo, uno entre cientos, está Johann August Suter, nacido en Rynenberg, cerca de Basilea, treinta y un años, ansioso por poner un océano de por medio entre él y la justicia europea; arruinado, ladrón, falsificador de divisas, ha dejado a su mujer y a sus tres hijos en la estacada, en París ha conseguido algo de dinero con papeles falsos y ahora persigue una nueva vida. El 7 de julio desembarca en Nueva York y, durante dos años, se desempeña en toda clase de verosímiles e inverosímiles negocios: embalador, droguero, dentista, vendedor de medicamentos, tabernero. Al final, más o menos establecido, adquiere una taberna, luego la vende y, en pos del impulso mágico de la época, se muda a Misuri. Allí se dedica al campo y poco después compra una propiedad, con lo cual podría vivir tranquilo, pero no deja de ver gentes que pasan por delante de su casa, peleteros, cazadores, aventureros y soldados, vienen del Oeste, van al Oeste, y esa palabra, *Oeste*, va adquiriendo poco a poco resonancias mágicas. Pero antes, todos lo saben, están las estepas, estepas con imponentes manadas de bisontes, en las que puedes caminar días, semanas, sin ver a un solo hombre, a excepción de los pieles rojas que las recorren embalados, luego hay montañas, altas, impracticables, y después, por fin, esa otra tierra, de la que nadie sabe nada con exactitud y cuya riqueza legendaria se ensalza, California, aún sin explorar. Una tierra donde corre la leche y la miel para cualquiera que desee tomarlas, si bien está lejos, a una distancia infinita, y el camino hasta allí resulta mortalmente peligroso.

Pero Johann August Suter tiene sangre aventurera, no le atrae la vida sedentaria ni quedarse cultivando su propiedad. Un día, en el año 1837, vende sus bienes y su hacienda, prepara una expedición con carruajes y caballos y una pequeña manada bueyes y desde Fort Independence parte a lo desconocido.

LA MARCHA A CALIFORNIA

1838. Dos oficiales, cinco misioneros y tres mujeres, en carruajes tirados por bueyes, parten rumbo a un vacío infinito. A través de estepas y más estepas, después sobre las montañas, en dirección al océano Pacífico. Viajan durante tres meses y a finales de octubre llegan al Fort Vancouver. Los dos oficiales ya han abandonado a Suter, los misioneros no le acompañarán más allá, las tres mujeres han muerto por el camino a causa de las privaciones.

Suter está solo, intentan en vano que se quede en Vancouver, le ofrecen un trabajo, pero él lo rechaza todo: la atracción del mágico nombre recorre su sangre. Con un mísero velero atraviesa el Pacífico, primero hacia las islas Sandwich y más tarde llega, tras infinitas dificultades a lo largo de las costas de Alaska, a un lugar abandonado, de nombre San Francisco. No, San Francisco no es la ciudad que hoy conocemos, la que tras el terremoto ha duplicado su crecimiento hasta alcanzar millones de habitantes; es tan solo un miserable pueblo de pescadores, llamado así por la misión de los franciscanos. Tampoco es la capital de esa ignota provincia mexicana de California que, descuidada, sin cultivos ni flores, parecida a un barbecho, se encuentra en la zona más fértil del nuevo continente.

Desorden español, acentuado por la ausencia de cualquier autoridad, revueltas, falta de animales de tiro y de hombres, falta de ganas, de energía. Suter alquila un caballo y cabalga hasta el terrible valle de Sacramento: un día le basta para ver que allí no hay sitio para una granja, para una gran hacienda, sino para levantar un imperio. Al día siguiente cabalga hacia Monterrey, la paupérrima capital, se presenta al gobernador Alvarado, le explica sus planes de hacer la tierra apta para el cultivo. De las islas ha traído canacos, hará venir de allí, regularmente, a esos diligentes e industriosos hombres de color y promete establecer asentamientos y fundar un pequeño reino, Nueva Helvecia.

—¿Por qué Nueva Helvecia? —pregunta el gobernador.

—Soy suizo y republicano —contesta Suter.

—Bien, haga lo que quiera. Le doy una concesión por diez años.

Ya se ve, allí los negocios se cierran en un minuto. A miles de kilómetros de la civilización, la energía de un solo hombre tiene un valor distinto al que tiene en casa.

Nueva Helvecia

1839. Una caravana traquetea parsimoniosa, río arriba, por la ribera del Sacramento. Delante cabalga Suter, el fusil colgado; tras él, tres europeos, y después ciento cincuenta canacos con camisas cortas, seguidos de treinta carros tirados por bueyes, con provisiones, semillas y munición, cincuenta caballos, setenta y cinco mulas, vacas y ovejas, y por último una exigua retaguardia, todo el ejército que se dispone a conquistar la Nueva Helvecia.

Tras ellos se extiende una colosal lengua de fuego. Incendian los bosques, un método más cómodo que el de talar los árboles. Y apenas la inmensa fogarada ha arrasado la tierra, sobre los tocones aún humeantes, empiezan el trabajo. Construyen almacenes, excavan pozos, siembran la tierra sin necesidad de arado, vallan apriscos para los interminables rebaños, y poco a poco se suma población de las inmediaciones, procedente de las colonias de misioneros abandonadas.

El éxito es inmenso. Las siembras rinden un quinientos por cien. Revientan los graneros, los rebaños enseguida se cuentan por millares y, a pesar de los continuos obstáculos del territorio, de las expediciones contra los indígenas, que se atreven a asaltar una y otra vez la floreciente colonia, Nueva Helvecia se desarrolla hasta alcanzar el tamaño de una gigantesca región tropical. Se construyen canales, molinos, factorías, en los ríos navegan barcos a favor y contra corriente; Suter no solo provee a Vancouver y a las islas Sandwich, sino a todos los veleros que atracan en California, planta fruta, esa fruta de California tan famosa y admirada hoy. Y ¡oh, sorpresa, crece! Así que trae viñas de Francia y del Rin, y a los pocos años cubren amplios territorios. Suter se construye casas y granjas exuberantes, encarga un piano en París que tarda ciento ochenta días en llegar y una máquina de vapor que, atravesando todo el continente, sesenta bueyes acarrean desde Nueva York. Tiene crédito y patrimonio en los grandes bancos de Inglaterra y Francia, y ahora, a los cuarenta y cinco años de edad, en lo más alto de su triunfo, recuerda que hace catorce años dejó en algún lugar del mundo a su mujer y a sus tres hijos. Les escribe, que se trasladen con él, les dice, a sus dominios. Pues las riquezas ahora le rebosan las manos, es el señor de Nueva Helvecia, uno de los hombres más ricos del mundo, y lo será en adelante. Al final Estados Unidos también quita de las manos a México aquella colonia que había abandonado. Ahora todo está atado y bien atado. Un par de años más y Suter será el hombre más rico del mundo.

UNA FATÍDICA PALADA

1848, enero. De pronto aparece en casa de Johann August Suter, muy alterado, James W. Marshall, su carpintero: tiene que hablar urgentemente con él. Suter se sorprende, la víspera mandó a Marshall a su granja de Coloma para que estableciera allí un aserradero. Y ahora el hombre ha vuelto sin permiso, está temblando frente a él, muy excitado, le mete a empujones en un cuarto, cierra la puerta y saca del bolsillo un puñado de arena con unas cuantas pepitas amarillas. La víspera, dice, mientras cavaba, le llamó la atención ese extraño metal, y a él le parece que es oro, pero los demás se reirían de él si lo dijera. Suter, muy serio, lo separa y lo examina: es oro. Decide que, sin demora, al día siguiente, cabalgará con Marshall hasta la granja, pero el maestro carpintero es ya el primer damnificado por la terrible fiebre del oro, que pronto sacudirá el mundo, así que esa misma noche, en medio de una tormenta, vuelve al lugar cabalgando, impaciente por confirmar el hallazgo.

A la mañana siguiente, el coronel Suter está en Coloma; represan la corriente del canal y examinan la arena. Solo necesitan coger una criba, sacudirla un poco, y las pepitas de oro, resplandecientes, se quedan sobre la malla oscura. Suter reúne a los pocos blancos que trabajan allí y les hace prometer por su honor que no soltarán prenda hasta que el aserradero esté terminado, y después, serio y decidido, cabalga de vuelta a su granja. Grandes ideas lo alteran por el camino: por lo que sabe, nunca se ha encontrado oro tan fácil de coger, al aire libre, en la misma tierra, y esa tierra es suya, es propiedad de Suter. Es como si toda una década hubiese pasado volando en una sola noche: es el hombre más rico del mundo.

LA ESTAMPIDA

¿El hombre más rico? No. El más pobre, el más mísero, el mendigo más desengañado de la tierra. A los ocho días se desvela el secreto, una mujer —¡siempre una mujer!— se lo ha dicho a uno que estaba de paso y le ha dado unas pepitas. Y lo que ocurre ahora no tiene parangón. De inmediato, todos los hombres de Suter dejan el trabajo: los herreros, la fragua; los pastores, las ovejas; los viñadores, los majuelos; los soldados, las armas. Todos parecen poseídos, agarran las cribas y los cazos a toda velocidad y corren al aserradero a sacudir la arena para extraer oro. De la noche a la mañana, toda la tierra queda abandonada: las vacas lecheras, que nadie ordeña, berrean y mueren reventadas; los bueyes rompen los apriscos, destrozan los campos de labor, donde el grano se pudre en las espigas; paran las queserías; se vienen abajo los graneros; el enorme engranaje de la colosal empresa se detiene. Los telégrafos transmiten la promesa dorada por todos los países y los mares. Y enseguida llega gente de las ciudades, de los puertos, los marineros dejan los barcos, los funcionarios sus puestos, en largas, infinitas columnas, la gente llega del este, del oeste, a pie, a caballo, en carro, la estampida, la plaga humana de langostas, los buscadores de oro. Una horda desenfrenada y brutal, que no conoce otra ley que la del puño, ni más oferta que la del revólver, se derrama a lo largo y ancho de la floreciente colonia. Para ellos, es una tierra sin amo, nadie se atreve a plantar cara a esos maleantes. Sacrifican las vacas de Suter, le destrozan los graneros para construirse casas, le machacan los cultivos, le roban la maquinaria; de la noche a la mañana, Johann August Suter se convierte en un indigente, como el rey Midas, asfixiado en su propio oro.

Y esa inaudita tempestad desatada por el oro se vuelve más y más violenta; la noticia ha calado en todo el mundo, solo desde Nueva York zarpan cien barcos, desde Alemania, Inglaterra, Francia, España, en 1848, 1849, 1850, 1851, se desplazan hasta allí inmensas hordas de aventureros. Algunos doblan por el cabo de Hornos, pero esta ruta es demasiado larga para los más impacientes, así que eligen el camino más peligroso, por el istmo de Panamá. Una compañía astuta construye deprisa y corriendo un ferrocarril en el istmo, donde mueren miles de trabajadores aquejados por las fiebres, solo para que los más ansiosos se ahorren tres o cuatro semanas y lleguen antes al oro. Enormes caravanas con gentes de todas las razas y lenguas cruzan el continente, y todos rebuscan en las tierras de Johann August Suter como si fueran de su propiedad. En la tierra de San Francisco, que le pertenece a Suter según un documento sellado por el Gobierno, crece una ciudad a una velocidad de ensueño, extranjeros se venden entre sí sus terrenos y su suelo, y el nombre de Nueva Helvecia, su reino, desaparece tras un par de palabras mágicas: El Dorado, California.

Johann August Suter, otra vez arruinado, asiste estupefacto a aquella gigantesca avalancha que ha sembrado la discordia. Al principio, también él intenta excavar y aprovechar la riqueza junto a sus criados y acompañantes, pero todos le abandonan. Así las cosas, se retira por completo del distrito del oro a una hacienda apartada, cerca de la cordillera, lejos del condenado río y de la infausta arena, a su granja Eremitage. Allí se encuentra por fin con su mujer y sus hijos ya adolescentes, pero poco después de su llegada, ella muere por el agotamiento del viaje. Sin embargo, ahora tiene con él a tres hijos, ocho brazos, y Johann August Suter empieza con ellos a trabajar el campo; una vez más, ahora con

194

sus tres hijos, asciende con su trabajo callado, perseverante, utilizando la fantástica fertilidad de esa tierra. Una vez más, alberga y esconde un gran plan.

El proceso

1850. California ha sido anexionada por Estados Unidos. Gracias a su rigurosa disciplina, tras la riqueza llega por fin el orden a esa tierra obsesionada con el oro. Se ha puesto coto a la anarquía, vuelve a imperar la ley.

Y entonces, de improviso, Johann August Suter aparece para reivindicar lo que es suyo. Toda la tierra sobre la que se ha levantado la ciudad de San Francisco, afirma, le pertenece por pleno derecho. El Estado está obligado a restituirle las pérdidas ocasionadas por el robo de su propiedad y reclama una parte de todo el oro extraído en su territorio. Empieza un juicio de unas dimensiones hasta la fecha nunca vistas por la humanidad. Johann August Suter se querella contra diecisiete mil doscientos veintiún granjeros que se han asentado en sus plantaciones y les exige que abandonen de inmediato el terreno robado, reclama veinticinco millones de dólares al Estado de California por haberse apropiado sin más de los caminos, canales, puentes, represas y molinos que construyó, y a Estados Unidos le pide otros veinticinco millones de dólares como indemnización por sus fincas desguazadas, además de una parte del oro extraído en ellas. Manda a su hijo mayor, Emil, a estudiar Derecho en Washington, a fin de que lleve su causa, e invierte el total de los inmensos beneficios de sus nuevas granjas en costear el carísimo juicio. Durante cuatro años recorre todas las instancias.

El 15 de marzo de 1855 se produce por fin el fallo. El incorruptible juez Thompson, el más alto funcionario de California, reconoce el derecho de Johann August Suter sobre el suelo, que le pertenece de forma legítima e inviolable.

Ese día Johann August Suter ha alcanzado su propósito. Es el hombre más rico del mundo.

EL FINAL

¿El hombre más rico del mundo? No, otra vez no; más bien el mendigo más miserable, el hombre más desdichado y vencido. Una vez más, el destino le asesta un golpe mortal, pero este ya le derriba para siempre. La noticia de la sentencia hace estallar algaradas en San Francisco y en todo el país. Decenas de miles de personas, todos los propietarios amenazados, la plebe callejera, la chusma siempre ansiosa por saquear, se amotina, asaltan el Palacio de Justicia y le prenden fuego, buscan al juez para lincharle, y después parten todos, una jauría inmensa, a desvalijar las propiedades de Johann August Suter. Acorralado por los bandidos, su hijo mayor se pega un tiro, al segundo le asesinan, el tercero huye y, en el camino de vuelta, muere ahogado. Una lengua de fuego cubre toda Nueva Helvecia, las llamas devoran las granjas de Suter, destruyen sus viñas, le roban el mobiliario, las colecciones de arte, el dinero, y con una furia inmisericorde reducen toda la inmensa propiedad a un desierto. Suter se salva en el último momento.

Johann August Suter nunca se recuperará del golpe. Su obra ha quedado aniquilada, su mujer y sus hijos han muerto, ideas erráticas le atormentan. En su mente ofuscada ya solo se agita un pensamiento confuso: la ley, el juicio.

Durante veinticinco años, un anciano mentalmente débil y mal vestido deambula por las inmediaciones del Palacio de Justicia de Washington. En todas las oficinas conocen a ese «general» que, con el chaquetón sucio y los zapatos destrozados, exige sus millones. Y sin cesar aparecen abogados, aventureros y pillos que se prestan a reabrir el juicio y terminan sacándole hasta el último cuarto de su pensión. Pero él no quiere ningún dinero, odia el oro, pues le ha empobrecido, ha matado a sus tres hijos y le ha destrozado la vida. Solo quiere justicia y lucha con la exasperación litigante de un monomaníaco. Reclama en el Senado, reclama en el Congreso, se confía a todo aquel que se ofrezca a ayudarle, a todo aquel que, tomando las riendas del juicio con fingida solemnidad, le haga vestir un ridículo uniforme de general y arrastre al infeliz espantajo de instancia en instancia, de congresista en congresista. Así transcurren veinte años, de 1860 a 1880, veinte miserables años de indigencia. Día tras día vaga como un holgazán alrededor del Congreso, objeto de burla de todos los funcionarios, juguete de todos los buscavidas callejeros, él, a quien perteneciera la tierra más rica del mundo y sobre cuyas propiedades y terrenos está y sigue creciendo la segunda capital del colosal imperio. Pero al inoportuno se le hace esperar. Y allí, en las escaleras del Congreso, el 17 de junio de 1880 le sorprende por fin un infarto liberador; muerto el mendigo, se lo llevan de allí. Un mendigo muerto, pero que lleva en el bolsillo un controvertido papel en el que, según todas las leyes de la tierra, se les asegura a él y a sus herederos el derecho sobre el mayor patrimonio de la historia universal.

Hasta ahora nadie ha demandado la herencia de Suter, ningún descendiente ha registrado su reclamación. Todavía hoy San Francisco, un país entero, se levanta sobre un suelo que no es suyo. Todavía hoy no se ha hecho justicia, y solo un artista, Blaise Cendrars, ha concedido al menos al olvidado Johann August Suter el derecho a un destino grandioso, el derecho a la memoria asombrada de la posteridad.

Instante heroico

Dostoievski, San Petersburgo, plaza Semenovsk, 22 de diciembre de 1849

Por la noche le han arrancado del sueño,
tintinean los sables en las casamatas,
voces de mando; en lo incierto
se estremecen las sombras espectrales.
Se lo llevan a rastras, por un pasillo vacío,
largo y oscuro, oscuro y largo.
Chirría un cerrojo, se oye una puerta;
luego siente el cielo y el aire gélido,
y espera un carro, un panteón con ruedas,
en el que lo meten a empujones.

Junto a él, con férreas cadenas,
callados y con el rostro pálido,
los nueve camaradas;
ninguno habla,
pues todos intuyen
adónde los conduce el carro,

y que bajo sus ruedas en marcha,
tiene entre los radios su vida.

Entonces para
el traqueteante carro, la puerta cruje.
Y por la reja abierta los mira fijamente
con ojos turbios y somnolientos
un oscuro pedazo de mundo.
Una manzana de casas,
tejados bajos con mugrienta escarcha,
ciñendo una plaza oscura y nevada.
La niebla cubre con un trapo gris
el cadalso,
y a la iglesia dorada la roza solo
la mañana, con luz glacial y sangrienta.

En silencio, todos forman.
Un teniente lee la sentencia:
Muerte por traición, plomo y pólvora,
¡muerte!
La palabra cae como una piedra robusta
en el espejo helado del silencio,
suena
dura, como si partiera algo en dos,
luego se hunde
el eco vacío en la tumba callada
de la gélida y queda mañana.

Como si soñara,
siente cuanto le pasa
y solo sabe que ahora debe morir.
Uno da un paso al frente y le tira encima,
en silencio, una mortaja blanca, ondulante.

Una última palabra despide a los camaradas,
y con mirada ardiente
y un grito ahogado,
besa al Salvador en el crucifijo,
que el pope, serio y admonitorio, le ofrece;
después a todos,
a los diez, de tres en tres,
los remachan con cuerdas a sus postes.

Ya viene
a toda prisa un cosaco,
para vendarle los ojos ante el pelotón.
Entonces atrapa —lo sabe, ¡por última vez!—
su mirada, antes de la gran ceguera,
ansiosa, ese pequeño pedazo de mundo,
que el cielo, allá arriba, le tiende:
a la luz del alba ve arder la iglesia,
como para la última, sagrada cena
arde su cáscara,
colmada por la santa aurora.
Y, con repentina dicha, él extiende la mano,
como para alcanzar la vida de Dios tras la muerte...

Entonces le atan la noche sobre la vista.

Pero por dentro,
la sangre empieza ahora a correr de colores.
En una marea reflectante,
emergen de la sangre
formas con vida,
y él siente
que en ese instante, marcado por la muerte,
todos los pasados perdidos

limpian otra vez su alma:
toda su vida despierta de nuevo
se aparece en imágenes a través de su pecho;
la infancia, pálida, perdida y gris,
padre y madre, el hermano, la mujer,
tres pedazos de amistad, dos vasos de placer,
un sueño de gloria, un fardo de deshonra;
y el impulso rueda fogoso, creando imágenes
de la juventud perdida a lo largo de las venas.
Siente de nuevo, muy profundo, todo su ser
hasta el segundo
en que lo han atado al poste.
Luego una reflexión le lanza
sus negras y pesadas
sombras sobre el alma.

Y entonces
siente que uno se le acerca,
siente su andar oscuro y silencioso,
cerca, muy cerca,
y cómo le pone la mano en el corazón,
que está cada vez más débil... más débil...
y en absoluto
palpita ya.
Solo un minuto, y habrá acabado.
Los cosacos
forman enfrente en una fila centelleante...
Vibran las correas... Chasquean los gatillos...
Los tambores redoblan hendiendo el aire.
Ese instante echa mil años encima.

Entonces, un grito:
¡Alto el fuego!

El oficial
da un paso al frente, un papel se agita al viento,
su voz limpia y clara corta
el silencio de la espera:
el zar
con la merced de su voluntad sagrada
ha anulado la sentencia,
que se conmuta en una pena más leve.

Las palabras suenan
todavía extrañas: él no puede desentrañar su sentido,
pero la sangre
en sus venas vuelve a ser roja,
asciende y empieza a cantar, en voz muy baja.
La muerte
se arrastra, dubitativa, hasta salir de sus miembros
petrificados,
y los ojos sienten, aún cubiertos de negro,
que los rodea el saludo de la luz eterna.

El alguacil
le desata en silencio,
dos manos pelan la venda blanca
de sus sienes ardientes,
como una enorme corteza de abedul.
Dando tumbos, los ojos emergen del sepulcro
y tientan torpemente, cegados y débiles, de nuevo,
la existencia a la que ya había renunciado.

Y entonces ve
el mismo tejado de oro de la iglesia,
que ahora, bajo el arrebol creciente,
arde con un fuego místico.

Las rosas maduras de la aurora
parecen envolverla con devotas plegarias,
el resplandeciente capitel
señala con su mano crucificada
una espada sagrada, arriba en el extremo
de las nubes felizmente enrojecidas.
Y allí, embriagándose con la claridad de la mañana,
se alza, sobre la iglesia, la bóveda de Dios.

Una corriente
de luz arroja su ola ardiente
hacia todo el sonoro cielo.

Los vapores de la niebla
ascienden a humaradas, como lastrados
con toda la oscuridad de la tierra,
en el brillo de la mañana celestial,
y unos sonidos resuenan desde las profundidades,
como si llamaran
miles de voces en un coro.
Y entonces él oye por primera vez
cómo todo el dolor de los mortales
grita su ardiente canción
alunada sobre la tierra.

Escucha las voces de los pequeños y los débiles,
de las mujeres que se entregaron en vano,
de las rameras que se reían de sí mismas,
el sombrío rencor de los enfermos eternos,
a los solitarios a los que nunca tocó una sonrisa,
escucha a los niños, sollozando, lamentándose,
y el aullido impotente de las seducidas en secreto,
escucha a todos los que portan penas,

a los abandonados, a los sordos, a los burlados,
a los mártires de todos los callejones y días,
que no han sido coronados,
escucha sus voces y escucha cómo
se elevan al cielo abierto
en una melodía primigenia.
Y ve
que solo el dolor lleva flotando hasta Dios,
mientras al resto su gravosa vida
retiene con dicha plomiza a la tierra.
Pero allá arriba la luz se extiende infinita
bajo el aluvión
de los coros ascendentes
del dolor de los mortales;
y él sabe que a todos, a todos, escuchará Dios,
¡sus cielos resuenan misericordiosos!

A los pobres
Dios no los somete a juicio,
una misericordia infinita
incendia sus salones con luz eterna.
Los jinetes del Apocalipsis huyen y se dispersan,
el dolor se hace placer y la felicidad, suplicio
para quien vive la muerte en la vida.
Y ya planea
un ángel flameante hacia el suelo
y el rayo del amor sagrado
que nace del dolor le atraviesa,
profundo y radiante, el corazón trémulo.

Entonces se desploma
de rodillas, como fulminado.
Siente de pronto el mundo entero,

auténtico y en su infinito dolor.
Le tiembla el cuerpo,
espuma blanca baña sus dientes,
los espasmos desfiguran sus rasgos,
mientras lágrimas de dicha
empapan su mortaja.
Pues percibe que desde que tocara
los labios amargos de la muerte,
su corazón siente la dulzura de vivir.
Su alma arde por el martirio y las heridas,
y tiene claro
que en ese instante
ha sido aquel otro
que mil años antes estuvo en la cruz
y que, como Él,
desde aquel beso ardoroso de la muerte,
debe amar la vida por el sufrimiento.

Los soldados le alejan del poste.
Pálido, como apagado, está su rostro.
De un empujón
lo reincorporan al grupo.
Su mirada
extraña está por completo vuelta hacia adentro,
y de sus labios estremecidos cuelga
la risa amarilla de los Karamázov.

La primera palabra a través del océano

Cyrus W. Field
28 de julio de 1858

EL NUEVO RITMO

Durante los miles, quizá cientos de miles de años trans-
curridos desde que esa extraordinaria criatura llamada
hombre pisara la tierra, ningún medio de locomoción
terrestre se había considerado superior al galope del
caballo, a una rueda girando, al barco impulsado por
velas o remos. La multitud de progresos técnicos durante ese espacio angosto e iluminado por el saber que
llamamos historia universal no había acelerado consi-
derablemente el ritmo del movimiento. Los ejércitos de
Wallenstein no marchaban mucho más deprisa que las
legiones de César, ni los de Napoleón avanzaban más
rápido que las hordas de Gengis Kan, las corbetas de
Nelson surcaban los mares apenas un poco más deprisa
que los barcos de los piratas vikingos o de los mercade-
res fenicios. Lord Byron, con el peregrinar de Childe

Harold, no cubre en un día muchas más millas que Ovidio en su camino al exilio póntico, y Goethe, en el siglo XVIII, no viaja en esencia más cómodo ni más rápido que el apóstol Pablo a principios del anterior milenio. A la misma inamovible distancia espacial y temporal quedan entre sí los países en época de Napoleón y bajo el Imperio romano. La resistencia de la materia aún triunfa sobre la voluntad humana.

Hasta el siglo XIX no cambia en lo fundamental la medida y el ritmo de la velocidad terrestre. En su primera y segunda década, los pueblos, los países, se acercan entre sí más deprisa de lo que lo habían hecho en milenios; por medio del ferrocarril, del barco de vapor, los viajes que antaño duraban días se cubren ahora en una sola jornada, los que hasta la fecha precisaban de infinitas horas, se llevan a cabo en quince minutos o incluso menos. Pero por más que los contemporáneos percibieran como un triunfo esa aceleración propiciada por el ferrocarril o el barco de vapor, tales inventos no trascienden aún el ámbito de lo comprensible. Aunque esos vehículos multiplican por cinco, por diez, por veinte, las velocidades conocidas hasta entonces, la mirada y los sentidos aún son capaces de seguirlos y de explicar el aparente milagro. Sin embargo, los primeros desarrollos de la electricidad surgen con efectos de todo punto inesperados y, como Hércules cuando aún estaba en la cuna, echan por tierra todas las leyes conocidas y pulverizan todos los límites válidos hasta entonces. Las generaciones posteriores nunca podremos imaginar el pasmo de aquella gente ante los primeros progresos del telégrafo eléctrico, la inmensa estupefacción y el entusiasmo que sentirían al ver que aquella chispita prácticamente imperceptible, que la víspera apenas conseguía que la botella de Leyden produjera una descarga a una pulgada de distancia, mostrara de pronto una potencia demoníaca, capaz de saltar por encima de países, montañas y continentes enteros. Esa idea, apenas formulada del todo, de que la palabra escrita pudiera recibirse, leerse y entenderse en el mismo segundo, antes de que se secara su tinta, a miles de millas de distancia; que la corriente invisible que vibra entre los dos polos de una ínfima pila voltaica fuera capaz de extenderse por toda la faz de la tierra, de un confín a otro; que ese juguete de los laboratorios de física, capaz de atraer la víspera unos pedacitos de papel frotando un cristal, pudiera multiplicar por miles de millones la potencia muscular y la velocidad alcanzadas por el hombre, trayendo mensajes, desplazando trenes, alumbrando calles y casas y, como Ariel, flotando por el aire sin ser visto. Mediante ese descubrimiento la relación entre el espacio y el tiempo experimentó la transformación más determinante desde la creación del mundo.

Ese año decisivo para el mundo, 1837, en el que por primera vez el telégrafo hizo que la experiencia humana hasta entonces aislada se volviera simultánea, rara vez viene consignado siquiera en los libros de texto, que por desgracia consideran más importante hablar de guerras y victorias de generales y naciones particulares, en lugar de hacerlo acerca de los verdaderos, en tanto que comunes, triunfos de la humanidad. Y, sin embargo, no hay fecha en la historia contemporánea comparable en la amplitud de sus efectos psicológicos con ese cambio en la cuantificación del tiempo. El mundo se ha transformado desde que es posible saber en París lo que ocurre a la vez en Ámsterdam, Moscú,

Nápoles y Lisboa. Solo queda un último paso, y las otras partes del mundo estarán incluidas en esa formidable relación, creando así una conciencia común en toda la humanidad.

Pero la naturaleza aún se resiste a esa última asociación, aún falta por salvar un obstáculo, de modo que los países separados por el mar todavía siguen desconectados durante dos décadas. En los postes de telégrafo, gracias a las campanas aislantes de porcelana, la chispa salta con libertad sin detenerse, pero el agua absorbe la corriente eléctrica. Conducir esa corriente a través del mar es imposible, pues todavía no se ha inventado una manera de aislar a la perfección los cables de cobre y hierro en el líquido elemento.

Por suerte, en los tiempos del progreso, un invento tiende la mano al siguiente. Han transcurrido pocos años desde la implantación del telégrafo terrestre cuando se descubre el material idóneo para aislar la corriente eléctrica en el agua: la gutapercha. Ahora ya puede conectarse a la red telegráfica europea el país más importante situado fuera del continente: Inglaterra. Un ingeniero llamado Brett coloca el primer cable en el mismo lugar de ese canal que más tarde Blériot sobrevolará por primera vez en avión. Un candoroso incidente aún habría de frustrar el éxito inmediato, cuando un pescador de Boulogne, creyendo haber encontrado una anguila de extraordinaria carnosidad, arranca el cable ya tendido. Pero el 13 de noviembre el segundo intento fructifica. E Inglaterra queda conectada y, con ello, Europa es por vez primera Europa, una criatura que, con un único cerebro, con un único corazón, experimenta al mismo tiempo todo lo que ocurre en su época.

Un éxito tan magnífico en tan pocos años —pues ¿qué es una década si no un mero parpadeo en la historia de la humanidad?— despertaría en aquella generación, comprensiblemente, un optimismo ilimitado. Se logra todo cuanto se intenta, siempre a velocidad de ensueño. Un par de años, solo eso, e Inglaterra está unida por telégrafo a Irlanda, Dinamarca a Suecia, Córcega a tierra firme, y ya se hacen pruebas para conectar Egipto a la red y, con ello, a la India. Sin embargo, un continente, y por si fuera poco el más importante, parece condenado a una exclusión definitiva de esa cadena que se extiende por el mundo: América. La ilimitada vastedad del océano Atlántico y del Pacífico no permite estaciones intermedias, así que ¿cómo tender un único cable que los atraviese? Estamos en los albores de la electricidad y aún se ignoran muchos factores. Aún no se ha medido la profundidad del mar, aún son inexactos los conocimientos sobre la estructura geológica del océano, aún no se ha probado en absoluto si un cable tendido a semejante profundidad podría soportar la presión de esa inconmensurable masa de agua. Incluso si fuera técnicamente posible tender de forma segura, a semejante profundidad, un cable infinito, ¿dónde encontrar un barco del tamaño necesario para transportar la carga de hierro y plomo de dos mil millas de cable? ¿Dónde hay dinamos con una potencia capaz de enviar una corriente eléctrica ininterrumpida a una distancia que un barco de vapor tarda en recorrer entre dos y tres semanas? No se cumple un solo requisito. Aún se ignora si por el fondo del océano circulan corrientes magnéticas que pudieran desviar la electricidad, el aislamiento disponible no basta, no hay aparatos de medición adecuados, solo se conocen aún las leyes básicas de la electricidad, que acaba de abrir los ojos tras un sueño inconsciente de siglos. «¡Imposible! ¡Absurdo!», reniegan los eruditos en cuanto se menciona el plan del tendido transoceánico. «Tal vez en el futuro», opinan los técnicos más optimistas. Incluso Morse, el hombre que más ha hecho hasta ahora por el progreso del telégrafo, considera el plan una audacia de imprevisibles consecuencias. Si bien añade proféticamente que, de lograrse, el tendido del cable transatlántico sería *«the great feat of the century»*, la gran proeza del siglo.

Para realizar con éxito un milagro o algo milagroso, lo primero que hay que hacer es preparar la fe del individuo en ese milagro. El cándido arrojo de un obstinado puede dar el definitivo impulso creador precisamente allá donde el científico duda, y como ocurre casi siempre, también en esta ocasión una mera casualidad pone en marcha la grandiosa empresa. Un ingeniero inglés llamado Gisborne, que en 1854 se dispone a tender un cable entre Nueva York y el extremo oriental de América, Terranova, con el objeto de que los mensajes de los barcos lleguen con un par de días de antelación, ha de detenerse sin concluir su empresa, pues los medios económicos se le han agotado. Así pues, viaja a Nueva York para encontrar a alguien que pueda financiarle. La pura casualidad —madre de tantos acontecimientos gloriosos— hace que allí se tope con un joven, Cyrus W. Field, hijo de un pastor protestante, que ha hecho tanto dinero y tan rápido en los negocios que, a pesar de su juventud, ya ha podido retirarse gracias a su gran fortuna. A este hombre ocioso, demasiado joven, demasiado enérgico para estar permanentemente desocupado, trata de ganárselo Gisborne para acabar de tender el cable entre Nueva York y Terranova. Resulta que Cyrus W. Field —casi podría decirse, ¡por fortuna!— no es un técnico ni un especialista. No entiende nada de electricidad ni jamás ha visto un cable. Pero el hijo del pastor protestante lleva en la sangre una fe apasionada, la enérgica osadía del americano. Y donde el ingeniero Gisborne, especialista en la materia, solo ve el objetivo inmediato de conectar Nueva York y Terranova, este hombre joven y entusiasta mira más allá. ¿Por qué no unir a continuación Terranova e Irlanda mediante un cable submarino? Y con una energía que le dispone a superar cualquier dificultad —treinta y una veces, a lo largo de esos años, atravesará este hombre el océano entre ambos continentes—, Cyrus W. Field se pone manos a la obra de inmediato, con la férrea voluntad de invertir en esa gesta todo lo que lleva dentro y todo cuanto tiene. Se ha prendido la mecha decisiva que hace que una idea adquiera una energía explosiva en la realidad. La nueva y prodigiosa energía, la energía eléctrica, se ha unido con el más potente de los elementos dinámicos de la vida: la voluntad humana. Un hombre ha encontrado la tarea de su vida y una tarea ha encontrado a su hombre.

LA PREPARACIÓN

Con energía inusitada, Cyrus W. Field se lanza a su gran proyecto. Habla con todos los especialistas, acosa a los Gobiernos para conseguir las concesiones, emprende campañas en ambos extremos del globo para obtener el dinero necesario; tan intenso es el empeño de este completo desconocido, tan apasionada su íntima convicción, tan poderosa su creencia en que la electricidad es la nueva fuerza prodigiosa, que en pocos días logra que en Inglaterra se suscriba íntegramente el capital básico de trescientas cincuenta mil libras. Solo tiene que reunir en Liverpool, Manchester y Londres a los comerciantes más ricos para fundar la Telegraph Construction and Maintenance Company, y el dinero corre. Entre ellos figuran también los nombres de Thackeray y lady Byron, que promueven la empresa sin ningún interés mercantil, movidos solo por un entusiasmo ético. Nada ilustra mejor el optimismo tecnológico que alentaba en la época de Stevenson, Brunel y de tantos otros grandes ingenieros ingleses que el hecho de que una sola convocatoria bastase para disponer a fondo perdido de una cantidad tan colosal destinada a una empresa desde todos los puntos de vista fantástica.

Pues el costo aproximado del tendido es lo único que hasta ahora, en los inicios, ha podido cuantificarse con cierta seguridad. No existen modelos para la ejecución técnica. Nada de dimensiones semejantes se ha pensado ni planeado aún en el siglo XIX. Pues ¿cómo comparar ese tendido a través de todo un océano con la superación de una estrecha franja de agua entre Dover y Calais? Allí bastó con desenrollar treinta o cuarenta millas de cable desde la cubierta de un vapor de ruedas de lo más normal, y el cable se fue desplegando poco a poco como un ancla de su cabestrante. Para el tendido del cable en el canal pudo esperarse tranquilamente a que hiciera buen día, se conocía con exactitud el fondo marino, nunca se perdió de vista ninguna de las dos orillas, y así se evitó cualquier imprevisto que pudiera entrañar peligro. En un solo día pudo llevarse a cabo la conexión. Por el contrario, durante una travesía de al menos tres semanas de navegación ininterrumpida, una bobina cien veces más larga, cien veces más pesada, no puede dejarse sin más en la cubierta, a merced de las inclemencias meteorológicas. Además, ninguna embarcación de la época tiene el tamaño suficiente para cargar en su bodega ese colosal capullo de hierro, cobre y gutapercha, ni ninguna es lo bastante potente para soportar ese lastre. Dos barcos, al menos, son necesarios, y a estos dos, los principales de la flota, los deben acompañar unos cuantos más para que mantengan el rumbo por la línea más recta y para que, ante cualquier eventualidad, puedan servir de ayuda. El Gobierno inglés ofrece para tal fin el Agamemnon, uno de sus barcos de guerra más grandes, años antes buque insignia en el sitio de Sebastopol, y el Gobierno americano hace lo propio con el Niagara, una fragata de cinco mil toneladas (la de mayores dimensiones de la época). Pero antes tienen que modificar los dos barcos, para que cada uno pueda almacenar la mitad de la infinita cadena que conectará ambos continentes. Por supuesto, el principal problema sigue siendo el cable. De este gigantesco cordón umbilical entre dos extremos del mundo se esperan características inimaginables. Por un lado, ha de ser firme e indestructible como un cable de acero y, al mismo tiempo, elástico, para que pueda tenderse con facilidad. Tiene que soportar cualquier presión, cualquier peso, y desenrollarse con limpieza como un hilo de seda. Tiene que ser compacto, pero no muy voluminoso, por un lado sólido y por otro lo bastante preciso para trasladar la onda eléctrica más leve a lo largo de dos mil millas. Durante esas catorce jornadas de travesía, el menor desgarro, la más diminuta irregularidad en cualquier punto de esa pieza gigantesca, puede destruir la transmisión.

Pero se aventuran a ello. Las fábricas trenzan día y noche, la demoníaca voluntad de un solo hombre impulsa toda la maquinaria. Minas enteras de hierro y de cobre se agotan para fabricar el cable, bosques enteros de caucho se desangran para producir la cubierta de gutapercha que cubra una distancia tan descomunal. Y nada resulta más ilustrativo de las inmensas proporciones del empeño que el hecho de que trescientas sesenta y siete mil millas de hilo metálico se trencen en ese cable, trece veces más que la distancia que bastaría para rodear la tierra o para unirla con la luna en línea recta. Desde la construcción de la torre de Babel, la humanidad no se ha atrevido a nada tan grandioso desde un punto de vista técnico.

LA PRIMERA SALIDA

Durante un año silban las máquinas y se bobina sin pausa el alambre desde las fábricas al interior de ambos barcos, como un hilo delgado y fluido, hasta que, por fin, después de miles y miles de vueltas, cada una de las mitades queda arrollada en el enorme carrete de los dos barcos. Construidas y ya preparadas están las nuevas y pesadas máquinas que, provistas con frenos y capacidad de rebobinado, deberán en una, dos o tres semanas de trabajo ininterrumpido hundir el cable de una sola vez en las profundidades marinas. Los mejores electricistas y técnicos, entre ellos el propio Morse, se han congregado a bordo para controlar con sus aparatos, durante el tendido del cable, que la corriente eléctrica no se detenga; reporteros y dibujantes se han unido a la tripulación para describir con palabras e imágenes esta travesía, la más emocionante desde las de Colón y Magallanes.

Por fin todo está preparado para zarpar y, si bien hasta ahora los escépticos ganaban en número, en este momento el interés público de toda Inglaterra se ha volcado con fervor en este empeño. El 5 de agosto de 1857, cientos de pequeños botes y barcos rodean la flota del cable en el pequeño puerto irlandés de Valentia, para vivir de primera mano el instante, llamado a formar parte de la historia universal, en el que una punta del cable será transportada en barcas hasta la orilla para quedar enganchada en tierra firme europea. De improviso, la despedida se transforma en un gran acto solemne. El Gobierno ha enviado delegados, se pronuncian discursos, y el sacerdote, en una conmovedora intervención, pide la bendición de Dios para la osada empresa. «Oh, Dios eterno —comienza el religioso—, que tú solo te bastas para abrir los cielos y dominar el ímpetu de los mares, tú, que sometes los vientos y el oleaje, ten misericordia de quienes te servimos aquí abajo... Que tu dominio evite cualquier obstáculo y venza toda resistencia que pueda interponerse entre nosotros y esta importante obra.» Y entonces miles de manos y sombreros se agitan en la playa y en el mar. Poco a poco, el crepúsculo envuelve la tierra. Uno de los sueños más audaces del ser humano trata de hacerse realidad.

Un percance

El plan original era que los dos grandes buques, el Agamemnon y el Niagara, cada uno de los cuales llevaba la mitad del cable, navegaran hasta un punto previamente calculado en medio del océano, donde se procedería al enganche de ambas mitades. Luego uno de los barcos pondría rumbo hacia el oeste, a Terranova, y el otro hacia el este, en dirección a Irlanda. Pero se les antoja muy osado arriesgar en un solo intento todo el costoso cable, así que prefieren tender una primera parte desde tierra firme, ya que no tienen la certeza de que una transmisión telegráfica bajo el mar pueda funcionar correctamente a semejante distancia.

De los dos barcos, le corresponde al Niagara la tarea de ir tendiendo el cable desde tierra firme hasta ese punto en medio del mar. Despacio, con suma cautela, la fragata americana pone rumbo hacia allí, soltando el hilo como una araña por detrás de su poderoso cuerpo. Despacio, regularmente, la bobina traquetea a bordo: es el viejo ruido, conocido por cualquier hombre de mar, de la gúmena desenrollándose y dejando caer el ancla de los cabestrantes. Pasadas unas horas, la tripulación es tan indiferente a ese matraqueo regular como al latido de su propio corazón.

Mar adentro, más y más adentro, sin cesar, el cable va cayendo por detrás de la quilla. Esta aventura, desde luego, no es lo que se dice aventurada. Todos los electricistas se encuentran en un camarote especial y escuchan con atención, intercambiando señales con tierra firme irlandesa. Y he aquí la maravilla: aunque hace tiempo que han perdido de vista la costa, la señal por el cable submarino resulta tan nítida como si transmitieran de una ciudad europea a otra. Ya han dejado atrás las aguas poco profundas, ya han cruzado parte de la denominada meseta del mar abisal que se eleva tras Irlanda, y la cuerda metálica aún se desliza tras la quilla con el ritmo regular de un reloj de arena, mandando y recibiendo mensajes al mismo tiempo.

Ya han tendido trescientas treinta y cinco millas de cable, es decir, más de diez veces la distancia entre Dover y Calais, cinco días y cinco noches de incertidumbre han quedado atrás, y la sexta noche, la del 11 de agosto, Cyrus W. Field se acuesta para disfrutar de un descanso bien merecido tras muchas horas de trabajo y emociones. Pero entonces —¿qué ha pasado?— el matraqueo se detiene. Como el durmiente que se levanta sobresaltado en un tren en marcha cuando la locomotora se detiene súbitamente, como el molinero que se sobrecoge cuando la rueda del molino deja de girar de improviso, todos los del barco se despiertan de un brinco y corren a cubierta. El primer vistazo a la máquina no deja lugar a dudas: la bobina está vacía. El cable se ha salido de pronto del cabestrante; ha sido imposible llegar a tiempo para recoger el extremo que se ha escurrido, y más imposible resulta ahora encontrar la punta perdida en las profundidades y volverla a subir. Ha ocurrido lo peor. Un pequeño fallo técnico ha arruinado el trabajo de años. Derrotados, quienes tan audaces zarparon vuelven a Inglaterra, donde, debido a la repentina ausencia de señales y signos, ya están preparados para la mala noticia.

Un nuevo percance

Cyrus Field, el único hombre inquebrantable, héroe y comerciante al mismo tiempo, hace balance. ¿Qué se ha perdido? Trescientas millas de cable, unas cien mil libras del capital de los accionistas y —tal vez sea esto

219

lo que más le deprime— un año entero, imposible de recuperar. Pues la expedición necesita el buen tiempo del verano, y a estas alturas la estación ya está demasiado avanzada. Por otra parte, algo han obtenido ya. De este primer intento han sacado una buena dosis de experiencia práctica. El cable ha resultado ser idóneo, así que puede almacenarse enrollado para la siguiente expedición. Solo hay que cambiar las bobinas mecánicas, pues ellas han tenido la culpa de la fatídica ruptura del sistema.

Así, entre la espera y los preparativos, transcurre otro año entero. Hasta que el 10 de junio de 1858, los mismos barcos, con el ánimo renovado y el viejo cable en las bodegas, pueden zarpar de nuevo. Dado que la transmisión eléctrica de señales funcionó sin problemas en la primera travesía, vuelven al viejo plan de empezar a tender el cable desde el medio del océano hacia ambos lados. Los primeros días transcurren sin incidentes. Si bien al séptimo, al llegar al punto previamente calculado, empezará el tendido del cable, es decir, el trabajo de verdad. Pero hasta el momento todo es o parece un paseo en barco. Las máquinas están apagadas, los marineros aún pueden coger fuerzas y disfrutar del tiempo agradable, el cielo está despejado y el mar en calma, quizá demasiado en calma.

Pero al tercer día el capitán del Agamemnon siente un secreto desasosiego. Un vistazo al barómetro le ha mostrado la inquietante rapidez a la que se desploma la columna de mercurio. Una tempestad particularmente virulenta debe estar a punto de desatarse, y en efecto, al día siguiente, estalla un temporal que ni los más avezados marineros recuerdan apenas haber vivido en el océano Atlántico. El huracán afecta de la manera más terrible al barco inglés encargado de tender el cable, el Agamemnon. Esa embarcación de veras formidable, que se ha sobrepuesto a las pruebas más duras en todos los mares y guerras, buque insignia de la marina inglesa, debería haber estado a la altura del severo temporal. Pero, por desgracia, a fin de prepararlo para colocar el cable y de hacer sitio en su bodega para la inmensa carga, se ha reconstruido por completo. La carga no puede estibarse con propiedad como en un carguero, así que todo el peso de la inmensa bobina se encuentra en el centro, y solo una parte se ha almacenado en el extremo de la proa, lo cual tiene la consecuencia aún más grave de que con cada subida y bajada la oscilación pendular se duplica. El temporal, por tanto, puede zarandear a su víctima en un juego peligroso: a derecha e izquierda, adelante y atrás, la tormenta levanta el barco hasta un ángulo de cuarenta y cinco grados, los embates del oleaje inundan la cubierta, todos los objetos se destruyen. Y entonces, una nueva fatalidad: en uno de los golpes más espantosos, que sacude el barco desde la quilla hasta el mástil, se cae el sotechado que protege el carbón amontonado en cubierta. Como un granizo negro, toda la masa se desploma en avalancha sobre los marineros, que antes de eso ya estaban ensangrentados y exhaustos. Algunos resultan heridos al caer; otros, en la cocina, se queman con las ollas que han volcado. Uno de los marineros pierde la cabeza en esos diez días de tormenta, llegan a pensar en tirar por la borda una parte del funesto cargamento de cable. Por fortuna, el capitán se resiste a ser responsable de tal acto, y hace bien. El Agamemnon, sometido a lo indecible, sobrevive a los diez días de tormenta, y a pesar del considerable retraso, puede encontrarse con el otro barco en el

221

lugar acordado del océano, donde está previsto iniciar el tendido del cable.

Pero solo ahora comprueban hasta qué punto se ha visto afectado por las persistentes sacudidas el costoso y delicado cargamento de hilo metálico trenzado en mil vueltas. En algunos puntos el cordón se ha enredado, la cubierta de gutapercha está ajada o destruida. Con escasa confianza intentan varias veces, pese a todo, tender el cable, pero lo único que consiguen es perder unas doscientas millas de cable que desaparecen en vano en el fondo del mar. De nuevo, toca arriar las banderas y regresar a puerto sin gloria, en lugar de triunfantes.

LA TERCERA TRAVESÍA

Con el semblante pálido, enterados ya de la noticia del desastre, los accionistas esperan en Londres a su líder y engatusador, Cyrus W. Field. La mitad del capital social se ha despilfarrado en las dos travesías y no se ha demostrado ni conseguido nada; se comprende que la mayoría diga: ¡Basta! El presidente de los accionistas propone salvar lo que se pueda. Cree que habría que recoger de los barcos el cable no utilizado y venderlo de urgencia, ya sea con pérdidas, para después renunciar definitivamente a ese descabellado plan de transmisión transoceánica. El vicepresidente le secunda y manda su dimisión por carta, exponiendo así su intención de no tener nada más que ver con esa empresa absurda. Pero la pertinacia y el idealismo de Cyrus W. Field no se quebrantan fácilmente. No se ha perdido nada, explica. El cable ha soportado la prueba con creces y aún queda a bordo una cantidad suficiente como para intentarlo de nuevo. La flota está lista; las tripulaciones, enroladas. Además, tras la inusual tormenta de la última travesía cabe esperar un periodo de días benignos, con ausencia de viento. ¡Valor! ¡Atrévanse de nuevo! Hay que arriesgarse por última vez, es ahora o nunca.

Los accionistas, cada vez más inseguros, se miran entre sí. ¿Han de confiar lo que queda del capital suscrito a ese demente? Pero dado que una voluntad fuerte siempre acaba por arrastrar a quienes dudan, Cyrus W. Field termina sacándoles por la fuerza un nuevo intento. El 17 de julio de 1858, cinco semanas después de la última travesía malhadada, la flota parte por tercera vez de un puerto británico.

Y es entonces cuando se confirma otra vez la vieja máxima de que las cosas decisivas casi siempre se consiguen en secreto. En esta ocasión zarpan sin que nadie se entere: no hay botes ni barcas alrededor de los barcos para desearles lo mejor, ninguna multitud se congrega en la playa, no se celebra ninguna cena solemne para despedirlos, ni se pronuncian discursos, ningún sacerdote ruega la asistencia divina. Como piratas, tímidos y callados, los barcos salen al mar. Y el mar se muestra amable con ellos. En la misma fecha acordada, el 28 de julio, once días después de haber zarpado de Queenstown, el Agamemnon y el Niagara pueden empezar el ímprobo trabajo en el lugar establecido en mitad del océano.

Un espectáculo peculiar. Los barcos se juntan uniendo sus popas. Entre ambas embarcaciones se remachan ahora los extremos del cable. Sin formalidades, sin que ni siquiera la tripulación muestre un interés especial por el proceso (tras tanto intento frustrado, ya están cansados), aquella especie de cabo de metal y cobre se hunde entre los dos barcos hacia los mayores abismos del océano, a profundidades nunca antes exploradas por ningún escandallo. Después, un último saludo de borda a borda, de bandera a bandera, y el barco inglés pone rumbo a Inglaterra y el americano, a América. A medida que se alejan, dos puntos móviles en la inmensidad del océano, el cable los mantiene unidos todo el tiempo; por primera vez desde que el hombre es hombre, dos barcos pueden comunicarse entre ellos sin verse, a través del viento y las mareas, del espacio y la distancia. Cada dos horas uno informa con una señal eléctrica desde las profundidades del océano sobre las millas dejadas atrás, y el otro siempre le confirma que, gracias a la excelente meteorología, ha recorrido el mismo trecho. Así pasa un día, y un segundo, un tercero, un cuarto. El 5 de agosto, el Niagara puede transmitir al fin que está viendo la costa americana en Trinity Bay, Terranova, tras haber tendido no menos de mil treinta millas de cable, y también ha triunfado el Agamemnon, que ha hundido mil millas y a su vez tiene a la vista la costa irlandesa. Por primera vez, la palabra humana se transmite de un país a otro, de América a Europa. Pero solo esos dos barcos, esos doscientos hombres en sus armazones de madera, saben que la hazaña se ha completado. El mundo, que hace tiempo ha olvidado esta aventura, todavía no lo sabe. Nadie los espera en la playa, ni en Terranova ni en Irlanda, pero en el instante en que el nuevo cable oceánico se conecte al de la tierra, toda la humanidad sabrá de su inmensa victoria común.

Precisamente porque desciende de un cielo totalmente despejado, ese rayo de alegría prende de un modo formidable. Casi a la misma hora, en los primeros días de agosto, el Viejo y el Nuevo Mundo tienen noticia del trabajo conseguido; la repercusión es indescriptible. En Inglaterra, el *Times*, por lo general tan cauto, editorializa así: *«Since the discovery of Columbus, nothing has been done in any degree comparable to the vast enlargement which has thus been given to the sphere of human activity»*. Desde el descubrimiento de Colón, no se ha hecho nada comparable en modo alguno con esta magnífica ampliación de la esfera de actividad humana. Y la City experimenta un verdadero frenesí. Pero esa orgullosa alegría de Inglaterra tiene un matiz sombrío y precavido si la comparamos con el entusiasmo desatado en América en cuanto se difunde allí la noticia. De inmediato cierran los negocios, las calles se inundan de gente que pregunta, alborota y discute. En un abrir y cerrar de ojos, un completo desconocido, Cyrus W. Field, se ha convertido en el héroe nacional de todo un pueblo. Se le coloca enfáticamente al lado de Franklin y de Colón, toda la ciudad y a continuación otras cien vibran y retumban expectantes por ver al hombre cuya determinación ha hecho posible «el enlace entre la joven América y el Viejo Mundo». Pero el entusiasmo aún no ha alcanzado su grado más alto, pues de momento solo se ha recibido la noticia de que el cable está tendido. Pero ¿transmite la voz? La gesta, la verdadera gesta, ¿se ha logrado? Un espectáculo grandioso. Una ciudad entera, un país entero, espera acechante solo una cosa: la primera palabra a través del océano. Se sabe que la reina de Inglaterra será la primera en transmitir su mensaje de felicitación, cada hora que transcurre la gente se impacienta más y más. Pero aún pasan días y días, pues por culpa de un desgraciado accidente el cable que va a Terranova se ha roto, y hasta el 16 de agosto a última hora de la tarde el mensaje de la reina Victoria no llega a Nueva York.

La anhelada noticia llega demasiado tarde para que los periódicos alcancen a llevar en sus páginas el comunicado oficial; solo pueden colgarlo en las oficinas de telégrafos y en las redacciones, frente a las cuales se agolpan de inmediato las masas. Los *newspaper boys* acaban llenos de arañazos y con las ropas rasgadas tras abrirse paso entre la muchedumbre. En los teatros, en los restaurantes, se difunde la noticia. Son miles los que no comprenden que el telégrafo pueda anticiparse en días al barco más rápido, así que corren hacia el puerto de Brooklyn para saludar al heroico Niagara, que ha conseguido esa victoria sin pegar un solo tiro. Al día siguiente, el 17 de agosto, los periódicos lo celebran jubilosos con gran derroche de tinta en los titulares: *«The cable in perfect working order»*, *«Everybody crazy with joy»*, *«Tremendous sensation throughout the city»*, *«Now's the time for an universal jubilee»*.[1] Un triunfo sin parangón. Desde los albores del pensamiento en la tierra, nunca una idea había cruzado el océano con la misma rapidez con la que se formuló. Y en Battery ya descargan atronadores cañonazos para anunciar que el presidente de Estados Unidos ha respondido a la reina. Ya

---

1. «El cable funciona perfectamente», «Todo el mundo se ha vuelto loco de felicidad», «Enorme emoción en toda la ciudad», «Es el momento de una celebración universal».

nadie se atreve a ser escéptico; esa noche, en Nueva York y en todas las demás ciudades brillan decenas de miles de luces y antorchas. Todas las ventanas están iluminadas, y que la cúpula del City Hall sea pasto de las llamas apenas enturbia la alegría general. Pues el día siguiente trae consigo una nueva fiesta. Ha llegado el Niagara, Cyrus W. Field, el gran héroe, ya está aquí. Un desfile triunfal expone el resto del cable por toda la ciudad y se agasaja a la tripulación. Ahora las manifestaciones se replican un día tras otro en todas las ciudades del océano Pacífico y hasta el golfo de México, como si América celebrase por segunda vez la fiesta de su descubrimiento.

¡Pero no basta, no basta! Un auténtico desfile triunfal ha de ser más grandioso, el más formidable que se haya visto jamás en el nuevo continente. Los preparativos duran dos semanas, y después, el 31 de agosto, una ciudad entera celebra a un único hombre, Cyrus W. Field, como no se celebraron en su día ante el pueblo las victorias de los emperadores y los césares. El desfile organizado ese espléndido día de otoño es tan largo que precisa de seis horas para llegar de una punta a otra de la ciudad. Lo encabezan regimientos con estandartes y banderas a través de la ciudad engalanada, las sociedades filarmónicas, los orfeones, los coros, los bomberos, las escuelas y los veteranos de guerra se suman también a la infinita comitiva. Todo el que puede desfilar, desfila; el que puede cantar, canta; el que puede vitorear, vitorea. En una carroza de cuatro caballos, como en un *triumphus* romano, llevan a Cyrus W. Field; en otra, al comandante del Niagara; en una tercera, al presidente de Estados Unidos; los alcaldes, los funcionarios, los profesores, van detrás. Sin pausa, se suceden las alocuciones, los banquetes, las procesiones de antorchas, las campanas de las iglesias repican, los cañones retumban, un estruendoso júbilo rodea por doquier a este nuevo Colón, capaz de unir ambos mundos y de vencer al espacio, el hombre que en este momento se ha convertido en el más insigne y venerado de América, Cyrus W. Field.

LA GRAN CRUCIFIXIÓN

Miles, millones de voces se elevan jubilosas ese día. Pero una sola, la más importante, guarda un extraño silencio durante la celebración: el telégrafo eléctrico. Puede que, entre todo aquel júbilo, Cyrus W. Field ya sospechara la terrible verdad, y para él tiene que haber resultado terrible ser el único en saber que justo hoy la línea atlántica se ha interrumpido, que, tras unos cuantos días de meros signos confusos y apenas legibles, el cable ha lanzado un último y moribundo estertor y finalmente ha expirado. Nadie en América tiene noticia aún de esa paulatina avería, salvo los pocos que controlan la recepción de señales en Terranova, y también estos, en vista del desmedido entusiasmo, durante días y días se resisten a transmitir el amargo comunicado a las masas jubilosas. Pero la escasez de noticias no tarda en llamar la atención. En América se esperaba que los mensajes centellearan a través del océano a todas horas; en lugar de eso, solo llega de tanto en tanto una noticia distorsionada y fuera de control. No tarda en circular de boca en boca el rumor de que, por culpa del afán y de la impaciencia por lograr mejores transmisiones, se han enviado cargas eléctricas demasiado intensas y de que por eso el cable, que en cualquier caso era deficiente, se ha estropeado del todo. Si bien esperan poder reparar la avería. Al poco tiempo, sin embargo, ya es imposible negar que las señales son cada vez más balbuceantes, más incomprensibles. Y justo esa mañana, la del 1 de septiembre, con la resaca de la celebración, ya no llega ningún sonido nítido, ninguna vibración limpia, a través del océano.

Si algo no tiene perdón para las masas es que se las desilusione en medio de un formidable entusiasmo, verse decepcionadas a traición por alguien de quien lo esperaban todo. Apenas se confirma el rumor de que el celebérrimo telégrafo ha fracasado, la tempestuosa ola de júbilo se revuelve con malvada amargura contra el inocente al que consideran culpable, Cyrus W. Field. Ha engañado a una ciudad, a un país, a un mundo; hacía tiempo que estaba al tanto de la avería, aseguran en la City, pero el muy egoísta ha dejado que lo jaleen mientras aprovechaba para deshacerse de sus acciones obteniendo un inmenso beneficio. Y circulan calumnias aún más graves, entre ellas la más extravagante de todas, según la cual el telégrafo atlántico nunca llegó a funcionar como debía. Todos los comunicados habrían sido mentiras, simples patrañas, y el telegrama de la reina de Inglaterra se habría redactado de antemano sin llegar a enviarse nunca por el telégrafo oceánico. De acuerdo con el bulo, durante todo ese tiempo ninguna noticia realmente comprensible habría atravesado el mar, y los directores de los periódicos, a partir de meras suposiciones y señales deslavazadas, se habrían limitado a pergeñar falsos telegramas. Se desata un verdadero escándalo. Quienes con más vehemencia gritaban de júbilo están ahora más furiosos que nadie. Toda una ciudad, todo un país, se avergüenza de su ferviente y precipitado entusiasmo. Se elige a Cyrus W. Field como blanco de esa ira. Ese que ayer ensalzaban como si fuera un semidiós y un héroe nacional, hermano de Franklin y descendiente de Colón, ha de esconderse como un criminal de sus antiguos amigos y admiradores. En un solo día se creó todo y en un solo día todo se destruyó. La magnitud de la derrota es imprevisible. El capital está perdido; la confianza, dilapidada. Y como la legendaria serpiente de Midgard, el cable yace inservible en las insondables profundidades del océano.

SEIS AÑOS DE SILENCIO

Seis años permanece en el océano, inservible, el cable olvidado, seis años en los que reina el frío silencio de siempre entre esos dos continentes que, durante un momento universal, palpitaron a la vez con el mismo pulso. América y Europa, que tan cerca estuvieron por un instante, a solo unos cientos de palabras, vuelven a estar separadas por una distancia insalvable, como desde hace siglos. El plan más audaz del siglo XIX, ayer casi una realidad, ha vuelto a convertirse en leyenda, en mito. Por supuesto, nadie piensa en retomar la obra conseguida a medias; la terrible derrota ha paralizado todas las fuerzas y ha ahogado todo el entusiasmo. En América, la guerra civil entre norte y sur desvía cualquier interés; en Inglaterra, algunas comisiones aún se reúnen de vez en cuando, pero tardan dos años en confirmar solo que, en principio, el cable submarino tiene posibilidades. Y entre estos informes académicos y la realidad hay una distancia que ya nadie piensa recorrer.

En esos seis años el trabajo descansa como el cable olvidado en el fondo del mar.

Pero seis años, que en el gigantesco espacio de la historia representan solo un instante efímero, en una ciencia tan joven como la electricidad abarcan un milenio. Cada año, cada mes, se producen nuevos descubrimientos en este terreno. Las dinamos son más y más precisas, más diversas sus aplicaciones, más exactos los aparatos. La red telegráfica ya se extiende por el espacio interno de todos los continentes, ya se ha cruzado el Mediterráneo, ya se han conectado África y Europa; así, año tras año, el proyecto de atravesar el océano Atlántico va perdiendo imperceptiblemente la naturaleza fantástica que durante un tiempo lo acompañó. No hay duda de que llegará la hora en que se intente de nuevo. Solo falta el hombre que infunda una nueva energía al antiguo plan.

Y de pronto ese hombre está ahí, y resulta que es el de antes, el mismo, con la misma fe y la misma confianza, resucitado del silencioso destierro y del malvado desdén. Por trigésima vez ha cruzado el océano y reaparece en Londres. Logra renovar las viejas concesiones, dotándolas con un nuevo capital de seiscientas mil libras esterlinas. Y ahora por fin dispone también del largamente soñado barco de proporciones gigantescas, un buque con capacidad para almacenar el inmenso cargamento por sí solo, el célebre Great Eastern, de veintidós mil toneladas y cuatro chimeneas, construido por Isambar Brunel. Y, sobre un milagro, otro milagro: aquel año, 1865, el barco está surto porque también es un adelantado a su época; en un plazo de dos días lo compran y lo pertrechan para la expedición.

Ahora es fácil todo lo que antes resultaba dificultoso. El 23 de julio 1865, el mastodóntico buque deja atrás el Támesis con un nuevo cable. Aunque el primer intento también fracasa dos días antes de alcanzar el objetivo, cuando una grieta malogra el tendido y el insaciable océano vuelve a engullir seiscientas mil libras esterlinas, la técnica está ya demasiado depurada para que cunda el desánimo. Y cuando el 13 de julio de 1866 el Great Eastern zarpa por segunda vez, el viaje resulta un verdadero triunfo y la voz transmitida hacia Europa se oye precisa y clara. Al cabo de pocos días se encuentra el viejo cable perdido; dos hilos conectan ahora el Viejo y el Nuevo Mundo como si fuera uno solo. El prodigio de ayer es hoy la cosa más normal del mundo, desde entonces es como si la Tierra latiera al unísono. La humanidad vive hoy simultáneamente, escuchándose, mirándose y comprendiéndose de una punta a otra del planeta, con una ubicuidad propia de los dioses que conquistó gracias a su propia energía creadora. Y gracias a su triunfo sobre el espacio y el tiempo, habría seguido unida de forma espléndida hasta el final de los tiempos, de no haberse dejado ofuscar, una y otra vez, por la fatal manía de destruir sin descanso esa grandiosa unidad y de aniquilarse a sí misma con los mismos medios que le conceden poder sobre los elementos.

La huida hacia Dios

Finales de octubre de 1910
Un epílogo al drama inconcluso de Liev Tolstói
Y la luz brilla en las tinieblas

INTRODUCCIÓN

En 1890 Liev Tolstói empieza a escribir una autobiografía dramática que años después se publicaría y se llevaría a escena, con el título *Y la luz brilla en las tinieblas*, como un fragmento de sus obras póstumas. Este drama inconcluso (la primera escena así lo revela) no es sino el retrato más íntimo de la tragedia vivida en su hogar, al parecer escrito como justificación de un intento de huida premeditado y, al mismo tiempo, para disculpar a su mujer, esto es, una obra de equilibrio moral perfecto en medio del más extraordinario desgarro del alma.

Tolstói se representó a sí mismo en el personaje de Nikolái Michelaievitch Saryntsev, y a buen seguro muy poco de la tragedia puede considerarse inventado. Sin duda, Liev Tolstói la redactó con la sola intención de prefigurar literariamente para sí mismo la necesaria resolución de su vida. Pero ni en la obra ni en la vida, ni entonces, en 1890, ni diez años después, en 1900, encontraría Tolstói el valor ni la forma adecuada para resolverla o terminarla. Y con la voluntad resignada, dejó la pieza en un mero fragmento, terminando con el completo desamparo del héroe, que se limita a elevar las manos hacia Dios, suplicándole que le ayude y que resuelva el dilema en su lugar.

Tolstói no llegaría a escribir tampoco el último acto de la tragedia, el que falta, pero a cambio —esto es más importante— lo vivió. En los últimos días de octubre de 1910, las vacilaciones de un cuarto de siglo dan paso por fin a la determinación y la crisis, a un acto que lo libera: tras terribles y dramáticos conflictos, Tolstói huye, y huye justo a tiempo para encontrar esa muerte gloriosa y ejemplar que da a su destino una forma y una consagración perfectas.

Nada se me antoja más natural que añadir al fragmento escrito el final vivido de la tragedia. Esto y solo esto he intentado aquí, con la mayor fidelidad histórica posible y con un profundo respeto a los hechos y a los documentos. Creo que estoy a salvo de la osadía de querer completar con esto, por mi cuenta y como si tuviera el mismo valor, una confesión de Liev Tolstói; no me sumo a la obra, tan solo quiero servirla. Lo que intento, por tanto, no ha de considerarse una conclusión, sino más bien un epílogo independiente a una obra inacabada y a un conflicto irresuelto, destinado a ser solo un eco solemne de esta tragedia inconclusa. Con esto quedaría satisfecho el propósito de este epílogo y de mi respetuoso empeño. Para una eventual representación, he de subrayar que temporalmente este epílogo se desarrolla dieciséis años después de *Y la luz brilla en las ti-*

nieblas, y que esto habría de manifestarse en la apariencia de Liev Tolstói. Los hermosos retratos de sus últimos años de vida pueden ser un buen modelo, en particular el que nos lo muestra en el monasterio de Schamardino con su hermana, así como su fotografía en el lecho de muerte. También su gabinete de trabajo debería corresponderse respetuosamente, en su conmovedora sencillez, con el modelo histórico. En lo estrictamente escénico, desearía añadir este epílogo (en el que a Tolstói, lejos de quedar oculto tras el personaje de su doble Saryntsev, se le llama por su nombre) en el cuarto acto del fragmento *Y la luz brilla en las tinieblas*, tras una larga pausa. Una representación independiente no se corresponde con mis intenciones.

PERSONAJES DEL EPÍLOGO

LIEV NIKOLÁIEVICH TOLSTÓI (a los ochenta y tres años de edad)
LA CONDESA, Sofía Andréievna Tolstói, su mujer
ALEXANDRA LVOVNA (llamada Sasha), su hija
EL SECRETARIO
DUSHÁN PETROVICH, médico de cabecera y amigo de Tolstói
EL JEFE DE ESTACIÓN de Astápovo, Iván Ivánovich Osoling
EL JEFE DE POLICÍA de Astápovo, Cyrill Gregorovitch
PRIMER ESTUDIANTE
SEGUNDO ESTUDIANTE
TRES VIAJEROS

Las dos primeras escenas recrean hechos ocurridos en los últimos días de octubre de 1910 en el gabinete de trabajo de Yásnaia Poliana, y la última, el 31 de octubre de 1910, tiene lugar en la sala de espera de la estación de Astápovo.

PRIMERA ESCENA

> (*Finales de octubre de 1910 en Yásnaia Poliana.*
> *El gabinete de trabajo de* TOLSTÓI, *sencillo y sin ornamentos, exactamente igual a la imagen conocida.*
> EL SECRETARIO *conduce dentro a dos estudiantes. Van vestidos a la rusa, con camisas negras abrochadas hasta arriba, ambos jóvenes, de rasgos afilados. Se mueven con total seguridad, con más arrogancia que timidez.*)

EL SECRETARIO.—Vayan tomando asiento, Liev Tolstói estará enseguida con ustedes. Solo querría pedirles una cosa, ¡no olviden la edad que tiene! Liev Tolstói ama de tal forma la discusión que a menudo olvida cuánto se cansa.

PRIMER ESTUDIANTE.—No tenemos mucho que preguntarle a Liev Tolstói; una cosa nada más, aunque por supuesto decisiva para nosotros y para él. Le prometo que estaremos el tiempo justo, siempre y cuando podamos hablar libremente.

EL SECRETARIO.—Muy bien. Cuantas menos formalidades, mejor. Y, sobre todo, no le llamen «Excelencia», no le gusta.

236

SEGUNDO ESTUDIANTE.—*(Riendo.)* Con nosotros por eso no tema; cualquier cosa, menos eso.

EL SECRETARIO.—Ya está subiendo las escaleras.

> *(Entra* TOLSTÓI *con pasos rápidos, como llevado por el viento, vivaz y nervioso a pesar de sus muchos años. Mientras interviene en la conversación, a menudo juega con un lápiz en la mano o corta pedacitos de una hoja de papel, impaciente por tomar la palabra. Se acerca deprisa a los dos estudiantes, les tiende la mano, mira a cada uno durante un instante con ojos perspicaces y penetrantes, y después se sienta frente a ellos en una butaca tapizada de cuero.)*

TOLSTÓI.—Son ustedes los dos que me envía el comité, ¿no es verdad? *(Busca en una carta.)* Disculpen que haya olvidado sus nombres...

PRIMER ESTUDIANTE.—Por favor, no dé importancia a nuestros nombres. Acudimos a usted en representación de cientos de miles.

TOLSTÓI.—*(Mirándole con ojos penetrantes.)* ¿Tiene usted alguna pregunta para mí?

PRIMER ESTUDIANTE.—Una pregunta, sí.

TOLSTÓI.—*(Dirigiéndose al otro.)* ¿Y usted?

SEGUNDO ESTUDIANTE.—La misma. Tenemos una sola pregunta para usted, Liev Nikoláievich Tolstói, todos nosotros, la juventud revolucionaria de Rusia. Y no hay otra: ¿por qué no está usted de nuestra parte?

TOLSTÓI.—*(Muy tranquilo.)* Lo he expresado muy claramente en mis libros y también en mis cartas, que entretanto puede leer todo el mundo. No sé si ustedes dos habrán leído mis libros.

PRIMER ESTUDIANTE.—(*Alterado.*) ¿Que si hemos leído sus libros, Liev Tolstói? Qué curioso que nos pregunte tal cosa. Leerlos... es decir poco. Nos hemos alimentado de sus libros desde que éramos niños, y ya de jóvenes usted nos ha conmovido de corazón. ¿Quién además de usted nos han enseñado a ver la injusticia que supone el reparto de todos los bienes humanos? Sus libros, usted y nadie más que usted, ha arrancado nuestro corazón del Estado, de la Iglesia y de los amos que promocionan los desafueros cometidos contra los hombres, en vez de proteger a la humanidad. Usted y solo usted nos ha resuelto a arriesgar nuestra vida hasta que ese orden equivocado quede destruido para siempre...

TOLSTÓI.—(*Interrumpiéndole.*) Pero no a través de la violencia...

PRIMER ESTUDIANTE.—(*Hablando por encima de él sin reparos.*) Desde que tenemos uso de razón, en nadie hemos confiado tanto como en usted. Al preguntarnos quién vencería esta injusticia, nos decíamos: ¡Él! Al preguntarnos quién se levantaría para derribar esta bajeza, nos decíamos: ¡Él, Liev Tolstói lo hará! Hemos sido sus alumnos, sus sirvientes, sus vasallos, creo que hubiera llegado a morir por un gesto de su mano, y si hace unos cuantos años hubiera podido entrar en esta casa, me hubiera postrado ante usted como si fuera un santo. Eso era usted, Liev Tolstói, para nosotros, para cientos de miles como nosotros, para toda la juventud de Rusia, hace unos pocos años... Siento, todos lo sentimos, que desde entonces se haya alejado de nosotros, convirtiéndose casi en nuestro enemigo.

TOLSTÓI.—*(Más conciliador.)* ¿Y qué cree que tendría que hacer yo para permanecer unido a ustedes?

PRIMER ESTUDIANTE.—No seré yo quien ose pretender instruirle. Usted sabe bien hasta qué punto se ha alejado de nosotros, de toda la juventud rusa.

SEGUNDO ESTUDIANTE.—Bueno, por qué no decirlo, nuestra causa es demasiado importante como para andarse con formalidades. Debe usted abrir los ojos por fin y no seguir mostrándose tibio en vista de los terribles crímenes que el Gobierno perpetra contra nuestro pueblo. Debe usted levantarse de una vez de su escritorio y ponerse al lado de la revolución de un modo inequívoco, claro y sin reservas. Liev Tolstói: usted sabe bien con qué crueldad se viene sofocando nuestro movimiento, ahora mismo muere más gente en las cárceles que hojas en su jardín. Y usted ve cómo todo esto ocurre y, según dicen, escribe aquí y allá algún artículo en la prensa inglesa acerca del carácter sagrado de la vida humana. Pero sabe bien que contra este terror sangriento ya no bastan las palabras, sabe tan bien como nosotros que lo único que sirve ahora es un golpe de Estado en toda regla, una revolución, y su palabra se basta y se sobra para crear un ejército. Ha hecho de nosotros unos revolucionarios y ahora, llegado el momento, ¡se echa a un lado prudentemente, aprobando así la violencia!

TOLSTÓI.—¡Nunca he aprobado la violencia! ¡Nunca! Hace treinta años dejé mi trabajo solo para combatir los crímenes de los poderosos. Llevo treinta años —¡vosotros ni siquiera habíais nacido!— exigiendo, más radicalmente que vosotros, no solo una mejora, sino un orden del todo nuevo en las relaciones sociales.

SEGUNDO ESTUDIANTE.—*(Interrumpiéndole.)* Sí, ¿y

qué? ¿Qué le han permitido a usted? ¿Qué nos han dado a nosotros en estos treinta años? A los *dujobori* que cumplían lo que usted predicaba, la fusta y seis balas en el pecho. ¿Qué ha mejorado en Rusia gracias a su desvaída insistencia, a sus libros y sus panfletos? ¿No se da cuenta de que, al hacer al pueblo más paciente y manso, a la espera de que llegase el reino milenario, estaba ayudando a los opresores? ¡No, Liev Tolstói, de nada sirve andarse con ruegos en nombre del amor frente a esa casta presuntuosa, por mucho que ponga en ello todas sus dotes de persuasión! Esos vasallos de los zares no sacarán un solo rublo de su bolsillo en nombre de su Cristo, no retirarán un solo impuesto hasta que los agarremos del gaznate. El pueblo ya ha esperado suficiente tiempo a su amor fraternal, no vamos a esperar más, ha llegado la hora de actuar.

TOLSTÓI.—*(Elevando bastante la voz.)* Sé que en vuestras arengas llegáis incluso a llamarlo «acto sagrado». Un acto sagrado, fomentar el odio. Pero yo no conozco el odio, ni quiero hacerlo, ni siquiera el odio contra aquellos que ofenden a nuestro pueblo. Pues quien hace el mal es más infeliz en su alma que el que lo sufre; a aquel le compadezco, mas no le odio.

PRIMER ESTUDIANTE.—*(Furioso.)* Pues yo odio a todo el que comete injusticias contra la humanidad. ¡Le odio brutalmente, como una bestia ávida de sangre! No, Liev Tolstói, nunca me enseñará a compadecerme de esos criminales.

TOLSTÓI.—También el criminal sigue siendo mi hermano.

PRIMER ESTUDIANTE.—Por mí como si es mi hermano y el hijo de mi madre: si trae sufrimiento a la humanidad, lo aplastaré como a un perro rabioso. ¡No, se acabó la compasión con los desalmados! No habrá paz en tierra rusa hasta que yazcan sepultados en ella hasta los cadáveres de los zares y los nobles; no habrá orden humano ni moral hasta que no lo impongamos nosotros.

TOLSTÓI.—No puede imponerse orden moral alguno a través de la violencia, pues la violencia engendra inevitablemente más violencia. En cuanto toméis las armas, crearéis un nuevo despotismo. En lugar de derribarlo, lo perpetuaréis.

PRIMER ESTUDIANTE.—Pero el único medio posible contra los poderosos es la destrucción del poder.

TOLSTÓI.—Así es. Pero jamás puede utilizarse un medio que uno mismo desaprueba. La verdadera fuerza, créanme, consiste en no responder a la violencia con violencia, sino en desproveerla de su poder por medio de la transigencia. Está escrito en el Evangelio...

SEGUNDO ESTUDIANTE.—(*Interrumpiéndole.*) Ah, no nos venga ahora con el Evangelio. Hace tiempo que los popes lo convirtieron en aguardiente para idiotizar al pueblo. Eso valía hace dos mil años y ni siquiera entonces ayudó a nadie, de otro modo no camparía como hoy la miseria y la sangre. No, Liev Tolstói, el abismo que separa a explotadores y explotados, a amos y esclavos, no va a sellarse con citas bíblicas. Hay demasiada miseria entre ambos extremos. Cientos, no, miles de creyentes, gentes caritativas, perecen hoy en Siberia y en las mazmorras, y mañana serán decenas de miles. Se lo pregunto una vez más, ¿todos esos millones de inocentes deben seguir sufriendo por culpa de un puñado de culpables?

TOLSTÓI.—(*Con la intención de resumir.*) Es preferible que sufran a que una vez más se derrame la sangre.

Precisamente, el padecimiento de los inocentes resulta beneficioso y bueno contra la injusticia.

SEGUNDO ESTUDIANTE.—*(Muy alterado.)* ¿Dice usted que es bueno el sufrimiento interminable, que ya dura cientos de años, del pueblo ruso? Muy bien, pues vaya usted a las cárceles, Liev Tolstói, y pregunte a los azotados, pregunte a quienes pasan hambre en nuestras ciudades y aldeas, si es tan bueno el sufrimiento.

TOLSTÓI.—*(Enfadado.)* Mejor, seguro, que vuestra violencia. ¿De veras creéis que vais a erradicar el mal del mundo con vuestras bombas y vuestras pistolas? No, en vosotros mismos está operando el mal, y os lo digo de nuevo, es cien veces preferible sufrir por una convicción que matar por ella.

PRIMER ESTUDIANTE.—*(Igualmente enfadado.)* Bien, si sufrir es tan bueno y tan beneficioso, Liev Tolstói, ¿por qué no sufre usted mismo? ¿Por qué ensalza siempre el martirio de los otros, mientras se queda sentado al calor de su hogar y come en vajilla de plata y mientras sus campesinos —lo he visto— van vestidos con cuatro trapos y se congelan medio muertos de hambre en sus chozas? ¿Por qué no se hace azotar usted mismo en lugar de a sus *dujobori*, a los que torturan por sus enseñanzas? ¿Por qué no deja de una vez esta noble casa y va a la calle, para conocer en sus carnes, bajo el viento y la helada y la lluvia, esa pobreza supuestamente exquisita? ¿Por qué lo único que hace es hablar, en lugar de actuar según sus enseñanzas? ¿Por qué no da de una vez ejemplo?

(TOLSTÓI se echa atrás. EL SECRETARIO se precipita hacia los estudiantes y, enfurecido, quiere echarlos de allí, pero el anciano, que

entretanto ha recuperado la compostura, le aparta con suavidad.)

TOLSTÓI.—¡Déjelo! La pregunta que el joven ha dirigido a mi conciencia era buena... Una pregunta buena, excelente, realmente necesaria. Me esforzaré por contestarla como corresponde. *(Da un paso corto hacia él; vacilante, trata de recomponerse, su voz suena ronca, velada.)* Me pregunta por qué no asumo yo mismo el sufrimiento de acuerdo con mis enseñanzas y mis palabras. Y yo le respondo con la mayor vergüenza: si hasta ahora he rehuido mi deber más sagrado, ha sido..., ha sido... porque... soy demasiado cobarde, demasiado débil o deshonesto, una persona ruin, insignificante, un pecador..., porque a día de hoy Dios no me ha dado aún la fuerza necesaria para hacer de una vez por todas lo inaplazable. De forma terrible, usted, un joven, un forastero, le habla a mi conciencia. Sé que no he hecho ni la milésima parte de lo necesario, confieso con vergüenza que hace ya tiempo, mucho tiempo, que me apremia el deber de abandonar el lujo de esta casa y el infame modo en que vivo, que percibo como algo de veras pecaminoso, y de hacer exactamente lo que usted dice, lanzarme como peregrino a las calles; pero la única respuesta que puedo darle es que me avergüenzo en lo más profundo de mi alma y que me humillo ante mi propia vileza. *(Los estudiantes dan un paso atrás y callan consternados. Una pausa. Luego* TOLSTÓI *prosigue bajando aún más la voz.)* Pero quizá... Quizá sufro, pese a todo... Quizá sufro precisamente por no poder ser lo bastante fuerte y honesto para cumplir mi palabra ante la gente. Quizá aquí mi conciencia me haga sufrir más que la más terrible de las torturas físicas, quizá Dios me haya forjado esta cruz y haya convertido mi casa en un lugar doloroso, como si estuviera en prisión con los pies encadenados... Pero tiene usted razón, este dolor es estéril, porque es solo mío, y además caería en presunción si quisiera atribuirme el sufrimiento ajeno.

PRIMER ESTUDIANTE.—(*Algo avergonzado.*) Le ruego me disculpe, Liev Nikoláievich Tolstói, si llevado por mi entusiasmo he aludido a su vida personal...

TOLSTÓI.—No, no, al contrario, ¡se lo agradezco! Quien zarandea nuestra conciencia, ya sea con los puños, nos hace un bien. (*Silencio.* TOLSTÓI, *con voz más calmada, continúa.*) ¿Tienen ustedes alguna otra pregunta para mí?

PRIMER ESTUDIANTE.—No, esa era nuestra única pregunta. Y creo que es una tragedia para Rusia y para toda la humanidad que usted nos niegue su apoyo. Pues nadie detendrá este golpe, esta revolución, y presiento que será terrible, la más terrible que se haya visto jamás en la Tierra. Los destinados a liderarla son hombres de hierro, de una determinación implacable, hombres despiadados. Si usted se elevara sobre nosotros, su ejemplo atraería a millones y habría menos víctimas.

TOLSTÓI.—Una sola vida de cuya muerte yo fuera responsable y no podría responder por ella ante mi conciencia.

(*Suena la campanilla de la puerta en la planta baja.*)

EL SECRETARIO.—(*A* TOLSTÓI, *para cortar la conversación.*) Llaman a comer.

TOLSTÓI.—(*Con fastidio.*) Sí, comer, cotorrear, comer, dormir, reposar, cotorrear... Así es nuestra ociosa vida, mientras los demás trabajan y con ello sirven a Dios. *(Se vuelve de nuevo hacia los dos jóvenes.)*

SEGUNDO ESTUDIANTE.—En fin, ¿así que a nuestros amigos solo podemos llevarles su renuncia y nada más? ¿No nos da ninguna palabra de ánimo?

TOLSTÓI.—*(Le mira con ojos penetrantes, reflexiona.)* A vuestros amigos decidles de mi parte lo siguiente: Os quiero y os respeto, jóvenes rusos, por sentir con tanta intensidad el dolor de vuestros hermanos y porque queréis comprometer vuestra vida para mejorar la suya. *(Su voz se endurece, gana aplomo y aspereza.)* Pero en lo sucesivo ya no puedo seguiros y me niego a estar con vosotros desde el mismo instante en que negáis el amor humano y fraternal a todos los hombres.

> *(Los estudiantes callan. Entonces, resuelto, se adelanta el* SEGUNDO ESTUDIANTE *y dice con dureza.)*

SEGUNDO ESTUDIANTE.—Le agradecemos que nos haya recibido y le agradecemos también su honestidad. A buen seguro no volveré a tenerle delante, así que permítame que, a modo de despedida, siendo yo tan poca cosa, sea honesto con usted. He de decirle, Liev Tolstói, que se equivoca si piensa que las relaciones humanas solo pueden mejorarse a través del amor. Eso tal vez valga para los ricos y los despreocupados. Pero los que pasan hambre desde la infancia, los que se pudren toda su vida bajo el dominio de los señores, están cansados de esperar el advenimiento de ese amor fraternal desde el cielo cristiano, por lo que preferirán confiarse a sus puños. Y así, en los días previos a su muerte, Liev Nikoláievich Tolstói, le digo: el mundo se ahogará en sangre, apalearán hasta la muerte no solo a los señores, sino también a sus hijos, y después los despedazarán para que la tierra no tenga ya nada malo que temer de ellos. Ojalá se ahorre usted ser testigo de su error. ¡Se lo deseo de corazón! ¡Que Dios le conceda una muerte en paz!

> (TOLSTÓI *da un paso atrás, muy asustado por la vehemencia de ese joven apasionado. Luego, ya recompuesto, se acerca a él y le habla con humildad.*)

TOLSTÓI.—Le agradezco especialmente sus últimas palabras. Me ha deseado usted lo que desde hace treinta años yo mismo anhelo: una muerte en paz con Dios y con todos los hombres. (*Los estudiantes, tras hacer una reverencia, se van.* TOLSTÓI *les sigue con la mirada un buen rato. A continuación, alterado, empieza a caminar de un lado a otro y se dirige con entusiasmo a su secretario.*) ¡Pero qué jóvenes tan maravillosos! ¡Qué intrépidos, orgullosos y fuertes, estos jóvenes rusos! ¡Espléndida, esta juventud creyente y pasional! Son como los que conocí en Sebastopol hace sesenta años; se dirigen a la muerte, encaran cualquier peligro con la misma mirada libre e insolente; dispuestos a morir para nada con una sonrisa en los labios, a jugarse la vida, una vida maravillosamente joven, por una vaina vacía, por un montón de palabras sin contenido, por una idea sin verdad, por el mero placer de entregarse. ¡Magnífica, esta eterna juventud rusa! ¡Al servicio del odio y de la muerte con toda esa pasión, con toda esa fuerza, como si fuera una causa sagrada! ¡Y aun así, me han hecho bien! Me han sacudido, esos dos, pues lo cierto es que están cargados de razones. ¡Urge que me ponga en pie de una vez por todas, que supere mis debilidades y cumpla mis palabras! ¡A dos pasos de la muerte y todavía dudo! En efecto, solo de la juventud puede aprenderse lo que es correcto, ¡solo de la juventud!

> *(La puerta se abre de golpe,* La CONDESA *entra como una afilada corriente de aire, nerviosa, irritada. Sus movimientos son inseguros, sus ojos yerran agitados sin cesar de un objeto a otro. Se nota que, mientras habla, está pensando en otra cosa, consumida por una inquietud interna que la sacude. Ignora a propósito al* SECRETARIO, *como si fuera aire, y se dirige a su marido. Tras ella, a toda prisa, ha entrado* SASHA, *su hija; da la impresión de que ha seguido a su madre para vigilarla.)*

La CONDESA.—Ya han llamado al almuerzo y hace media hora que el redactor del *Daily Telegraph* espera abajo, por tu artículo contra la pena de muerte, y tú vas y le dejas ahí esperando por estos dos jovencitos. ¡Qué pueblo maleducado e insolente! Abajo, cuando el criado les preguntó si habían avisado al conde de su visita, uno de ellos ha respondido: «No, no hemos avisado a ningún conde; Liev Tolstói pidió vernos». Y tú mezclándote con esos fantoches, con esos metomentodo, que lo único que quieren es poner el mundo del revés como sus propias cabezas. *(Inquieta, pasea la mirada por la habitación.)* ¡Menudo caos! Todos los libros por el suelo, todo manga por hombro y lleno de polvo, qué vergüenza como venga alguien mejor de visita. *(Va hacia la butaca, la toca.)* El tapizado está hecho unos zorros, es una vergüenza; no, no está para que lo vea nadie. Menos mal que el tapicero de Tula viene mañana, lo primero que tiene que hacer es arreglar la butaca. *(Nadie le contesta. Mira inquieta a un lado y a otro.)* Haz el favor de bajar de una vez. No se le puede dejar esperando más.

TOLSTÓI.—*(De pronto, lívido y agitado.)* Voy enseguida, antes tengo solo que... ordenar un poco... Sasha me ayudará... Hasta entonces, haz compañía al caballero y discúlpame, bajo enseguida.

> *(La* CONDESA *sale, no sin antes haber lanzado una última y encendida mirada por toda la habitación. En cuanto sale del cuarto,* TOLSTÓI *corre hacia la puerta y gira la llave a toda prisa.)*

SASHA.—*(Asustada por su vehemencia.)* ¿Qué te pasa?

TOLSTÓI.—*(Muy alterado, con la mano sobre el corazón, balbuceando.)* El tapicero, mañana... Gracias a Dios... Aún hay tiempo... Gracias a Dios.

SASHA.—Pero... ¿qué pasa?

TOLSTÓI.—*(Alterado.)* Un cuchillo, ¡rápido!, un cuchillo o unas tijeras. (El SECRETARIO, *extrañado, le alcanza desde el escritorio unas tijeras para papel.* TOLSTÓI, *mirando de vez cuando con temor a la puerta, nervioso y con prisa, se pone a ensanchar con las tijeras el desgarrón de la ajada butaca; luego empieza a palpar intranquilo entre la crin que rebosa por la raja, hasta que saca, al fin, una carta lacrada.)* Aquí está... Ridículo, ¿cierto?... Ridículo, digno de no creerse, como en una de esas novelas francesas infames y sensacionalistas... Una vergüenza infinita... A esto hemos llegado. Un hombre como yo, en mis cabales, en mi propia casa, a los ochenta y tres años, y debo esconder mis papeles más importantes porque me lo fisgonean todo, porque no me dejan ni a sol ni a sombra, espiando cada palabra, cada secreto. ¡Ah, qué vergüenza! ¡Qué infierno mi vida aquí, en esta casa! ¡Cuánta mentira! *(Se calma, abre la carta y se pone a leer; se dirige a* SASHA.*)* Escribí esta carta hace trece años, cuando iba a dejar a tu madre y esta casa infernal. Era mi despedida de ella, una despedida para la que al final no tuve valor. *(Arruga la carta entre los dedos temblorosos y lee para sí mismo, a media voz.)* «... sin embargo, me resulta imposible seguir con esta vida que he llevado los últimos dieciséis años, una vida en la que, por un lado, lucho contra vosotros y, por otro, provoco vuestra irritación. Por eso he decidido hacer lo que debería haber hecho hace mucho tiempo, esto es, huir... Si lo hiciera abiertamente, habría amargura. Acusaría tal vez la debilidad y no llevaría a término mi decisión, que en todo caso ha de llevarse a cabo. Así pues, perdonadme, os lo ruego, si este paso mío os causa dolor, y sobre todo tú, Sonia, déjame salir de tu corazón de buen grado, no me busques, no me juzgues, no me condenes.» *(Respirando con dificultad.)* Ah, han pasado trece años desde entonces y todo este tiempo he seguido atormentándome, y cada palabra es tan cierta como entonces, y mi vida de hoy, igual de cobarde y débil. Aún no he huido, aún espero y no sé a qué. Siempre lo he tenido claro pero siempre he actuado mal. ¡Siempre he sido muy débil, sin voluntad frente a ella! Escondí aquí la carta, como un escolar esconde del profesor un libro indecente. Y dejé en sus manos el testamento en el que le pedía que entregara la propiedad de mi obra a toda la humanidad, y lo hice solo para tener paz en casa, en lugar de estar en paz con mi conciencia.

(Pausa.)

El secretario.—¿Y cree usted, Liev Nikoláievich Tolstói, si me permite la pregunta, ahora que se ha presentado de forma fortuita la ocasión..., cree usted... que si Dios le llamara..., que..., que..., que ese último y apremiante deseo suyo de renunciar a la propiedad de su obra se cumpliría realmente?

Tolstói.—*(Asustado.)* Naturalmente... Es decir... *(Inquieto.)* No, no lo sé. ¿Tú qué piensas, Sasha?

(Sasha se vuelve y guarda silencio.)

Tolstói.—Dios mío, no he pensado en eso. Oh, no, otra vez, otra vez estoy faltando a la verdad. No, no he querido pensarlo, he vuelto a rehuirlo, como hago siempre con cualquier decisión clara y precisa. *(Mira fijamente al Secretario.)* No, lo sé, claro que lo sé: mi mujer y mis hijos prestarán tan poca atención a mi última voluntad como la que prestan hoy a mi fe y a mis deberes espirituales. Mercadearán con mis obras, y tras mi muerte aun se me considerará un mentiroso que no mantuvo su palabra ante los hombres. *(Hace un gesto resuelto.)* ¡Pero eso no puede, no debe ser! ¡Determinación, de una vez por todas! ¿Cómo ha dicho ese estudiante hoy, ese hombre íntegro, honesto? El mundo espera de mí un acto, espera rectitud. Que tome una decisión clara, auténtica, inequívoca. ¡Ha sido una señal! Con ochenta y tres años no se puede seguir con los ojos cerrados ante la muerte, hay que mirarla a la cara y decidir con determinación. Sí, esos dos forasteros me han advertido bien: la inoperancia esconde siempre una cobardía espiritual. Hay que ser claro y honesto, y yo, en mi hora postrera, a los ochenta y tres años, quiero serlo de una vez por todas. *(Se gira hacia su* Secretario *y hacia su hija.)* Sasha y Vladímir Georgevich, mañana hago testamento, será claro, férreo, vinculante e indiscutible, y cederé los beneficios de toda mi obra, todo el dinero sucio obtenido de ella con malas artes, a todo el mundo, a la humanidad entera. No se podrá hacer negocios con las palabras que he dicho y escrito para todas las personas y por necesidad de mi conciencia. Venga mañana por la mañana y tráigase a otro testigo. No puedo vacilar más, no sea que la muerte extienda antes su mano sobre mí.

Sasha.—Un momento, padre. Lejos de mi intención refutarte, pero me temo que, si madre nos ve aquí reunidos a los cuatro, habrá dificultades. Sospechará de inmediato e incluso puede romper tu voluntad en el último momento.

Tolstói.—*(Pensativo.)* Llevas razón. No, en esta casa no puedo hacer nada honesto, nada justo: aquí cualquier aspecto de la vida se convierte en una mentira. *(A su* Secretario.*)* Organice el encuentro para las once de la mañana en el bosque de Grumont, junto al árbol grande de la izquierda, detrás de la tierra de centeno. Fingiré que salgo a dar mi paseo de todos los días. Dispóngalo todo y allí, espero, Dios me dará la firmeza para liberarme de una vez de la última de mis cadenas.

(La campana del mediodía suena por segunda vez, más fuerte.)

EL SECRETARIO.—Pero ahora procure que la condesa no advierta nada; si eso ocurre, todo estará perdido.

TOLSTÓI.—*(Respirando con dificultad.)* Qué horror, tener que andar siempre disimulando, escondiéndote. Quieres ser honesto frente al mundo, quieres ser honesto frente a Dios, frente a ti mismo quieres ser honesto, pero no puedes serlo frente a tu mujer y tus hijos. ¡No, así no se puede vivir! ¡Así no se puede vivir!

SASHA.—*(Asustada.)* ¡Es mamá!

(EL SECRETARIO gira a toda prisa la llave para abrir la puerta. TOLSTÓI, a fin de ocultar su agitación, va hacia el escritorio y se pone de espaldas a la que entra.)

TOLSTÓI.—*(Susurrando quejoso.)* La mentira en esta casa me está envenenando... ¡Ay, si pudiera ser sincero por una vez al menos antes de morir!

LA CONDESA.—*(Entra a toda prisa.)* ¿Por qué no venís? ¡Cuánto tardas siempre!

TOLSTÓI.—*(Girándose hacia ella —la expresión de su cara está ya totalmente calmada—, en un tono solo comprensible para los otros, dice despacio.)* Sí, llevas razón, siempre tardo mucho en hacer cualquier cosa. Pero lo único importante es que a los hombres les quede tiempo para hacer lo que es justo antes de que sea demasiado tarde.

SEGUNDA ESCENA

(En el mismo cuarto. Bien entrada la noche del día siguiente.)

EL SECRETARIO.—Hoy debería acostarse pronto, Liev Nikoláievich, debe de estar exhausto después del largo paseo a caballo y de tantas emociones.

TOLSTÓI.—No, no estoy cansado en absoluto. Lo único que cansa a los hombres son las dudas y la inseguridad. Los actos liberan, incluso el peor acto es mejor que no hacer nada. *(Camina arriba y abajo por el cuarto.)* No sé si hoy he actuado correctamente, he de consultar primero con mi conciencia. Devolver mi obra a todos los hombres me ha quitado un peso del alma, pero creo que no debería haber hecho este testamento a escondidas, sino de forma pública y con la valentía que confiere la convicción. Tal vez he hecho de un modo indigno lo que, en nombre de la verdad, debería haberse hecho con franqueza, pero, a Dios gracias, ya está hecho; un peldaño más en la vida, un peldaño más cerca de la muerte. Ahora queda lo más difícil, lo último: en la hora justa, adentrarse en la espesura como un animal, cuando el final esté ya próximo, pues en esta casa mi muerte será tan poco honesta como lo ha sido mi vida. Ochenta y tres años tengo ya y aún hoy, aún hoy sigo sin encontrar la fuerza para despojarme de lo terrenal, y tal vez cuando llegue la hora de hacerlo, ni siquiera me dé cuenta.

EL SECRETARIO.—Pero ¿quién puede saber cuándo llegará su hora? Si lo supiéramos, todo sería mucho mejor.

TOLSTÓI.—No, Vladímir Georgevich, eso no estaría nada bien. ¿Sabe usted la vieja leyenda que me contó una vez un campesino? Habla de cómo Cristo sustrajo a los hombres el conocimiento de la muerte. Antes cada cual sabía de antemano la hora de su muerte y, cuando Cristo llegó a la tierra, se dio cuenta de que algunos campesinos no labraban sus tierras y vivían como pecadores. Entonces reprochó a uno de ellos su indolencia, pero este se limitó a rezongar. ¿Para qué iba a sembrar la tierra si cuando llegara la cosecha él ya habría muerto? Entonces Cristo se dio cuenta de que era malo que los hombres supieran previamente la hora en que morirían, así que les retiró ese conocimiento. Desde entonces, los labriegos deben cultivar sus tierras hasta el último día, como si fueran a vivir para siempre, y está bien que así sea, pues solo a través del trabajo se participa de lo eterno. Y dicho esto, yo también quiero labrar hoy *(Señala su diario.)* mi tierra, como todos los días.

> *(Pasos enérgicos fuera de la habitación, entra* La condesa, *ya con el camisón puesto, y lanza una mirada de enojo al* Secretario.*)*

La condesa.—Anda, así que... Pensaba que por fin estarías solo... Quería hablar contigo.

El secretario.—*(Se inclina.)* Ya me iba.

Tolstói.—Adiós, querido Vladímir Georgevich.

La condesa.—*(Apenas se cierra la puerta tras* El secretario.*)* Siempre está a tu alrededor, pegado a ti como una lapa..., y a mí, a mí me odia, quiere alejarme de ti, ese hombre malvado, pérfido.

Tolstói.—Eres injusta con él, Sonia.

La condesa.—¡No quiero ser justa! Se ha interpuesto entre los dos, me ha robado tu compañía, te ha alejado de tus hijos. Yo ya no cuento, desde que está aquí, la casa, tú mismo perteneces a todo el mundo, salvo a nosotros, tu familia.

Tolstói.—¡Si al menos fuera de verdad así! Es lo que quiere Dios, que pertenezcamos a todos y no nos guardemos nada para nosotros y los nuestros.

La condesa.—Sí, lo sé, de eso te está persuadiendo

él, ese ladrón que roba a mis hijos, sé que te anima a ponerte en nuestra contra. Por eso no le toleraré por más tiempo en esta casa, a ese alborotador. No, no le quiero.

Tolstói.—Pero, Sonia, sabes que le necesito para mi trabajo.

La condesa.—¡Encontrarás a cien más! *(Negando.)* No soporto tenerle cerca. No quiero a esa persona entre tú y yo.

Tolstói.—Sonia, querida, te lo ruego, no te alteres. Ven, siéntate aquí, hablemos con calma, como hablábamos en el pasado, cuando empezaba nuestra vida en común. ¡Piensa, Sonia, que nos queda poco tiempo, pocas palabras agradables que decirnos! *(La condesa mira nerviosa alrededor y se sienta temblando.)* Verás, Sonia, yo necesito a ese hombre, tal vez le necesite solo porque mi fe es débil, porque, Sonia, no soy tan fuerte como desearía ser. Me lo confirman a diario. Hay muchos miles de personas de todos los rincones del mundo que comparten mis creencias, pero entiéndelo, nuestro corazón mortal es así: para tener seguridad en sí mismo, necesita de otra persona un amor próximo, palpitante, visible, palpable, al alcance de la mano. Tal vez los santos puedan obrar en sus celdas solos, sin asistentes, no desalentarse aun sin testigos, pero ya ves, Sonia, yo no soy ningún santo, no soy más que un hombre muy débil y ya anciano. Por eso debo tener cerca a alguien que comparta mis creencias, estas creencias que ahora son para mí lo más preciado de mi vieja y solitaria vida. Mi mayor dicha habría sido, naturalmente, que tú misma, tú, a quien estimo con gratitud desde hace cuarenta y ocho años, que tú hubieses participado de mis convicciones religiosas. Pero, Sonia, tú nunca has querido eso. Lo que ha resultado ser más precioso para mi alma, tú lo miras sin amor y temo incluso que lo mires con odio. (LA CONDESA *hace un gesto*.) No, Sonia, no me malinterpretes, yo no te acuso de nada. Nos has dado a mí y al mundo lo que podías darnos, mucho amor maternal y entereza de ánimo frente a las dificultades. ¿Cómo ibas a sacrificarte por una convicción que tu alma no siente? ¿Cómo iba yo a culparte de no compartir mis pensamientos más íntimos, si la vida espiritual de un hombre, sus ideas más profundas, son siempre un secreto entre él y su Dios? Pero, ya ves, un buen día vino un hombre, por fin vino alguien a mi casa, él mismo había sufrido en Siberia por sus convicciones y ahora comparte las mías, es mi ayudante y un huésped querido, me asiste y me alienta en mi vida interior. ¿Por qué no quieres que se quede conmigo?

LA CONDESA.—Porque te ha alejado de mí y eso no puedo soportarlo, no puedo soportarlo. Me llena de rabia, me pone enferma, pues me doy perfecta cuenta de que todo cuanto hacéis va en mi contra. Hoy, una vez más, le he sorprendido, él ha escondido un papel a toda prisa y ninguno de vosotros era capaz de mirarme a los ojos con franqueza. ¡Ni él, ni tú, ni siquiera Sasha! Todos me ocultáis algo. Sí, lo sé, lo sé, habéis hecho algo malo contra mí.

TOLSTÓI.—Espero que Dios, estando como estoy ya con un pie en la tumba, me libre de hacer algo malo conscientemente.

LA CONDESA.—(*Apasionada*.) Así que no niegas que hayáis hecho algo en secreto..., algo contra mí. Ah, ya sabes que a mí no puedes mentirme como a los demás.

TOLSTÓI.—(*Muy alterado*.) ¿Yo miento a los demás? ¿Y me lo dices tú, la responsable de que aparezca ante todos como un farsante? *(Conteniéndose.)* Bueno, espero que Dios me ayude a no cometer a sabiendas el pecado de la mentira. Tal vez, como hombre débil que soy, no sea capaz de decir siempre toda la verdad, pero no creo que por ello sea un farsante ni un impostor ante la gente.

LA CONDESA.—Entonces dime lo que habéis hecho... ¿Qué carta, qué papel era ese...? No me tortures más...

TOLSTÓI.—*(Acercándose a ella, con ternura.)* Sofía Andréievna, no soy yo el que te tortura, eres tú la que te torturas a ti misma, porque ya no me amas. Si aún te quedara amor, tendrías también confianza en mí, confianza incluso en los aspectos de mi vida que ya no entiendes. Sofía Andréievna, te lo ruego, busca en tu interior. ¡Hemos convivido cuarenta y ocho años! Tal vez encuentres en todos esos años, en algún momento de ese tiempo olvidado, en algún pliegue de tu ser, un poco de amor hacia mí. En ese caso, te lo ruego, toma esa ascua y avívala, y procura ser de nuevo la que fuiste para mí durante tanto tiempo, amorosa, confiada, abnegada y tierna, pues a veces, Sonia, me asusta ver cómo eres ahora conmigo.

LA CONDESA.—*(Conmovida y alterada.)* Ya no sé cómo soy. Sí, tienes razón, me he vuelto odiosa y mala. Pero ¿quién podría soportar esto? Ver cómo te torturas para ser más que un hombre, esa furia por vivir con Dios, ese pecado. Pues es un pecado, sí, un pecado, es arrogancia, es falta de humildad, buscar a Dios de ese modo, buscar una verdad que se nos ha negado. Antes las cosas iban bien, estaban claras, vivíamos como todos, con dignidad y honradez, con nuestro trabajo y nuestra dicha, y los niños crecieron y nosotros nos encaminábamos felices a la vejez. Y de pronto, hace treinta años, tuvo que apoderarse de ti ese horrible delirio, esa fe que nos ha colmado de infelicidad a ti y a todos nosotros. ¿Qué voy a hacer si sigo sin ver qué sentido tiene que limpies las estufas y que vayas a por agua y que te hagas esas botas de mala calidad, tú, a quien todo el mundo ama como su mayor artista? No, aún no me entra en la cabeza por qué nuestra vida llena de certidumbre, regida por la laboriosidad y el ahorro, una vida serena y sencilla, de pronto era un pecado contra las demás personas. No, no puedo entenderlo, no puedo, no puedo.

TOLSTÓI.—(*Con mucha dulzura.*) ¿No lo ves, Sonia? Eso es precisamente lo que quería decirte. Que en lo que no entendemos, justo en lo que no entendemos, debemos confiar ayudados por la fuerza de nuestro amor. Es así con las personas, y así es también con Dios. ¿Piensas que yo me creo en posesión de lo que es justo? No, solo confío en lo que se hace con integridad, lo que nos cuesta dolor y tormento no puede carecer por completo de sentido y valor ante Dios y ante los hombres. De modo que tú también, Sonia, procura creer un poco en eso que no entiendes de mí, confía al menos en mi voluntad de ser justo, y todo, todo volverá a estar bien.

LA CONDESA.—(*Inquieta.*) Pero en ese caso me lo contarás todo... Me contarás todo lo que habéis hecho hoy.

TOLSTÓI.—(*Muy sereno.*) Te lo contaré todo, no quiero ocultarte nada ni actuar nunca más en secreto, en la poca vida que me queda. Solo estoy a la espera de que vuelvan Serioschka y Andréi, y cuando lo hagan me pondré ante todos vosotros y os contaré con franqueza lo que acabo de decidir. Pero hasta que eso ocurra, Sonia, aparta tu desconfianza y no vigiles mis movimientos... Es mi único ruego, te lo pido por favor, Sofía Andréievna, ¿lo cumplirás?

La condesa.—Sí... Sí... Por supuesto que sí.

Tolstói.—Te lo agradezco. ¿Has visto qué fácil resulta todo cuando se habla con franqueza y con absoluta confianza? Qué bien que hayamos podido conversar en paz y amistad. Has vuelto a alentar mi corazón. Y es que, verás, cuando entraste, el recelo aún oscurecía tu expresión. Tu rostro se me hacía extraño por la inquietud y el odio que reflejaba, y no reconocí en ti a la mujer de antaño. Ahora tu frente vuelve a mostrarse despejada, y de nuevo reconozco tus ojos, Sofía Andréievna, los ojos de la muchacha de antes, dirigidos a mí con bondad. Pero ahora ve a descansar, es muy tarde. Te lo agradezco de corazón.

(*La besa en la frente,* La condesa *se va; antes de salir, junto a la puerta, se gira de nuevo, agitada.*)

La condesa.—Pero ¿me lo contarás todo? ¿Todo?

Tolstói.—(*Aún muy sereno.*) Todo, Sonia. Pero recuerda tu promesa.

(La condesa *se aleja despacio, pero antes, inquieta, echa un último vistazo al escritorio.*)

Tolstói.—(*Camina varias veces de un lado a otro de la habitación, luego se sienta al escritorio y escribe unas cuantas palabras en su diario. Al rato se levanta, recorre la habitación de un extremo a otro, vuelve a la mesa, hojea pensativo su diario y lee a media voz lo que ha escri-*

to.) «Me esfuerzo en mostrarme lo más sereno y firme que puedo frente a Sofía Andréievna, y creo que, más o menos, alcanzaré mi propósito de calmarla... Hoy he visto por primera vez la posibilidad de lograr que ceda por medio de la bondad y el amor... Ay, si al menos...» *(Aparta el diario y suspira, para, finalmente, encaminarse a la habitación de al lado y allí apagar la luz. Luego regresa una vez más, se quita con esfuerzo las pesadas botas de campesino y la chaqueta. A continuación, apaga la luz y se dirige al dormitorio contiguo, vestido solo con los pantalones anchos y la camisa de trabajo.)*

> *(La habitación se queda durante un rato completamente a oscuras y en silencio. Nada ocurre. No se oye ni una respiración. De pronto, con mucha suavidad, con la cautela de un ladrón, se abre la puerta del gabinete de trabajo. Alguien entra a tientas en la negrísima habitación, sin zapatos, con una lámpara de mano que, colocada ahora por delante, arroja en el suelo un fino haz de luz. Es* LA CONDESA. *Recelosa, mira a su alrededor. Primero pone el oído en la puerta del dormitorio, luego, visiblemente calmada, se desliza hacia el escritorio. La lámpara de mano solo ilumina con un círculo blanco en medio de la oscuridad el espacio que rodea el escritorio.* LA CONDESA, *de quien solo se ven ahora las manos temblorosas en el círculo de luz, agarra primero el pedazo de papel que se ha quedado sobre la mesa y, nerviosa, empieza a leer el diario; después abre con cuidado todos los cajones uno tras otro, revolviendo los papeles*

260

cada vez con más prisa, sin encontrar nada.
Al final, con un movimiento brusco, vuelve a
agarrar la lámpara y se va sin hacer ruido.
Tiene el rostro descompuesto, como una so-
námbula. En cuanto se cierra la puerta a su
espalda, TOLSTÓI *abre de golpe la del dormi-*
torio. Lleva una vela en la mano, que se ba-
lancea de un lado a otro a causa de la espan-
tosa agitación del anciano: ha estado espiando
a su mujer. Echa a correr en pos de ella, ya ha
agarrado el picaporte de la puerta, pero de
pronto, con un gesto brusco, se da la vuelta,
coloca la vela sobre el escritorio con calma y
determinación, se dirige a la puerta de al lado,
que está al otro extremo del cuarto, y llama
con extraordinaria suavidad y cautela.)

TOLSTÓI.—*(Muy suave.)* Dushán... Dushán...

LA VOZ DE DUSHÁN.—*(Desde la habitación contigua.)*
¿Es usted, Liev Nikoláievich?

TOLSTÓI.—¡Chss, Dushán! ¡No levantes la voz!
Ven, corre.

(DUSHÁN *llega desde la habitación contigua,*
también él a medio vestir.)

TOLSTÓI.—Despierta a mi hija Alexandra Lvovna,
que venga de inmediato. Luego ve corriendo a las cua-
dras y ordena a Grigor que enganche los caballos, pero
tiene que hacerlo en completo silencio, para que nadie
de la casa se dé cuenta. ¡Y tú también ve en silencio! Ve
descalzo y ten cuidado, las puertas chirrían. Tenemos
que marcharnos ya mismo, no hay tiempo que perder.

(DUSHÁN *sale corriendo.* TOLSTÓI *se sienta,
vuelve a calzarse las botas con determinación,
coge su chaqueta y se la pone deprisa, luego
busca algunos papeles y los junta resueltamente. Sus movimientos son enérgicos, pero
un tanto febriles por momentos. También
ahora, sentado al escritorio, mientras garaba-
tea unas palabras en una hoja, le tiemblan los
hombros.*)

SASHA.—(*Entrando con sigilo.*) ¿Qué ha pasado,
padre?

TOLSTÓI.—Me voy, escapo... Por fin..., por fin está
decidido. Hace una hora me prometió su confianza,
pero hace un rato, a las tres de la mañana, ha entrado a
hurtadillas en mi gabinete para hurgar en los papeles...
Pero ha sido para bien, sí... No era su voluntad hacerlo,
era una voluntad ajena. ¡Cuántas veces he rogado a
Dios que, cuando llegara el momento, me enviara una
señal! Y ya me la ha enviado, pues ahora tengo derecho
a dejar sola a quien ha abandonado mi alma.

SASHA.—Pero ¿dónde irás, padre?

TOLSTÓI.—No lo sé, no quiero saberlo... Da igual,
con tal de que sea lejos de la mentira de esta existencia... Da igual... Hay muchos caminos en la tierra, y en
alguna parte espera un jergón o una cama donde un
anciano puede morir en paz.

SASHA.—Te acompaño...

TOLSTÓI.—No. Tú tienes que quedarte, tranquilizar-
la... Se va a poner furiosa... ¡Ah, lo que va a sufrir, la pobre...! Y soy yo el que provoca su sufrimiento... Pero no
puedo evitarlo, ya no puedo... Aquí me ahogaría. Quéda-
te hasta que lleguen Andréi y Serioschka, y solo después

ven a reunirte conmigo, me dirigiré primero al monasterio de Schamardino, a decirle adiós a mi hermana, pues siento que para mí ha llegado ya la hora de la despedida.

DUSHÁN.—*(De regreso, apresurado.)* El cochero ya ha preparado el carruaje.

TOLSTÓI.—Pues deprisa tú también, Dushán, esos papeles, guárdatelos...

SASHA.—Pero, padre, tienes que coger el chaquetón de piel, hace un frío terrible esta noche. Te meteré rápidamente en la maleta algo de abrigo...

TOLSTÓI.—No, no, nada más. Dios santo, no podemos retrasarnos más... No quiero seguir esperando... Llevo veintiséis años aguardando este momento, esta señal... Date prisa, Dushán... Aún podría venir alguien e impedírnoslo. Ahí, los papeles, los diarios, el lápiz...

SASHA.—¡Y el dinero para el tren! Yo lo cojo...

TOLSTÓI.—No, ¡nada de dinero! No volveré a tocarlo. En la estación me conocen, me darán billetes, y más tarde Dios me ayudará. Vamos, Dushán, date prisa. *(Dirigiéndose a* SASHA.*)* Y tú, dale esta carta: es mi despedida, ¡que me perdone! Y escríbeme para contarme cómo se lo ha tomado.

SASHA.—Pero, padre, ¿cómo quieres que te escriba? En cuanto diga en correos tu nombre, sabrán tu paradero e irán a buscarte. Debes adoptar un nombre falso.

TOLSTÓI.—¡Ah, mentiras! ¡Siempre mentiras! Siempre pervirtiendo el alma con secretos... Pero tienes razón... ¡Dushán, ven aquí! Como quieras, Sasha... El fin es bueno, después de todo... Así pues, ¿cómo debería llamarme?

SASHA.—*(Lo piensa un momento.)* Yo firmaré los telegramas como Frolova y tú te llamarás T. Nikolaiev.

TOLSTÓI.—*(Ya del todo desquiciado por la prisa.)*

T. Nikolaiev... Bien... Bien... Y ahora, ¡adiós! (*Abraza a su hija.*) T. Nikolaiev, así debo llamarme, dices. Una mentira más, ¡una más! Quiera Dios, en fin, que sea mi última falsedad ante los hombres.

(*Se va a toda prisa.*)

TERCERA ESCENA

> (*Tres días después —31 de octubre de 1910—.*
> *Sala de espera de la estación de Astápovo. A*
> *la derecha, una gran puerta acristalada que*
> *da al andén; a la izquierda, una más pequeña*
> *que conduce a la vivienda del* JEFE DE ESTA-
> CIÓN, *Iván Ivánovich Osoling. En los bancos*
> *de madera de la sala, en torno a una mesa,*
> *están sentados varios viajeros, esperando el*
> *expreso de Danlov: campesinas que, envuel-*
> *tas en sus pañuelos, duermen; pequeños tra-*
> *tantes con pellizas de borrego; algunos miem-*
> *bros de las clases metropolitanas, al parecer*
> *funcionarios o comerciantes.*)

PRIMER VIAJERO.—(*Leyendo un periódico, levanta de pronto la voz.*) ¡Pues lo ha hecho de maravilla! Una maniobra perfecta del viejo. ¡Quién lo habría dicho!

SEGUNDO VIAJERO.—¿Qué ocurre?

PRIMER VIAJERO.—Liev Tolstói, que se ha fugado de casa, y nadie sabe adónde ha ido. Salió en plena noche, se puso las botas y el chaquetón de piel y se largó, sin equipaje y sin decir adiós, acompañado solo por su médico, Dushán Petrovich.

Segundo viajero.—Y a la vieja la dejó en casa. Estará que trina, Sofía Andréievna. Él andará ya por los ochenta y tres... ¿Quién habría pensado eso de él? ¿Y adónde dices que ha se ha ido?

Primer viajero.—Eso les gustaría saber a ellos, a los de su casa y a los periódicos. Están enviando telegramas por todo el mundo. Hay quien asegura haberlo visto en la frontera búlgara, pero otros hablan de Siberia. El caso es que nadie sabe nada seguro. ¡Lo ha hecho bien, el viejo!

Tercer viajero.—*(Un estudiante joven.)* ¿Cómo decís? ¿Liev Tolstói? ¿Fugado de casa? Pásame el periódico, por favor, quiero leerlo yo mismo. *(Echa una ojeada.)* Oh, qué bien, qué bien que al fin se haya animado.

Primer viajero.—¿Cómo que qué bien?

Tercer viajero.—Pues porque su modo de vida deshonraba sus palabras. Bastante tiempo ya le han obligado a hacer de conde, ahogando su voz con halagos. Ahora, al fin, Liev Tolstói podrá hablar a las personas libremente, desde el fondo de su alma, y Dios quiera que con su palabra el mundo tome conciencia de lo que está ocurriendo con el pueblo de Rusia. Sí, claro que está bien; es una bendición, una curación para Rusia, que ese santo, por fin, se haya salvado.

Segundo viajero.—Pero quizá no es verdad todo lo que dicen aquí, quizá... *(Mira a su alrededor, para asegurarse de que nadie le escucha, y susurra ahora.)* Quizá lo hayan puesto solamente en el periódico, para despistar, y en realidad se lo han llevado y lo han hecho desaparecer...

Primer viajero.—¿Quién podría tener interés en deshacerse de Liev Tolstói?

SEGUNDO VIAJERO.—Ellos..., todos aquellos a los que estorba en su camino, todos, el Sínodo, la Policía, el Ejército, todos los que le temen. Algunos ya han desaparecido así, en el «extranjero», según dijeron más tarde. Pero bien sabemos lo que quieren decir con el «extranjero»...

PRIMER VIAJERO.—*(En voz baja también.)* Bien podría ser...

TERCER VIAJERO.—No, a eso no se atreven. Ese hombre, él solo, con su palabra nada más, es más fuerte que todos ellos; no, a eso no se atreven, pues saben que iríamos a por él y le sacaríamos de allí con nuestros puños.

PRIMER VIAJERO.—*(Apurado.)* Cuidado... Atención... Viene Cyrill Gregorovitch... Tira el periódico, ¡rápido...!

(EL JEFE DE POLICÍA, *Cyrill Gregorovitch, ha aparecido perfectamente uniformado desde el andén, tras la puerta de cristal. Se dirige de inmediato al cuarto del* JEFE DE ESTACIÓN *y llama a la puerta.)*

EL JEFE DE ESTACIÓN.—*(Desde su cuarto, con la gorra oficial en la cabeza.)* Ah, es usted, Cyrill Gregorovitch...

EL JEFE DE POLICÍA.—Tengo que hablar urgentemente con usted. ¿Está su mujer ahí dentro?

EL JEFE DE ESTACIÓN.—Sí.

EL JEFE DE POLICÍA.—¡Entonces mejor aquí! *(Y a los viajeros, en un tono cortante y autoritario.)* El expreso de Danlov está a punto de llegar; por favor, despejen de inmediato la sala de espera y vayan poniéndose en el andén. *(Todos se levantan y salen con prisa, apelotonándose. Vuelve a dirigirse al* JEFE DE ESTACIÓN.*)*

Acabamos de recibir importantes telegramas cifrados. Informan de que, en su huida, Liev Tolstói pasó anteayer por el monasterio de Schamardino, a ver a su hermana. Ciertos indicios hacen suponer que tiene intención de seguir su viaje desde allí, y hace dos días que todos los trenes que salen de Schamardino, sea cual sea la dirección que toman, están vigilados por agentes de la policía.

EL JEFE DE ESTACIÓN.—Pero explíqueme una cosa, padrecito Cyrill Gregorovitch. ¿Por qué, en realidad? Liev Tolstói no es ningún agitador, sino alguien que merece que le honremos, un tesoro para nuestro país, una eminencia.

EL JEFE DE POLICÍA.—Pero causa más alboroto y es una amenaza aún mayor que todo ese atajo de revolucionarios. Además, me trae sin cuidado, yo solo tengo orden de supervisar los trenes. Pero ahora en Moscú quieren que la vigilancia sea secreta. Por eso le ruego, Iván Ivánovich, que vaya usted al andén en mi lugar, ya que todos me conocen por el uniforme. Inmediatamente después de que el tren se detenga, se bajará un policía de incógnito y le informará de lo que haya observado por el camino. Yo, por mi parte, transmitiré el mensaje con la mayor prontitud.

EL JEFE DE ESTACIÓN.—Descuide, así lo haré.

(En la entrada de la estación, la campana anuncia que se acerca un tren.)

EL JEFE DE POLICÍA.—Salude al agente con discreción, como si fuera un viejo conocido, ¿de acuerdo? Los pasajeros no deben darse cuenta de que hay un control; en cuanto a nosotros, si lo hacemos todo hábilmente, esto no puede sino beneficiarnos, pues todos los informes van a las más altas instancias de San Petersburgo. Es posible, incluso, que alguno de los dos obtenga la Cruz de San Jorge.

(El tren entra en la estación con gran estrépito. El JEFE DE ESTACIÓN cruza corriendo la puerta acristalada. Al cabo de unos minutos, los primeros pasajeros, campesinos y campesinas con pesadas cestas, entran por la puerta hablando en voz alta y haciendo mucho ruido. Algunos se sientan en la sala de espera para descansar o para prepararse un té.)

EL JEFE DE ESTACIÓN.—*(Entrando repentinamente por la puerta. Grita alterado a los que están dentro.)* ¡Salgan de inmediato de la sala! ¡Todos! Venga...

LA GENTE.—*(Sorprendidos, murmurando.)* Pero ¿por qué...? Hemos pagado nuestros billetes... ¿Por qué no podemos quedarnos aquí, en la sala de espera? Si solo estamos esperando otro tren...

EL JEFE DE ESTACIÓN.—*(Gritando.)* ¡Venga! ¡He dicho que fuera todos! *(Los saca a empujones a toda prisa y corre de nuevo hacia la puerta, que abre completamente.)* ¡Por aquí, por favor! Acompañen dentro al señor conde.

(TOLSTÓI, a la derecha de DUSHÁN, a la izquierda de su hija SASHA, es conducido al interior de la estación. Camina con dificultad. Se ha subido el cuello del abrigo, va envuelto en una bufanda; sin embargo, a pesar de ir bien abrigado, está tiritando de frío. Tras él, entran apretujándose cinco o seis personas.)

EL JEFE DE ESTACIÓN.—(*A los que han entrado detrás.*) ¡Quédense fuera!

VOCES.—Pero déjenos... Solo queremos ayudar a Liev Nikoláievich... Quizá un poco de coñac o té...

EL JEFE DE ESTACIÓN.—(*Muy agitado.*) ¡No puede entrar nadie! (*Los saca por la fuerza, a empujones, y cierra la puerta de cristal que da al andén; pero mientras lo hace no dejan de verse caras curiosas pasando y deteniéndose a fisgar.* EL JEFE DE ESTACIÓN *ha cogido un sillón a toda prisa y lo coloca junto a la mesa.*) ¿No desea su Excelencia sentarse a descansar un poco?

TOLSTÓI.—No me llame Excelencia... Por el amor de Dios, ya no..., ya no más, se ha acabado. (*Mira alterado a su alrededor y ve a la gente agolpada al otro lado del cristal.*) Que se vayan... Que se vaya esa gente... Quiero estar solo... Siempre gente... Quiero estar solo por una vez...

(SASHA *corre hacia la puerta de cristal y muy apurada la tapa con los abrigos.*)

DUSHÁN.—(*Hablando mientras tanto en voz baja con* EL JEFE DE ESTACIÓN.) Tenemos que meterle en la cama enseguida; de repente le ha subido la fiebre en el tren, tiene de más de cuarenta grados, creo que no está nada bien. ¿Hay algún hostal por aquí con un par de habitaciones decentes?

EL JEFE DE ESTACIÓN.—Nada, ninguno. No hay ni un solo hostal en todo Astápovo.

DUSHÁN.—Pero tiene que acostarse enseguida. Ya ve la fiebre que tiene. Puede ser peligroso.

EL JEFE DE ESTACIÓN.—Naturalmente, para mí sería un inmenso honor ofrecer a Liev Tolstói mi habitación de aquí al lado... Pero le ruego me disculpe... Es muy, muy pobre, muy sencilla... Una habitación de servicio, en planta baja, estrecha... ¿Cómo iba a atreverme a alojar en ella a Liev Tolstói...?

DUSHÁN.—No importa, tenemos que acostarle como sea. (*Dirigiéndose a* TOLSTÓI, *que está sentado a la mesa, tiritando y sacudido por súbitos escalofríos.*) El señor jefe de estación ha tenido la amabilidad de ofrecernos su cuarto. Debe usted acostarse ahora mismo, mañana estará perfectamente y podremos continuar el viaje.

TOLSTÓI.—¿Continuar el viaje? No, no, creo que no viajaré más... Este era mi último viaje y ya he llegado al destino.

DUSHÁN.—(*Animándole.*) No se alarme por esas pocas décimas de fiebre, no tienen importancia. Se ha resfriado un poco; mañana estará como nuevo.

TOLSTÓI.—Ya me siento como nuevo... Sí, como nuevo... Lo terrible fue anoche. De repente, tuve la ocurrencia de que podrían seguirme desde casa, creía que iban a atraparme y a devolverme a ese infierno... Y me levanté y os desperté, tal era la intensidad del desgarro que sentía. Ese miedo no me ha abandonado en todo el viaje, la fiebre, que hacía que me castañetearan los dientes... Ahora, sin embargo, desde que estoy aquí... Pero ¿dónde, en realidad? Nunca había visto este sitio. De pronto todo es tan distinto... Ya no tengo miedo... Ya no van a venir a por mí.

DUSHÁN.—Claro que no. Eso seguro. Puede acostarse tranquilo. Aquí no le encontrará nadie.

(*Los dos ayudan a* TOLSTÓI.)

EL JEFE DE ESTACIÓN.—*(Saliendo a su encuentro.)* Le ruego me perdone... Solo podía ofrecerle este modesto cuarto... Mi propia habitación... Y la cama quizá tampoco sea buena... Un simple camastro de hierro... Pero lo voy a organizar todo, enviaré un telegrama para que manden otra cama en el siguiente tren...

TOLSTÓI.—No, no quiero otra cama... Durante demasiado tiempo, demasiado, he tenido una mejor que las de los demás. ¡Cuanto peor sea la de ahora, mejor! Pues ¿cómo mueren los campesinos...? Y tienen una buena muerte, pese a todo...

SASHA.—*(Sigue ayudándole.)* Ven, padre, ven, estarás cansado.

TOLSTÓI.—*(Vuelve a detenerse.)* No lo sé... Estoy cansado, tienes razón, todas las extremidades me empujan hacia abajo, estoy muy cansado, y a pesar de todo todavía espero algo... Es como cuando tienes mucho sueño pero no puedes dormir, porque piensas en algo bueno que te espera y no quieres perder ese pensamiento mientras duermes... Qué curioso, nunca me había pasado algo así... Tal vez esté relacionado con la muerte... Durante años, durante muchos años, ya lo sabéis, he tenido miedo a la muerte, un miedo que me impedía meterme en la cama, un miedo ante el cual bien podría haber gritado como un animal y ocultarme. Y ahora tal vez esté ahí dentro en la habitación, la muerte, y me esté esperando. Y, sin embargo, me dirijo a su encuentro sin miedo alguno.

(SASHA y DUSHÁN han llegado con él a la puerta.)

TOLSTÓI.—*(Deteniéndose junto a la puerta y mirando el cuarto desde fuera.)* Esto está bien, muy bien. Pe-

271

queño, estrecho, de techos bajos, pobre... Tengo la sensación de haberlo soñado ya, una cama extraña como esta, en alguna casa desconocida, una cama en la que hay un hombre tumbado... Un anciano, cansado... Un momento, ¿cómo se llamaba? Lo escribí hace años. ¿Cómo se llamaba el anciano...? Había sido rico, pero regresa siendo muy pobre, y nadie le conoce, y se arrastra hasta la cama que hay junto a la estufa... ¡Ah, qué cabeza la mía! ¡Qué olvido más tonto! ¿Cómo se llamaba el anciano? Que habiendo sido rico, ya solo tiene la camisa que lleva puesta... Y la mujer, que le mortifica, no está con él cuando le llega la muerte... ¡Ah, sí, ya me acuerdo! Sí, Kornéi Vasíliev llamé en mi historia a aquel anciano. La noche en la que muere, Dios despierta el corazón de su esposa y ella, Marfa, viene a verle una última vez... Pero llega tarde, él yace ya completamente rígido en la cama ajena, con los ojos cerrados, y ella se queda sin saber si le guarda rencor o si ya la ha perdonado. Ya no lo sabrá, Sofía Andréievna... *(Como si despertara.)* No, se llama Marfa... Ya me estoy confundiendo... Sí, me acostaré. (SASHA y EL JEFE DE ESTACIÓN *han seguido guiándole. Se dirige al* JEFE DE ESTACIÓN.) Te agradezco, hombre desconocido, que me des cobijo en tu casa, que me des lo que el animal tiene en el bosque y lo que Dios ahora me ha enviado a mí, Kornéi Vasíliev... *(De repente, muy asustado.)* Pero cerrad la puerta, que no entre nadie, ya no quiero ver a más gente... Deseo estar a solas con Él, más profundamente y mejor de lo que lo he estado nunca en mi vida... (SASHA y DUSHÁN *le llevan al dormitorio;* EL JEFE DE ESTACIÓN *cierra con mucho cuidado la puerta tras ellos y se queda fuera, consternado.)*

(Llaman enérgicamente desde fuera a la puerta de cristal. El jefe de estación abre, El jefe de policía entra a toda prisa.)

El jefe de policía.—¿Qué le ha dicho? ¡Tengo que informar de inmediato! ¡De todo! ¿Se va a quedar aquí? ¿Hasta cuándo?

El jefe de estación.—Eso no lo sabe ni él ni nadie. Solo Dios lo sabe.

El jefe de policía.—Pero ¿cómo se le ocurre alojarle en un edificio público? ¡Es su vivienda oficial! ¡No puede dejársela a un extraño!

El jefe de estación.—Liev Tolstói no es ningún extraño para mi corazón. Ni siquiera un hermano es tan próximo como él.

El jefe de policía.—Pero su deber era preguntar antes.

El jefe de estación.—Le he preguntado a mi conciencia.

El jefe de policía.—Bien, pues es responsabilidad suya. Informaré de inmediato... ¡Qué horror, las cosas de las que tiene uno que responsabilizarse! Si al menos supiéramos la consideración que merece Liev Tolstói en las altas esferas.

El jefe de estación.—*(Muy tranquilo.)* Creo que en las esferas verdaderamente altas siempre se ha tenido en buena consideración a Liev Tolstói...

(El jefe de policía le mira estupefacto. Dushán y Sasha, cerrando la puerta con cuidado, salen de la habitación. El jefe de policía se aleja deprisa.)

El jefe de estación.—¿Cómo se les ocurre dejar solo al señor conde?

Dushán.—Se ha quedado acostado, muy tranquilo; nunca había visto mayor sosiego en su rostro. Aquí puede encontrar por fin lo que no le han procurado los hombres. Paz. Por primera vez, está a solas con su Dios.

El jefe de estación.—Disculpe usted, soy un hombre sencillo, pero no puedo entenderlo. Mi corazón se estremece. ¿Cómo pudo Dios deparar a Liev Tolstói un dolor que lo ha hecho huir de su hogar, y que tenga que morir aquí, en mi pobre e indigna cama...? ¿Cómo pueden los hombres, los rusos, perturbar un alma santa como la suya? ¿Cómo son capaces de hacer otra cosa que no sea amarle y reverenciarle...?

Dushán.—Porque justamente quienes aman a un gran hombre suelen interponerse entre él y su misión, y de sus más allegados tiene que huir lo más lejos posible. Está bien que haya ocurrido así: solo esta muerte colma y santifica su vida.

El jefe de estación.—Sin embargo... mi corazón no puede ni quiere entender que este hombre, que este tesoro de nuestra tierra rusa, haya tenido que sufrir por nosotros, los hombres, y que mientras tanto hayamos vivido despreocupados... Debería darnos vergüenza siquiera respirar...

Dushán.—No te lamentes por él, buen hombre; un destino gris, corriente, no habría estado a la altura de su grandeza. De no haber sufrido por nosotros, por los hombres, Liev Tolstói nunca habría llegado a ser lo que es hoy para la humanidad.

La lucha por el Polo Sur

Capitán Scott, 90 grados de latitud
16 de enero de 1912

LA LUCHA POR LA TIERRA

Si mira hacia abajo, el siglo XX contempla un mundo sin secretos. Todas las tierras han sido exploradas; los mares más lejanos, surcados. Paisajes que hace una generación aún dormitaban libres y felices en el anonimato sirven sumisamente a las demandas de Europa; hasta por las fuentes del Nilo, largo tiempo buscadas, navegan ya los barcos de vapor; las cataratas Victoria, vistas por el primer europeo hace medio siglo, generan obedientes energía eléctrica; los últimos terrenos salvajes, las junglas de las corrientes amazónicas, están roturadas; el cinturón que ciñe la última tierra virgen, el Tíbet, ha sido dinamitado. Manos expertas han tachado la expresión *«terra incognita»* de los viejos mapas y bolas del mundo. El hombre del siglo XX conoce los límites de su mundo. La voluntad exploradora busca nuevas sendas, ya sea descendiendo hacia la fantástica fauna de las profundidades del mar o ascendiendo por el aire infinito. Pues los caminos sin pisar ya solo se encuentran en el cielo y ya se disparan al espacio las golondrinas de acero de los aeroplanos, para alcanzar nuevas alturas y nuevas lejanías, desde que la tierra se ha quedado yerma, sin secretos, para la curiosidad del hombre.

Pero la tierra, pudorosa, aún ha ocultado a la mirada del hombre hasta nuestros días un último enigma, alejando de la codicia de sus propias criaturas dos puntos minúsculos de su cuerpo desgajado y martirizado. El Polo Sur y el Polo Norte, la columna vertebral de su cuerpo, esos dos puntos casi insustanciales, insensibles, en torno a los cuales gira su eje desde tiempos remotos, han sido conservados por la tierra intactos y sin profanar. Ante este último secreto, ha levantado barreras de hielo, un invierno eterno como guardián frente a los codiciosos. Las heladas y la tempestad, autoritarias, los mantienen amurallados, el horror y el peligro ahuyentan a los audaces con amenazas de muerte. Ni siquiera el sol puede observar más que fugazmente esos espacios cerrados; jamás la mirada de ningún hombre.

Desde hace décadas se suceden las expediciones. Ninguna alcanza su objetivo. En algún lugar, descubierto hace muy poco, descansa en su sarcófago cristalino, desde hace treinta y tres años, el cadáver del más audaz entre los audaces, Andrée, que intentó sobrevolar el Polo en globo y nunca regresó. Cada acometida se estrella contra los relucientes muros de hielo. Desde hace siglos y hasta nuestros días, la tierra oculta su rostro, victoriosa ante la vehemencia de sus criaturas. Virgen y pura, su recato desafía la curiosidad del mundo.

Pero el joven siglo XX extiende impaciente las manos. Ha forjado nuevas armas en los laboratorios, ha encontrado nuevos tanques para afrontar el peligro y todas las dificultades no hacen sino multiplicar su codicia. Quiere saber toda la verdad, conquistar en sus primeros diez años todo lo que durante los milenios precedentes estuvo fuera de su alcance. Al arrojo de los individuos se une la rivalidad entre naciones. Ya no luchan solo por el Polo, sino por la bandera que ondeará primero en la tierra conquistada: una cruzada de razas y pueblos se levanta en torno a esa tierra mitificada por la nostalgia. Los asaltos se renuevan desde cada rincón del planeta. Impaciente, la humanidad espera: sabe que está en juego el último secreto de nuestro espacio vital. Desde América, Peary y Cook ultiman su partida al Polo Norte; hacia el sur se dirigen dos barcos: uno a las órdenes del noruego Amundsen y el otro a las de un inglés, el capitán Scott.

Scott

Scott: un capitán más de la marina inglesa. Uno más. Su biografía, de acuerdo con su escalafón. Ha servido satisfactoriamente a sus superiores, ha participado en la expedición de Shackleton. Su conducta no es especial, no prefigura al héroe. Su rostro, que vemos en las fotografías, es el de miles, el de decenas de miles de ingleses: frío, enérgico, sin tensión, congelado, diríamos, por una profunda energía. Los ojos, grises como el acero; la boca, cerrada y rígida. Ni rastro de líneas románticas, ni un atisbo de buen humor en ese semblante voluntarioso, marcado por el sentido práctico para el mundo.

Su letra, la de cualquier inglés, sin sombras ni volutas, segura y veloz. Su estilo, claro y correcto, cautivador en los hechos, aunque sin fantasía, como el de un informe. Scott escribe en inglés como Tácito en latín, en sillares sin pulimentar, podría decirse. Nos revela a un hombre sin sueños, a un fanático de la objetividad, a un verdadero ejemplar, por tanto, de la raza inglesa, en el que incluso la genialidad se constriñe en la forma cristalina del cumplimiento espiritual del deber. Este Scott ya ha figurado cientos de veces en la historia inglesa, ha conquistado la India e islas anónimas del archipiélago, ha colonizado África y vencido en batallas contra el mundo, siempre con la misma energía férrea, siempre con la misma conciencia colectiva y el mismo semblante frío y contenido.

Pero su voluntad es de acero, se aprecia ya antes de la gesta. Scott quiere terminar lo que empezó Shackleton. Prepara una expedición, pero le faltan medios. Esto no le desalienta. Sacrifica su patrimonio y contrae deudas. Está seguro de que lo logrará. Su joven mujer le da un hijo, pero él no duda, al igual que Héctor, en abandonar a Andrómaca. Pronto encuentra amigos y tripulantes, nada humano quebranta su voluntad. Terra Nova, tal es el nombre del extraño barco que habrá de llevarle hasta el extremo del océano glacial. Es extraño, pues todo su equipamiento está duplicado, mitad arca de Noé, repleto de animales vivos, y mitad laboratorio moderno, con una gran abundancia de instrumentos y de libros. Porque a ese mundo vacío, deshabitado, tienen que llevar cualquier cosa que el ser humano precise para su cuerpo y espíritu; aquí se reúnen de forma extraña el arsenal de defensa del hombre primitivo, pellejos y pieles, animales vivos, con el equipamiento más moderno y refinado. Y, como este barco, fantástico resulta también el doble rostro de toda la empresa: una aventura, pero tan calculada como un negocio, una osadía con todas las artes de la cautela; una infinitud de cuentas individuales, precisas, contra la infinitud mucho más fuerte del azar.

El 1 de junio de 1910 zarpan de Inglaterra. En esa época del año, el archipiélago anglosajón está radiante. Exuberante y verde refulge la campiña; el sol, cálido y brillante, se extiende sobre un mundo despejado. Se emocionan al ver desaparecer las costas, aunque todos, todos saben que se despiden del calor y del sol para unos cuantos años, algunos quizá para siempre. Pero en el trinquete ondea la bandera inglesa, y ellos se consuelan pensando que ese símbolo universal navega con ellos al único enclave sin dueño de la tierra conquistada.

UNIVERSITAS ANTARCTICA

En enero, tras un breve descanso en Nueva Zelanda, atracan en el cabo Evans, junto a los hielos perpetuos, y preparan una cabaña para pasar el invierno. Allí diciembre y enero equivalen a verano y es la única época del año en la que el sol brilla un par de horas diarias en el cielo blanco y metálico. Las paredes son de madera, exactas a las de las expediciones anteriores, pero por dentro se nota el progreso. Mientras sus predecesores se sentaban en la penumbra con sus hediondas lámparas de aceite de ballena que ardían sin llama, cansados de su propio rostro, exhaustos por la monotonía de los días sin sol, estos hombres del siglo XX tienen entre sus cuatro paredes el mundo entero y toda la ciencia a escala. Una lámpara de acetileno les brinda una cálida luz blanca; los cinematógrafos les traen la magia de estampas lejanas, proyecciones de escenas tropicales procedentes de regiones más templadas; una pianola transmite música; el gramófono, voces humanas; la biblioteca, el saber de su tiempo. En uno de los cuartos martillea la máquina de escribir, otro sirve de cámara oscura donde se revelan películas y fotografías en color. El geólogo comprueba la radiactividad de la roca, el zoólogo descubre nuevos parásitos en los pingüinos que capturan, las observaciones meteorológicas se alternan con los experimentos físicos. Cada cual tiene su tarea para los meses de oscuridad, y un inteligente sistema transforma la investigación aislada en sabiduría común. Pues todas las noches, esos treinta hombres se imparten lecciones entre sí, cursos universitarios entre el hielo compacto y la escarcha ártica. Cada uno intenta transmitir lo que sabe y en el animado toma y daca de la conversación completan su visión del mundo. El investigador especializado depone su orgullo y busca la comprensión del grupo. En un mundo primitivo y elemental, aislados al margen del tiempo, esos treinta hombres se intercambian los últimos hallazgos del siglo XX, y allí dentro no solo sienten las horas, sino también los segundos del reloj del universo. Es emocionante leer cómo a estos hombres serios, entre tanto, les divierte poner el árbol de Navidad y las bromitas del *South Polar Times*, el inocente periódico editado por ellos mismos; cómo lo más pequeño —una ballena que emerge, un poni que se cae— se transforma en vivencia y, por otro lado, lo inconmensurable —la ardiente aurora boreal, las espantosas heladas, las gigantesca soledad— resulta corriente y habitual.

Mientras tanto, se arriesgan con pequeños avances. Prueban sus trineos motorizados, aprenden a esquiar y adiestran a sus perros. Disponen un almacén para el gran viaje, pero mientras tanto el calendario va deshojándose despacio, muy despacio, hasta que llega el verano —diciembre—, cuando el barco, a través del hielo compacto, les trae cartas de casa. En medio del invierno más atroz, se aventuran en pequeños grupos a realizar viajes para robustecer el cuerpo, prueban las tiendas de campaña, refuerzan la experiencia adquirida. No siempre tienen éxito, pero precisamente esas dificultades les infunden un coraje renovado. Cuando vuelven de sus expediciones, se los recibe con júbilo y con el cálido resplandor del hogar, y esa modesta y acogedora cabaña a setenta y siete grados de latitud les parece, tras las jornadas de privaciones, la residencia más dulce del mundo.

Pero un día, una expedición regresa del oeste y sus noticias extienden sobre la cabaña un manto de silencio. En su viaje, los expedicionarios han descubierto el campamento de invierno de Amundsen. De buenas a primeras, Scott es consciente de que, más allá del frío y del peligro, otro le disputa la gloria de ser el primero en arrancar a la testaruda tierra su secreto más preciado: Amundsen, el noruego. Consulta los mapas. Y en las líneas que dejó escritas late su espanto al darse cuenta de que el campamento de Amundsen está enclavado ciento diez kilómetros más cerca del Polo que el suyo. Se asusta, pero no sucumbe al desaliento. «¡Adelante, por el honor de mi país!», escribe orgulloso en su diario.

Una sola vez aparece el nombre de Amundsen en las páginas de su dietario. Y después nunca más. Pero es evidente: desde aquel día una sombra de miedo cubre la solitaria cabaña rodeada de hielo. Y a partir de entonces, no pasa una sola hora sin que ese nombre lo amedrente durante el sueño y la vigilia.

PARTIDA HACIA EL POLO

A una milla de la cabaña, en lo alto de una colina, varios vigilantes se relevan sin cesar. Aislado, sobre la empinada elevación del terreno, han instalado un aparato parecido a un cañón, enfocando a un enemigo invisible: un aparato para medir los primeros signos del calor del sol cuando este se vaya acercando. Durante días aguardan expectantes su aparición. En el cielo matinal ya se muestran como por arte de magia reflejos de maravillosos y ardientes colores, pero el disco redondo aún no remonta el vuelo sobre el horizonte. Sin embargo, ese cielo colmado con el mágico fulgor de su proximidad, esa apariencia de luz reflejada, enardece a los impacientes. Por fin, desde la colina, suena el teléfono, que trae noticias felices: el sol ha aparecido. Por primera vez en meses, ha alzado la cabeza durante una hora en la noche invernal. Su brillo es muy débil, muy pálido, apenas es capaz de avivar el aire helado, y a sus trémulas ondas les cuesta imprimir señales visibles en el aparato. Pero su mera visión desata la felicidad. Febril, la expedición se pertrecha para aprovechar al máximo el breve intervalo de luz que traen la primavera, el verano y el otoño y que, para nuestra tibia concepción de la vida, aún sería un cruel invierno. Los trineos motorizados se apresuran por delante. Tras ellos, los trineos con los ponis y los perros siberianos. El trayecto está minuciosamente dividido en etapas, cada dos días de viaje se levanta un almacén a fin de guardar para los que vuelvan ropa nueva, comida y, lo más importante de todo, petróleo, combustible condensado en la helada interminable. Todo el grupo parte a la vez, para después ir volviendo poco a poco en diferentes cuadrillas, dejando así al último y reducido equipo, el de los selectos conquistadores del Polo, el máximo cargamento posible, así como los animales de tiro menos cansados y los mejores trineos.

El plan ideado resulta magistral y contempla incluso, uno por uno, los eventuales contratiempos. Y estos no se hacen esperar. A los dos días de viaje, los trineos motorizados se estropean y los expedicionarios tienen que dejarlos atrás: son una carga inservible. Los ponis tampoco aguantan como se esperaba, pero aquí triunfa la herramienta orgánica frente a la técnica, pues los animales caídos, que han de ser sacrificados sobre la marcha, constituyen para los perros un bienvenido alimento caliente, vigorizante, que fortalece su sangre.

El 1 de noviembre de 1911 se dividen en grupos. En las fotografías se ven las extrañas caravanas de los primeros treinta, después veinte, más tarde diez y, por último, solo cinco hombres, recorriendo el desierto blanco de un mundo primitivo, sin vida. Por delante, siempre, un hombre envuelto en pieles y trapos, una criatura salvaje, barbárica, de cuyo rebozo asoman solo los ojos y la barba. La mano, enguantada en pieles, sujeta por el ronzal a un poni que arrastra sus trineos cargados hasta los topes, y tras él viene otro, con la misma ropa y la misma disposición, y tras él otro más, veinte puntos negros de una línea que se desplaza a lo largo de un blanco infinito, deslumbrante. Al caer la noche se meten en las tiendas, levantando muros de nieve contra el viento para proteger a los ponis. Y por la mañana reanudan la marcha, monótona y desoladora, a través del gélido aire que, por primera vez en milenios, bebe del aliento de un ser humano.

Pero las preocupaciones se multiplican. El tiempo aún es adverso, en lugar de cuarenta kilómetros, a veces solo pueden avanzar treinta, y cada día es de vital importancia desde que saben que, en medio de esa soledad, pero desde el otro lado, avanza un oponente invisible hacia la misma meta. El menor contratiempo se agrava hasta convertirse en una amenaza. Un perro se pierde, un poni se niega a comer, todo lo cual es alarmante, porque aquí, en este erial, los valores se han transformado por completo. Aquí cualquier ser vivo resulta mil veces más valioso, incluso irremplazable. De los cuatro cascos de un solo poni tal vez dependa la inmortalidad, un cielo nublado de tormenta puede impedir una gesta para la eternidad. Entretanto, la salud del equipo empieza deteriorarse: algunos se han quedado ciegos por la nieve, otros tienen miembros congelados. Los ponis, a los que se han visto obligados a racionar la comida, están cada vez más exhaustos y, por último, muy cerca del glaciar Beardmore, se desmoronan. Los expedicionarios deben cumplir con el deber de matar a esos eficientes animales que aquí, en medio de esta soledad y a causa de ella, se han convertido, tras dos años de convivencia, en verdaderos amigos a los que todos conocen por el nombre y a los que han cubierto de ternura cientos de veces. El «campamento del matadero», así llaman a ese triste lugar. Una parte de la expedición se separa en este enclave sangriento y regresa, los demás se preparan ahora para el último esfuerzo, para el camino más atroz a través del glaciar, el peligroso muro de hielo que ciñe el Polo y que solo la apasionada voluntad de un ser humano puede dinamitar.

Las marchas se vuelven cada vez más breves, pues aquí la costra de nieve se desmenuza, los trineos ya no avanzan y tienen que arrastrarlos. El duro hielo corta los patines, el frote por el hielo suelto, arenoso, cubre los pies de heridas. Pero no se rinden. El 30 de diciembre han alcanzado los ochenta y siete grados de latitud, el punto más lejano al que llegó Shackleton. Aquí debe regresar el último destacamento: solo cinco elegidos pueden continuar hasta el Polo. Scott descarta a los que no valen. No se atreven a protestar, pero les pesa el corazón por tener que darse la vuelta tan cerca de la meta y dejar a sus compañeros la gloria de ser los primeros que verán el Polo. Pero la suerte de la selección está echada. Por última vez se dan la mano, ocultando su emoción con denodado empeño viril, luego se separan. Dos caravanas pequeñas, minúsculas, parten a la vez, una hacia el sur, hacia lo desconocido, la otra hacia el norte, de vuelta a la patria. Sin cesar vuelven la vista unos a otros, para sentir una vez más la presencia del amigo que aún está vivo. Enseguida se desdibuja la última silueta. En solitario, rumbo a lo desconocido, avanzan los cinco elegidos para la gesta: Scott, Bowers, Oates, Wilson y Evans.

EL POLO SUR

Las notas de estos últimos días muestran mayor inquietud. Como la flecha azul de la brújula, ellos empiezan a temblar en las proximidades del Polo. «¡Qué eternidad hasta que las sombras nos dan la vuelta lentamente, avanzando hacia delante por nuestra derecha y después, desde el frente, deslizándose otra vez por la izquierda!» Pero entretanto la esperanza brilla cada vez más. Y cada vez más apasionado, Scott consigna las distancias superadas: «Solo ciento cincuenta kilómetros hasta el Polo; si seguimos así, no lo aguantaremos». Así se anuncia la fatiga. Y dos días después: «Aún ciento treinta y siete kilómetros hasta el Polo, aunque serán amargamente difíciles». Pero después, de repente, un tono renovado, triunfal: «¡Solo noventa y cuatro kilómetros hasta el Polo! Si no llegamos, nos quedaremos endiabladamente cerca». El 14 de enero la esperanza se convierte en seguridad: «¡Solo setenta kilómetros! ¡Tenemos la meta ante nosotros!». Y al día siguiente las notas ya arden de júbilo, de verdadera alegría: «¡Solo cincuenta miserables kilómetros! ¡Debemos llegar, cueste lo que cueste!». Al leer esas notas apresuradas, uno siente en lo más profundo de su corazón hasta qué punto la esperanza tensaba sus músculos, cómo hasta el último de sus nervios vibraba de expectación e impaciencia. El botín está cerca; ya estiran las manos hacia el último secreto de la tierra. Un último impulso y habrán alcanzado la meta.

EL 16 DE ENERO

«Ambiente optimista», recoge el diario. Esta mañana han partido antes de lo habitual, la impaciencia los ha hecho saltar de sus sacos de dormir para contemplar cuanto antes ese secreto terriblemente hermoso. Hasta el mediodía, los cinco recorren de un tirón catorce kilómetros, avanzan animados a través del desierto blanco, sin vida: están seguros de que alcanzarán el objetivo, la decisiva hazaña para la humanidad casi está completada. Pero, de repente, uno de ellos, Bowers, empieza a inquietarse. Sus ojos arden al fijarse en un puntito oscuro que destaca en medio de la inmensa extensión de nieve. No se atreve a expresar su presentimiento, pero a todos se les estremece el corazón con una idéntica y terrible sospecha: una mano humana ya ha plantado una señal en aquel enclave. Intentan calmarse por medio de algún artificio. Se dicen —como Robinson cuando quiso reconocer en vano como suya una huella ajena que encontró en la isla— que debe de tratarse de una grieta en el hielo o quizá de un simple reflejo. Con los nervios de punta se acercan, y aún intentan engañarse unos a otros, aunque está claro que todos ellos ya saben la verdad: que el noruego, Amundsen, les ha tomado la delantera.

Enseguida se esfuma la última duda, la imagen es incontestable: una bandera negra se yergue sobre el soporte de un trineo, entre los restos de un campamento ajeno y abandonado; hay patines de trineo y muchas huellas de perro en la nieve: Amundsen ha acampado aquí. Lo que la humanidad consideraba grandioso, inconcebible, ha sucedido: el Polo de la tierra, sin vida a lo largo de milenios, ajeno a la mirada del hombre durante miles y miles de años, tal vez desde el principio de los tiempos, ha sido descubierto dos veces en una molécula de tiempo, en apenas quince días. Y ellos son los segundos —por un mes en un lapso de millones de meses—, los segundos de una humanidad para la que ser el primero lo es todo y ser el segundo, nada. En vano, por tanto, todo el esfuerzo; ridículas, las privaciones; demenciales, las esperanzas que han albergado durante semanas, meses, años. «Todas las fatigas, todas las penurias, todo el sufrimiento, ¿para qué? —escribe Scott en su diario—. Solo para un sueño que ahora ha terminado.» Los ojos se les llenan de lágrimas; a pesar del agotamiento, esa noche no son capaces de dormir. Afligidos, sin esperanza, como condenados, emprenden la última etapa hacia el Polo, el mismo que pensaran asaltar entre gritos de júbilo. Nadie intenta consolar a los demás; en silencio, siguen arrastrándose. El 18 de enero el capitán Scott, acompañado por los otros cuatro, alcanza el Polo. Dado que la hazaña de ser el primero ya no le nubla la vista, se limita a contemplar con los ojos empañados la tristeza del paisaje. «Aquí no hay nada que ver, nada que se diferencie de la estremecedora monotonía de las últimas jornadas.» He aquí toda la descripción que Robert F. Scott da del Polo Sur. La única singularidad que descubren no es obra de la naturaleza, sino de la hostil mano del hombre: la tienda de campaña de Amundsen con la bandera noruega, que ondea insolente, regocijándose en su victoria, sobre el sometido bastión de la humanidad. Una carta del conquistador aguarda allí al desconocido que lo pise en segundo lugar, rogándole que la lleve al rey Haakon de Noruega. Scott acepta cumplir con lealtad el penoso cometido: dar fe ante el mundo de una hazaña ajena que él mismo ansiaba ardientemente.

Tristes, clavan la bandera inglesa, la «Union Jack, que ha llegado demasiado tarde», junto a la señal de la victoria de Amundsen. Después, azotados por un viento gélido, dejan atrás ese «lugar que ha traicionado su ambición». Con una desconfianza profética, Scott anota en su diario: «Me aterroriza el regreso».

En el regreso a casa las amenazas se multiplican por diez. En su camino hacia el Polo les orientaba una brújula. Ahora, además, mientras avanzan de vuelta, tienen que estar atentos y no perder su propio rastro, no perderlo ni una sola vez en semanas, para no extraviarse de los almacenes donde tienen la comida, la ropa y el combustible concentrado en unos cuantos galones de petróleo. La inquietud, por tanto, se apodera de ellos con cada paso que dan cegados por la ventisca, pues cualquier equivocación les conduciría a una muerte segura. Además, a sus cuerpos les falta la frescura de la primera marcha, cuando aún estaban calientes por la energía química de una alimentación más abundante, por el calor doméstico de su hogar antártico.

Por otro lado, se ha aflojado en su pecho el resorte de acero de la voluntad. En la ida, la esperanza sobrenatural por encarnar la curiosidad y el anhelo de toda la raza humana tensaba heroicamente sus energías, la conciencia de estar realizando una gesta inmortal les otorgaba una fuerza sobrehumana. Ahora solo luchan por conservar la vida, por su existencia física y mortal, por un regreso a casa sin gloria acaso más temido que deseado por su voluntad más profunda.

Leer los apuntes de esos días resulta terrible. El tiempo se vuelve más adverso a cada paso, el invierno comparece antes de lo previsto, las costras de nieve blanda y espesa se adhieren a los zapatos como cepos en los que sus pasos encallan, y el frío glacial desalienta sus cuerpos exhaustos. Aún les depara un modesto júbilo alcanzar un almacén tras días de vagabundeo y dudas, y en sus palabras vuelve a centellear una fugaz llama de confianza. Pero nada resulta tan grandioso para atestiguar el heroísmo espiritual de esos hombres en medio de la soledad cruenta que el hecho de que Wilson, el investigador, aun aquí, a un palmo de la muerte, continúe con sus observaciones científicas y arrastre en su propio trineo, además del cargamento básico, dieciséis kilos de piedras raras.

Pero paulatinamente el arrojo humano sucumbe a la supremacía de la naturaleza, que aquí, despiadada y con una fuerza robustecida a lo largo de miles de años, invoca todos sus poderes, el frío, las heladas, la nieve y el viento, para destruir a esos cinco audaces. Hace tiempo que tienen los pies despellejados, y los cuerpos, con las únicas e insuficientes calorías de una sola comida caliente diaria, debilitados por las raciones menguantes, empiezan a fallar. Un día los expedicionarios observan con horror que Evans, el más fuerte de todos, empieza a mostrar de pronto un comportamiento errático. Se queda atrás, sin cesar se queja de dolores reales e inventados. Sobrecogidos, los demás deducen de sus extrañas peroratas que el infeliz ha perdido la cabeza por culpa de alguna caída o de los espeluznantes suplicios. ¿Qué van a hacer con él? ¿Dejarle en ese desierto de hielo? Por otra parte, deben llegar al almacén cuanto antes, si no... El mismo Scott aún se resiste a escribir la palabra. El 17 de febrero, a la una de la madrugada, el infeliz oficial muere, apenas a un día de distancia del «campamento del matadero», donde por primera vez volverán a disponer de una mayor cantidad de comida gracias a la masacre de ponis de hace unos meses.

Ahora los cuatro reanudan la marcha, pero —¡maldición!— el siguiente almacén les depara nuevas desilusiones. Hay muy poco aceite, lo que significa que tendrán que economizar con lo necesario, quemar solo lo imprescindible, ahorrar combustible, su única arma, su única defensa contra el frío. Una noche helada, sacudida por las ventiscas, y un despertar deprimente; apenas les quedan fuerzas para meter los pies en las botas de fieltro. Pero continúan arrastrándose, uno de ellos, Oates, con los dedos de los pies ya congelados. El viento es más cortante que nunca y en el siguiente almacén, el 2 de marzo, la cruel desilusión se repite: una vez más, el combustible de que disponen no es suficiente.

Ahora el miedo se adueña incluso de sus palabras. Es evidente que Scott se esfuerza por reprimir el espanto, pero una y otra vez un grito de desesperación atraviesa su artificiosa calma. «¡No podemos seguir así!», o «¡Que Dios nos ampare! Ya no estamos a la altura de este terrible esfuerzo», o «Nuestro empeño terminará en tragedia», y por último la terrible constatación: «¡Que nos asista la divina providencia! De los hombres ya nada podemos esperar». Pero siguen y siguen arrastrándose, sin esperanza, apretando los dientes. A Oates cada vez le cuesta más caminar; para sus amigos, más que una ayuda, supone ya un lastre. Con una temperatura al mediodía de cuarenta y dos grados bajo cero les hace pararse, y el pobre infeliz siente, sabe que está hundiendo en la desgracia a sus camaradas. Ya se preparan para el final. Disponen que Wilson, el investigador, entregue diez cápsulas de morfina a cada uno, para, llegado el momento, acelerar la partida. Intentan seguir un día más con el enfermo. Después el propio desdichado les pide que le dejen atrás en su saco de dormir, separando así su destino del de sus compañeros. Rechazan enérgicamente su propuesta, aunque están seguros de que supondría un alivio para ellos. El enfermo aún se tambalea unos cuantos kilómetros sobre las piernas congeladas, hasta llegar al enclave donde se cobijarán por la noche. Duerme con ellos hasta la mañana siguiente. Miran afuera: se ha desencadenado un huracán.

De repente, Oates se levanta: «Voy a salir un poco —dice a sus amigos—. Y puede que me quede un rato fuera.» Los demás tiemblan. Todos saben lo que significa esa salida. Pero nadie se atreve a disuadirle. Nadie se atreve a tenderle la mano para despedirle, pues todos respetan el modo en que el capitán de caballería Lawrence J. E. Oates, de los dragones de Inniskilling, se encamina como un héroe hacia la muerte.

Tres hombres débiles, agotados, se arrastran por el interminable desierto helado y duro como el hierro, exhaustos, sin esperanza; solo un embotado instinto de supervivencia tensa sus músculos durante la tambaleante marcha. El tiempo es cada vez más adverso, en cada almacén de víveres una nueva desilusión se burla de ellos, el aceite y el calor son siempre insuficientes. El 21 de marzo, a solo veinte kilómetros de uno de los almacenes, el viento sopla con tal fuerza destructora que son incapaces de salir de la tienda. Cada noche esperan a la mañana siguiente para alcanzar su objetivo, pero mientras tanto las provisiones se van agotando y, con ellas, la última esperanza. Ya no tienen combustible y el termómetro marca cuarenta grados bajo cero. Desaparece cualquier esperanza, ya solo pueden elegir entre morir de hambre o morir de frío. Durante ocho días, estos tres hombres, en su pequeña tienda en medio de un mundo blanco y primitivo, luchan contra un final inevitable. El 29 de marzo ya saben que ningún milagro puede salvarlos. Deciden no dar un paso más hacia la perdición y aceptar la muerte con dignidad, como si de cualquier otra desgracia se tratase. Se aovillan en sus sacos de dormir y de sus últimos sufrimientos ni un solo suspiro ha trascendido al mundo.

LAS CARTAS DEL MORIBUNDO

En esos momentos, a solas frente a la muerte invisible pero tan cercana que puede sentir su aliento, mientras el huracán arremete como un poseso contra las endebles paredes de la tienda, el capitán Scott recuerda a la comunidad a la que está ligado. A solas, en el silencio más gélido que haya atravesado jamás una voz humana, toma heroica conciencia del sentimiento fraternal que le une a su nación, a toda la humanidad. En este desierto blanco, una íntima fatamorgana del alma invoca las imágenes de todos los que alguna vez, a través del amor, la lealtad y la amistad han estado con él, y a ellos dirige sus palabras. Con los dedos agarrotados, el capitán Scott escribe, escribe cartas en el instante de su muerte a todos los vivos que ama.

Esas cartas son maravillosas. Todo lo insustancial desaparece en ellas por la imponente proximidad de la muerte, el aire cristalino de ese cielo inanimado parece haber penetrado en ellas. Están dirigidas a personas, pero hablan a la humanidad entera. Están escritas en su tiempo, pero hablan para la eternidad.

Escribe a su mujer. Le recuerda que cuide a su más precioso legado, su hijo, le sugiere que, sobre todo, le guarde de la desidia, y sobre sí mismo, al final de uno de los más nobles servicios de la historia universal, confiesa: «Como bien sabes, yo tuve que esforzarme para ser un hombre diligente, pues siempre tuve cierta inclinación a la pereza». A un paso del fin, aún se vanagloria, en lugar de lamentarse, de la decisión tomada. «¿Qué podría contarte de este viaje? Pese a todo, ¡ha sido mucho mejor que quedarme en casa rodeado de comodidades!»

Y, como el camarada más leal, escribe a las mujeres y a las madres de sus compañeros de desdicha, que han muerto con él, para atestiguar su heroísmo. Desde el lecho de muerte, consuela a los deudos de los otros sintiendo ya con intensidad sobrehumana la grandeza del momento y lo memorable de ese desastre.

Y escribe a sus amigos. Se contempla a sí mismo con humildad, pero siente un formidable orgullo frente a la nación entera, de la que, entusiasmado, en ese momento se siente un hijo, un hijo digno: «No sé si he sido un gran descubridor —confiesa—, pero nuestro final dará testimonio de que el espíritu de valentía y la fuerza para aguantar aún no se han extinguido de nuestra raza». Y lo que la severidad viril y el decoro espiritual le han impedido reconocer durante toda su vida, esa confesión de amistad se la arranca ahora la muerte. «Nunca me he cruzado con nadie —escribe a su mejor amigo— a quien haya admirado y querido tanto como a usted, pero nunca podré mostrarle lo que su amistad ha significado para mí, pues usted tenía mucho que darme y yo a usted nada.»

Y escribe una última carta, la más hermosa de todas, dirigida a la nación inglesa. Siente la obligación de rendir cuentas y afirma que en esa lucha por la gloria de Inglaterra ha sucumbido sin tener culpa de nada. Enumera los obstáculos que se han conjurado contra él y con una voz a la que el eco de la muerte dota de un extraordinario *pathos*, exhorta a todos los ingleses a no abandonar a sus deudos. Su último pensamiento trasciende su propio destino. Sus últimas palabras no hablan de su propia muerte, sino de la vida de los demás: «¡Por el amor de Dios, ocupaos de nuestros familiares!». Las siguientes páginas están en blanco.

Hasta el momento más extremo, hasta que los dedos se le congelaron y el lápiz se le resbaló de las manos anquilosadas, el capitán Scott continuó con su diario. La esperanza de que hallaran junto a su cadáver esas hojas que podrían dar fe de su coraje y del de toda la raza inglesa le capacitó para ese empeño sobrehumano. Por último, sus dedos, antes de congelarse del todo, tiemblan con un deseo más: «¡Envíen este diario a mi mujer!». Pero, a continuación, la mano, con una seguridad atroz, tacha la palabra «mujer» y escribe encima una terrible, «viuda».

La respuesta

Durante semanas, sus compañeros esperaron en la cabaña. Primero con esperanza, después algo inquietos y al final con un creciente desasosiego. Por dos veces enviaron expediciones en su ayuda, pero el azote del mal tiempo les hizo retroceder. Todo el largo invierno estuvieron en la cabaña aquellos hombres sin líder ni objeto alguno, con la negra sombra de la catástrofe cubriendo lentamente sus corazones. En aquellos meses, el destino y la gesta del capitán Robert Scott estuvieron sepultados en la nieve y el silencio. El hielo los dejó encerrados a cal y canto en un sarcófago cristalino, hasta el 29 de octubre, en la primavera polar, cuando una expedición partió para recuperar al menos los cuerpos de los héroes y sus mensajes. Y el 12 de noviembre alcanzaron la tienda. Encontraron los cuerpos de los héroes congelados en sus sacos de dormir, y a Scott, que en la hora de la muerte había abrazado a Wilson como a un hermano, y encontraron las cartas, los documentos, y cavaron para los trágicos héroes una sepultura. Una cruz negra, sencilla, se alza ahora sobre un alcor de nieve, en medio de ese mundo blanco, ocultando para siempre la prueba de aquel heroico desempeño de la humanidad.

¡Pero no! Sus proezas, inesperada y milagrosamente, resucitan. ¡Glorioso milagro de nuestro moderno y tecnificado mundo! Los amigos llevan a casa las placas y las películas, las imágenes se liberan con baños químicos, una vez más se ve a Scott caminando con sus camaradas, y se ve también el paisaje del Polo, ese que, además de ellos, solo viera otra persona, Amundsen. El telégrafo difunde sus palabras y sus cartas a lo largo y ancho de un mundo que los admira, en la catedral del imperio el rey se arrodilla en recuerdo de los héroes. De esta forma, lo que parecía un esfuerzo vano fructifica de nuevo, y lo perdido se convierte en un clamoroso llamamiento a la humanidad para que concentre sus energías en lo inalcanzable. En una magnífica paradoja, de una muerte heroica surge la vida reforzada y de un hundimiento, la voluntad de alzarse hacia lo infinito. Pues mientras el éxito azaroso y fácil solo genera ambición, nada eleva de forma tan sublime los corazones como la caída de un hombre en lucha contra la invencible supremacía del destino, y esta es siempre y en cualquier época la más grandiosa tragedia, la que un poeta solo logra crear de cuando en cuando, si bien la vida lo consigue miles de veces.

El tren sellado

Lenin
9 de abril de 1917

EL HOMBRE QUE VIVE DONDE EL ZAPATERO REMENDÓN

El pequeño oasis de paz de Suiza, por doquier azotado por las tempestuosas mareas de la guerra mundial, es en 1915, 1916, 1917 y 1918 el escenario de una ininterrumpida y emocionante novela de detectives. En los hoteles de lujo, los representantes de las potencias enemigas, que un año antes jugaban al *bridge* como amigos y se invitaban a sus casas, se cruzan ahora sin dirigirse el saludo, como si no se hubieran visto jamás. Todo un enjambre de figuras impenetrables sale deslizándose de las habitaciones. Delegados, secretarios, agregados diplomáticos, gentes de negocios, damas con o sin velo, todos con enigmáticas tareas. Delante de los hoteles pasan automóviles lujosos con los emblemas de distintas naciones, de los que se apean industriales, periodistas, artistas virtuosos y viajeros, al parecer, casuales.

Pero a casi todos les han encomendado la misma misión: enterarse de algo, espiar algo, y el conserje que les conduce a su habitación y la chica que barre los cuartos también están obligados a observar, a prestar oídos. En todas partes las organizaciones se enfrentan entre sí, en los hostales, en las pensiones, en las oficinas de correos, en los cafés. Lo que se llama propaganda es casi siempre espionaje; lo que se asemeja al amor, traición. Y cada negocio conocido de esos recién llegados con prisa esconde un segundo y un tercero en la trastienda. Se informa de todo, se vigila todo; en cuanto un alemán, sea del rango que sea, pisa Zúrich, ya lo sabe la embajada enemiga en Berna, y una hora más tarde la de París. Día tras día, agentes grandes y pequeños remiten tomos completos de informes verdaderos e inventados a los agregados diplomáticos, que a su vez los reenvían. Las paredes son todas de cristal, los teléfonos están pinchados, cualquier correspondencia se reconstruye con los restos de las papeleras y del papel secante, y tan demencial termina resultando ese pandemonio que muchos ya no saben ni qué son, cazadores o cazados, espías o espiados, traicionados o traidores.

Solo acerca de un hombre hay pocos informes de aquellos días, tal vez porque no llama la atención ni pernocta en hoteles distinguidos, tampoco se sienta en los cafés ni asiste a los actos propagandísticos, sino que vive por completo retirado junto a su mujer en la casa de un zapatero remendón. Malvive justo a espaldas del Limmat, en la angosta, vieja y sinuosa Spiegelgasse, en la segunda planta de una de esas casas bien construidas de la ciudad vieja, cubierta por un tejado en bóveda, ahumada a medias por el tiempo y por la fábrica de fiambres situada en el patio. La mujer de un panadero, un italiano, un actor austríaco, tales son sus vecinos, que saben que no es muy hablador, y poco más, que es ruso y que a duras penas logran pronunciar su nombre. Que hace muchos años huyó de su país y que no es un hombre acaudalado, y que tampoco regenta ningún negocio lucrativo; quien mejor lo sabe es la patrona, por sus pobres comidas y por el gastado guardarropa de ambos, que, junto a todos los bienes domésticos de que disponen, apenas llena la pequeña cesta que trajeron cuando se mudaron.

Este hombre bajo y robusto pasa tan desapercibido y llama tan poco la atención como puede. Evita mostrarse en público. Los demás inquilinos apenas se cruzan con la mirada penetrante y oscura de sus ojos rasgados, y rara vez le visita alguien. Pero con regularidad, día tras día, a las nueve de la mañana, va a la biblioteca y se sienta allí hasta que cierra al mediodía. Exactamente diez minutos después de las doce, está otra vez en casa, y diez minutos antes de la una sale de nuevo, para estar una vez más el primero en la biblioteca, donde se queda hasta las seis de la tarde. Pero como los servicios de inteligencia solo se interesan por la gente que habla mucho, y no saben que, cuando se trata de revolucionar el mundo, los solitarios, los que leen y estudian a todas horas, son siempre los más peligrosos, no escriben informe alguno sobre ese hombre discreto que vive donde el zapatero remendón. En los círculos socialistas, en cambio, saben que en Londres fue redactor de una revistilla de ideas radicales para emigrantes rusos y que en San Petersburgo pasa por ser el líder de un extravagante partido de nombre impronunciable. Pero como habla con dureza y desprecio de los miembros más destacados del partido socialista, declarando que sus métodos están equivocados, y dado que ha resultado ser alguien inaccesible e intransigente, no se preocupan en exceso por él. A las asambleas que convoca algunas noches en un pequeño café proletario acuden como mucho quince o veinte personas, casi todos jóvenes. Así pues, aceptan a este tipo extraño como otro de esos emigrantes rusos que se calientan la cabeza con mucho té y muchas discusiones. Pero nadie cree que ese hombre de frente severa merezca atención, ni tres docenas de personas en Zúrich creen que sea importante recordar el nombre del tal Vladímir Ilich Uliánov, el hombre que vive donde el zapatero remendón. Y si un día uno de esos lujosos automóviles que se precipitan a velocidad de vértigo de embajada en embajada hubiera atropellado por accidente a ese hombre, tampoco el mundo le hubiera conocido nunca, ni por el nombre de Uliánov ni por el otro, el de Lenin.

Realización...

Un día —es el 15 de marzo de 1917— el bibliotecario de Zúrich se queda estupefacto. El reloj marca las nueve, pero el puesto en el que día tras día se sienta el más puntual de entre todos los que toman libros prestados está vacío. Dan las nueve y media, después las diez, pero el incansable lector no viene y ya no vendrá más. Pues de camino a la biblioteca un amigo ruso se ha dirigido a él, o más bien le ha asaltado, con la noticia de que en Rusia se ha desatado la revolución.

Al principio Lenin no da crédito. La noticia parece aturdirle. Pero después corre con sus pasos cortos y firmes hasta el quiosco del lago, y allí, así como frente a la redacción del periódico, aguarda hora tras hora, día tras día. Es verdad. La noticia es cierta y, a medida que pasan los días, le resultará más formidablemente cierta. Primero, el rumor de un motín palaciego y al parecer un simple cambio de ministros; después, el derrocamiento de los zares, la instauración de un Gobierno provisional, la Duma, la libertad rusa, la amnistía de los presos políticos; todo lo que tanto ha soñado, todo aquello por lo que lleva veinte años luchando en organizaciones clandestinas, en prisión, en Siberia, en el exilio, se ha realizado. Y de pronto los millones de muertos que ha requerido esa guerra no le parecen vanos. Ya no le parecen muertos inútiles, sino mártires del nuevo imperio de la libertad y la justicia, y de la paz eterna que comienza ahora; como embriagado, así se siente este idealista por lo general tan frío y clarividente, tan calculador. ¡Y cómo tiemblan y gritan de alegría ahora cientos como él, en sus cuartuchos de emigrantes de Ginebra, de Lausana, de Berna, cuando escuchan la feliz noticia! ¡Pueden volver a Rusia! Volver sin pasaportes falsos, sin nombres encubiertos ni bajo amenaza de muerte, volver no al imperio monárquico de los zares, sino a un país libre, como ciudadanos libres. Ya empaquetan sus miserables bienes, pues han leído en los periódicos el lacónico telegrama de Gorki: «¡Volved todos a casa!». Se envían cartas y telegramas a todas las direcciones. ¡Podemos volver a casa! ¡Volver a casa! ¡Agruparnos! ¡Reunirnos! Y comprometer de nuevo su vida por la causa a la que se han dedicado desde el instante en que despertaron a la razón: la revolución rusa.

Pero unos días después comprueban consternados que la revolución rusa, cuya noticia, como un águila batiendo las alas, había elevado sus corazones, no es la revolución que habían soñado, ni siquiera es una revolución rusa. Ha sido un alzamiento palaciego contra los zares, una conspiración de diplomáticos ingleses y franceses para evitar que pacten la paz con Alemania, y no la revolución del pueblo que quiere esa paz y sus derechos. No es la revolución por la que han vivido y por la que están dispuestos a morir, sino una intriga de partidos en guerra, de imperialistas y generales que quieren vía libre para desarrollar sus planes. Y pronto Lenin y los suyos advierten que la promesa que se abría ante ellos cuando los exhortaron a volver no vale para quienes ansían una revolución de verdad, radical, marxista. Miliukov y los demás liberales ya han dado la orden de bloquearles la entrada en el país. Y mientras los socialistas moderados como Plejánov, necesarios para que la guerra se prolongue, son amablemente trasladados en torpederos, con escolta de honor, de Londres a San Petersburgo, a Trotski lo retienen en Halifax y a los demás radicales, en la frontera. En las aduanas de todos los Estados de la Entente hay listas negras con los nombres de todos los que han asistido al congreso de la Tercera Internacional en Zimmerwald. Desesperado, Lenin envía un telegrama tras otro a San Petersburgo, pero los interceptan o nadie los despacha; lo que en Zúrich no saben, y casi nadie lo sabe en Europa, se sabe bien en Rusia: lo fuerte, lo enérgico y lo resuelto que es, el peligro mortal que Vladímir Ilich Lenin entraña para sus enemigos.

La desesperación de los que están retenidos sin poder hacer nada no tiene límites. Llevan años y años, en incontables reuniones del Estado Mayor celebradas en Londres, en París, en Viena, diseñando estratégicamente la revolución rusa. Han sopesado, ensayado y discutido a fondo cada detalle de la organización. Llevan décadas valorando en sus revistas, tanto en la teoría como en la práctica, los obstáculos, los peligros, las posibilidades. Este hombre lleva toda su vida reflexionando, revisando una y otra vez el mismo conjunto de ideas y llevándolo hasta sus últimas formulaciones. Y ahora, mientras está retenido aquí, en Suiza, su revolución, su idea sagrada de la liberación del pueblo, hace aguas y es destruida por quienes la ponen al servicio de naciones extranjeras y de intereses ajenos. Curiosamente, Lenin vive esos días el destino de Hindenburg al comienzo de la guerra; este pasó también cuarenta años de maniobras para la campaña rusa y, una vez que se produjo, tuvo que quedarse en casa vestido de civil y seguir los avances y los errores de los generales movilizados clavando banderitas en un mapa. Durante esos días de desesperación, Lenin, por lo general un férreo realista, valora y pondera los sueños más insensatos y fantásticos. ¿No podría alquilar un avión y llegar sobrevolando Alemania y Austria? Pero la primera persona que le tiende la mano ya resulta ser un espía. Los planes de fuga son cada vez más disparatados, más caóticos: escribe a Suecia pidiendo que le concedan un pasaporte sueco, después pretendía fingir que era mudo para no tener que dar explicaciones. Como es natural, a la mañana siguiente, después de noches llenas de sueños fantásticos, el mismo Lenin reconoce que son solo delirios irrealizables, pero hay algo que también sabe a plena luz del día: tiene que volver a Rusia, tiene que hacer su revolución para que no la hagan los otros, tiene que hacer la revolución verdadera y honrada, y no la política. Tiene que volver, y volver pronto, a Rusia. ¡Volver a cualquier precio!

A TRAVÉS DE ALEMANIA: ¿SÍ O NO?

Suiza está enclavada entre Italia, Francia, Alemania y Austria. A través de los países aliados, Lenin, como revolucionario, tiene cortado el paso, y como súbdito ruso, como miembro de una potencia enemiga, no puede pasar por Alemania ni por Austria. Pero se da una circunstancia absurda: Lenin puede esperar una mejor voluntad de la Alemania del emperador Guillermo que de la Rusia de Miliukov y de la Francia de Poincaré. Alemania, en vísperas de que Estados Unidos le declare la guerra, necesita la paz con Rusia, cueste lo que cueste. De modo que un revolucionario que pueda crear dificultades allí a los delegados de Inglaterra y Francia solo puede ser para ellos una ayuda bien recibida.

Pero supone una inmensa responsabilidad dar ese paso, entablar de repente negociaciones con la Alemania imperial, a la que ha injuriado y amenazado en sus escritos cientos de veces. Pero de acuerdo con la moral imperante hasta la fecha, pisar y atravesar un país enemigo, en medio de la guerra y con el permiso del Estado Mayor del oponente, es por supuesto alta traición, y seguro que Lenin sabe que, de este modo, primero compromete a su propio partido y a su causa, que él mismo será sospechoso, que lo mandarán a Rusia como agente pagado y contratado por el Gobierno alemán y que, en caso de consumar sus planes de conseguir una paz inmediata, a lo largo de toda la historia se le culpará por haber evitado que Rusia consiguiese la única paz correcta, una paz mediante la victoria. Como es natural, no solo los revolucionarios más tibios, sino la mayoría de los camaradas de Lenin se muestran horrorizados cuando les comunica que, en caso de necesidad, está dispuesto a tomar ese camino, el más peligroso y el que más les compromete a todos. Consternados, le informan de que llevan tiempo negociando con los socialdemócratas suizos un regreso de los revolucionarios rusos por la senda legal y neutral del intercambio de prisioneros. Pero Lenin enseguida comprende lo penosa que resultará esa vía, pues el Gobierno ruso demorará su repatriación hasta el infinito con artimañas y de forma intencionada, y él sabe que cada día y cada hora cuentan. Él solo ve la meta, pero los otros, menos cínicos y menos osados, no se atreven a decantarse por una operación que, se mire por donde se mire y según todas las leyes actuales, es traición. Pero Lenin ya ha decidido y él mismo, en persona y bajo su responsabilidad, comienza las negociaciones con el Gobierno de Alemania.

EL PACTO

Como es consciente de lo polémico y provocador que resulta el paso que va a dar, Lenin actúa con la mayor claridad posible. Por orden suya, el secretario del sindicato suizo, Fritz Platten, se reúne con el representante alemán, que ya antes ha negociado con el colectivo de emigrantes rusos, y le expone los requisitos de Lenin. Ese modesto y desconocido refugiado no está haciendo ninguna solicitud al Gobierno alemán, sino que —como si ya pudiera intuir su autoridad venidera— le expone las condiciones bajo las cuales el viajero aceptaría la buena voluntad del Gobierno alemán. Que el vagón tenga derecho de extraterritorialidad. Que ni a la entrada ni a la salida puedan hacerse controles de viajeros ni de pasaportes. Que ellos mismos paguen su viaje con una tarifa normal. Que no pueda ordenarse el desalojo del vagón ni abandonarse por iniciativa propia. El ministro Romberg transmite el mensaje. Y este llega a manos de Ludendorff, que aprueba las condiciones sin ningún género de dudas, aunque en sus memorias no haya ni rastro de esta decisión histórica, quizá la más importante de su vida. El enviado alemán intenta lograr algún cambio en ciertos detalles, porque Lenin ha redactado el documento de un modo tan intencionadamente ambiguo que no solo los rusos pueden viajar en el tren sin que les controlen, sino también un austríaco como Radek. Pero, al igual que Lenin, el Gobierno alemán también tiene prisa. Pues ese día, el 5 de abril, los Estados Unidos de América declaran la guerra a Alemania.

Y así, el 6 de abril al mediodía, Fritz Platten recibe este memorable aviso: «Asunto resuelto en el sentido deseado». El 9 de abril de 1917, a las dos y media, una cuadrilla de gente mal vestida se desplaza con sus maletas desde el restaurante Zähringerhof a la estación de Zúrich. Son treinta y dos en total, también mujeres y niños. De los hombres se saben solo los nombres de Lenin, Zinóviev y Radek. Tras un modesto almuerzo en común, han firmado un documento afirmando conocer el comunicado del *Petit Parisien*, que informa de que el Gobierno provisional ruso tratará como culpables de alta traición a quienes atraviesen Alemania. Han firmado con letra torpe, poco fluida, que la responsabilidad por ese viaje es solo suya y que han aceptado todas las condiciones del mismo. En silencio y decididos, se preparan para ese viaje decisivo en la historia universal.

Su llegada a la estación no causa ningún revuelo. No se presentan reporteros ni fotógrafos. Pues ¿quién conoce en Suiza al tal señor Uliánov, que con un sombrero chafado, un chaquetón raído y unas botas de montaña ridículamente pesadas (las llevará hasta Suecia), en mitad de una cuadrilla de hombres y mujeres cargados con cajas y cestas, busca en silencio y con discreción su asiento en el tren? En nada se diferencia esta gente de los incontables emigrantes que, procedentes de Yugoslavia, de Rutenia, de Rumanía, se sientan a menudo aquí, en la estación de Zúrich, sobre sus maletas de madera, para descansar unas horas antes de tomar un transbordo a la costa francesa y de allí a ultramar. El Partido Suizo de los Trabajadores, que desaprueba el viaje, no ha enviado a ningún representante, solo han venido algunos rusos para mandar alimentos y saludos a la patria, y otros pocos para advertir a Lenin en el último minuto contra ese «viaje absurdo y criminal». Pero la decisión está tomada. A las tres y diez, el revisor da la señal. Y el tren parte hacia Gottmadingen, última estación en la frontera alemana. Las tres y diez, y desde ese momento el reloj mundial ha cambiado su curso.

EL TREN PRECINTADO

En la guerra mundial se han disparado millones de proyectiles asesinos, los más potentes, los más poderosos, los de mayor alcance ideados jamás por los ingenieros.

Pero ningún disparo llegó tan lejos ni resultó tan determinante para la historia contemporánea como ese tren que, cargado con los revolucionarios más peligrosos, más resueltos del siglo, en ese momento, desde la frontera suiza, atraviesa volando toda Alemania para detenerse en San Petersburgo, donde hará saltar por los aires el orden mundial de la época.

En Gottmadingen, sobre las vías, se encuentra ahora ese extraordinario proyectil, formado por un vagón de segunda clase y otro de tercera, el primero para las mujeres y los niños, y el otro para los hombres. Una línea de tiza en el suelo separa la zona neutral, territorio ruso, del compartimento de los dos oficiales alemanes que acompañan ese transporte de explosiva ecrasita. El tren atraviesa la noche sin incidentes. Solo en Frankfurt, de pronto, entran avasallando unos militares, enterados de que unos revolucionarios rusos atraviesan el país, y en otro momento se logra evitar que los socialdemócratas alemanes se comuniquen con ellos. Lenin es consciente de que, si habla con alemanes en suelo alemán, levantará sospechas. En Suecia les brindan un recibimiento solemne. Hambrientos, se lanzan sobre el desayuno que han dispuesto para ellos, típicamente sueco, cuyo *smörgås* les parece un milagro. Después a Lenin no le queda más remedio que aceptar que le compren unos zapatos que sustituyan las pesadas botas de montaña, y algo de ropa. Por fin han llegado a la frontera rusa.

El proyectil impacta

El primer gesto de Lenin en suelo ruso es característico de él: ignora a las personas y nada más llegar se lanza a por los periódicos. Lleva catorce años fuera de Rusia, sin ver su tierra, ni la bandera nacional, ni el uniforme de los soldados. Pero, a diferencia de los demás, el férreo ideólogo no derrama una sola lágrima, no abraza como las mujeres a los desavisados y sorprendidos soldados. El diario, eso es lo primero, el *Pravda*, para verificar si el periódico, su periódico, se ciñe al punto de vista internacional con la suficiente determinación. Furioso, arruga las hojas. No, no basta, aún es patriotero, aún hay demasiado patriotismo, echa en falta más revolución pura en el sentido en que él la ve. Ha llegado el momento, piensa, de dar un volantazo, de imponer la idea de su vida, salga victorioso o se hunda. Pero ¿lo conseguirá? Últimas dudas, últimos miedos. ¿No hará Miliukov que lo arresten cuando llegue a Petrogrado? Petrogrado, así se llamaba aún entonces la ciudad, aunque no por mucho tiempo. Los amigos que han ido a su encuentro, Kámenev y Stalin, ya están en el tren y muestran una sonrisa extrañamente enigmática en el oscuro compartimento de tercera clase, alumbrado con la luz temblorosa de la mecha de una vela. No le contestan o no quieren contestarle.

Pero la respuesta que le da entonces la realidad es inaudita. Cuando el tren llega a la estación de Finlandia, en la inmensa plaza delantera decenas de miles de trabajadores, guardias de honor de todos los cuerpos del ejército, aguardan al que regresa del exilio, y ruge *La Internacional*. Y cuando Vladímir Ilich Uliánov, el hombre que dos días antes aún vivía donde el zapatero remendón, se apea del tren, cientos de manos le agarran y le suben a un carro blindado. Los focos le apuntan desde las casas y desde la fortaleza, y desde el tanque pronuncia su primer discurso al pueblo. Las calles vibran y enseguida comienzan «los diez días que estremecieron al mundo». El proyectil ha impactado y ha destruido un imperio, un mundo.

Wilson fracasa

El 13 de diciembre de 1918, el imponente vapor George Washington zarpa, con el presidente Woodrow Wilson a bordo, rumbo a las costas europeas. Nunca desde que el mundo es mundo, a un solo barco, a un solo hombre, le han esperado tantos millones de personas con tanta ilusión y tanta confianza. Durante cuatro años, las naciones europeas se han causado estragos entre sí, cientos de miles de jóvenes en la flor de la vida se han masacrado con metralletas y cañones, con lanzallamas y gases tóxicos; durante cuatro años, solo se han dirigido y escrito odio e improperios. Pero esa lacerante excitación no pudo enmudecer una voz secreta, interior, que advertía de que lo que estaban haciendo y diciendo era insensato, una deshonra para nuestro siglo. Esos millones de personas, fueran o no conscientes, tenían la íntima sensación de que la humanidad había retrocedido de golpe a los caóticos siglos de la barbarie que se creían desaparecidos mucho tiempo atrás.

Desde la otra parte del mundo, desde América, había llegado esa voz que, elevándose sobre los campos de batalla aún humeantes, había exigido con claridad: «Nunca más la guerra». Nunca más la discordia, nunca más la vieja y criminal diplomacia secreta que lleva a los pueblos al matadero sin su conocimiento y al margen de sus deseos, y que en su lugar impere un nuevo y mejor orden mundial, *«the reign of law, based upon the consent of the governed and sustained by the organized opinion of mankind»*, el imperio de la ley, basado en el consentimiento de los gobernados y apoyado en la opinión de la humanidad. Y es maravilloso: en todos los países, en todas las lenguas, se ha comprendido de inmediato esa voz. La guerra, la víspera una absurda riña por demarcaciones territoriales, por fronteras, materias primas, minas y yacimientos petrolíferos, ha adquirido de pronto un sentido más elevado, casi religioso: la paz eterna, el reino mesiánico de la justicia y la humanidad. De repente, la sangre de millones ya no parece haberse derramado en vano. Esa generación solo había sufrido para que un dolor así no volviera nunca más a nuestra tierra. Cientos de miles, millones de voces, cautivadas por un éxtasis de confianza, llaman a ese hombre; él, Wilson, debe procurar la paz entre vencedores y vencidos, una paz justa. Él, Wilson, como otro Moisés, ha de traer las tablas de la nueva alianza a las naciones perdidas. En pocas semanas, el nombre de Woodrow Wilson se enviste de un poder religioso, mesiánico. Se pone su nombre a calles y a edificios y a niños. Cada pueblo que ha caído en la miseria o que se siente perjudicado envía delegados a su encuentro; las cartas, los telegramas con sugerencias, con peticiones, con ruegos, llegados desde los cinco continentes, se amontonan por miles y miles, cajas enteras son transportadas en el barco que ha puesto rumbo a Europa. Todo un continente, toda la tierra le reclama de forma unánime que ejerza de árbitro de su última disputa, antes de la soñada reconciliación definitiva.

Y Wilson no puede resistirse a la llamada. Sus amigos de América intentan disuadirle de que viaje en persona a la conferencia de paz. Como presidente de Estados Unidos, tiene el deber de no abandonar su país, sería preferible que dirigiera las negociaciones a distancia. Pero Woodrow Wilson no se deja persuadir. Incluso la mayor dignidad de su país, la presidencia de Estados Unidos, le parece menor frente a la tarea que reclaman de él. No quiere servir a un país, ni un continente, sino a toda la humanidad, no quiere servir a ese momento, sino a un futuro mejor. No quiere representar mezquinamente los intereses de América, pues «*interest does not bind men together, interest separates men together*», el interés no une a los hombres, sino que los separa. Quiere el beneficio de todos. Él mismo, piensa, debe vigilar cuidadosamente que los militares y diplomáticos, a cuyo funesto oficio una unificación de la humanidad condenaría a muerte, no se vean de nuevo tentados por las pasiones nacionales. Debe ser el garante en persona de que prevalezca «*the will of the people rather than of their leaders*»,[1] de que se imponga la palabra, y cada palabra ha de decirse ante el mundo entero, con las puertas y las ventanas bien abiertas, en esa conferencia pacificadora, la última y definitiva de la humanidad.

De modo que está en el barco, oteando las costas europeas que surgen en la niebla, inseguras e informes como su propio sueño de una futura hermandad entre

1. «La voluntad de los pueblos en lugar de la de sus líderes.»

los pueblos. Está erguido, un hombre esbelto, con el rostro firme, los ojos penetrantes y claros tras las gafas, la barbilla hacia delante con la característica energía americana, pero los labios carnosos cerrados. Hijo y nieto de pastores presbiterianos, lleva dentro la severidad y el rigor de esos hombres para los que solo existe una verdad y están seguros de saberla. Lleva en la sangre el fervor de sus antepasados escoceses e irlandeses y el celo calvinista que impone al líder y al maestro la misión de salvar a la humanidad pecadora, obra en él, indoblegable, la perseverancia de los herejes y los mártires que prefieren arder en la hoguera por sus convicciones antes que apartarse un milímetro de la Biblia. Y para él, el demócrata, el erudito, conceptos como *«humanity»*, *«mankind»*, *«liberty»*, *«freedom»* o *«human rights»*[2] no son palabras hueras, sino lo que era el góspel de sus ancestros, no son términos ideológicos ni vagos, sino religiosos artículos de fe que está dispuesto a defender sílaba a sílaba, como sus mayores el Evangelio. Ha librado muchas batallas, pero esta, así lo siente al observar la tierra europea que poco a poco se va aclarando ante sus ojos, será la decisiva. Y sin quererlo, se le tensan los músculos *«to fight for the new order, agreeably if we can, disagreeably if we must»*, para luchar por el nuevo orden, de buen grado si podemos, de mal grado si debemos.

Pero pronto se suaviza la severidad de su mirada puesta en lontananza. Los cañones, las banderas con que le reciben en el puerto de Brest no honran al presidente de la república aliada según lo prescrito. Siente

2. «Los hombres», «la humanidad», «libertad», «soberanía», «derechos humanos».

que el griterío que le llega desde la orilla no está esceni-
ficado ni organizado, no es un júbilo dispuesto, sino el
ardiente entusiasmo de todo un pueblo. Al paso de la
comitiva, en cada pueblo, en cada aldea, en cada casa,
ondean las banderas, las llamas de la ilusión. Las manos
se extienden para alcanzarle, las voces claman a su alrededor, y cuando entra en París por los Campos Elíseos,
cascadas de entusiasmo caen por los muros vivientes de
los edificios. El pueblo de París, el pueblo de Francia,
símbolo de todos los pueblos de la lejana Europa, grita,
vitorea, le recibe expectante. Su rostro se va relajando;
una sonrisa libre, feliz, casi embriagada, desnuda sus
dientes, y él agita el sombrero hacia la derecha, hacia la
izquierda, como si quisiera saludar a todos, al mundo
entero. Sí, venir en persona ha sido un acierto, solo la
viva voluntad puede triunfar sobre la rígida ley. Ciudades así de felices, una humanidad tan rebosante de ilusión, ¿no pueden, no deben crearse para siempre y para
todos? Una noche más de descanso y reposo, y luego,
mañana mismo, empezar con el trabajo para propiciar
la paz en el mundo, soñada desde hace milenios, y completar con ello la gesta más grande que jamás haya realizado un ser humano.

Frente al palacio que ha puesto a su disposición el Gobierno francés, en los *couloirs des Ministère des Affaires
Etrangères*, en los pasillos del Ministerio de Asuntos
Exteriores, frente al hotel Crillon, cuartel general de la
delegación americana, se agolpan impacientes los periodistas, en sí mismos un ejército popular. Solo de
Norteamérica han venido ciento cincuenta, cada país,
cada ciudad, ha enviado a sus corresponsales, y todos

exigen un pase de prensa para todas las reuniones. ¡Para todas! Pues de forma expresa se le ha prometido al mundo «*complete publicity*», una transparencia absoluta, así que esta vez no habrá sesiones ni acuerdos alcanzados bajo cuerda. El primer párrafo del punto catorce dice palabra por palabra: «*Open covenants of Peace, openly arrived at, after which there shall be no private international understandings of any kind*». Acuerdos de paz abiertos, alcanzados abiertamente, tras los cuales no podrá establecerse ninguna clase de alianzas internacionales secretas. La peste de los acuerdos secretos, responsable de más muertes que cualquier otra epidemia de la historia, debe eliminarse para siempre gracias al nuevo suero de la «*open diplomacy*», la diplomacia abierta, de Wilson.

Pero, para su decepción, los impetuosos cronistas se encuentran con irritantes evasivas. Claro, se les dejaría entrar a todos en las grandes sesiones y las actas de esas sesiones públicas —en realidad, limpias y aseadas de todas las tensiones— se transmitirían en su integridad al mundo. Pero de momento no pueden dar ninguna información. Primero ha de establecerse el *modus procedendi*, el orden de las negociaciones. Los periodistas, decepcionados, notan que algo no cuadra. Pero los encargados de informarlos no han dicho ninguna falsedad. Se trata del *modus procedendi* sobre el que Wilson, ya en la primera reunión de los *big four*, los cuatro grandes, notó la resistencia de los aliados, que no quieren que todo se negocie en público, y tienen sus razones. En las carpetas y en los archivadores de todas las naciones beligerantes hay acuerdos secretos que aseguran a cada cual su parte y su botín, trapos sucios que exigen discreción y que a cualquiera le gustaría lavar *in*

camera caritatis, en un espacio solo con los más allegados. Para no comprometer la conferencia desde el principio, ciertas cosas tienen que discutirse y aclararse
primero a puerta cerrada. Pero no solo hay desavenen-
cias en cuanto al *modus procedendi*, sino también en
aspectos de más calado. En lo esencial, la situación está
clara en ambos grupos, en el americano y en el europeo,
con una postura clara a la derecha y una postura clara a
la izquierda. En esta conferencia no se trata de cerrar
una paz, sino dos, con dos tratados totalmente distin-
tos. Por un lado, la paz actual, del momento, la que ha
de poner fin a la guerra con la derrotada Alemania, que
ha entregado las armas, y por otro, la paz del futuro,
que deberá imposibilitar para siempre cualquier otra
guerra. Por un lado, una paz severa, a la antigua, y por
otro, el nuevo *covenant*, el convenio de Wilson, que
fundará la League of Nations, la Sociedad de Naciones.
¿Cuál de las dos debe negociarse primero?

Aquí las dos visiones vuelven a chocar. Wilson tiene
poco interés en la paz momentánea. En su opinión, la
fijación de fronteras, las indemnizaciones y las reparaciones de guerra son asuntos que los expertos y las comisiones, sobre la base de los principios fijados en los
catorce puntos, han de determinar. Es un trabajo menor, un trabajo secundario, un trabajo para técnicos. La
misión de aquellos hombres de Estado de todas las naciones es y debe ser, en cambio, crear algo nuevo, algo
para el futuro: la unidad entre naciones, la paz eterna.
Cada cual considera urgente su punto de vista. Los aliados europeos reclaman, con justicia, que a un mundo
exhausto y destruido tras cuatro años de guerra no se le
haga esperar durante meses por la paz, pues podría
desatarse el caos en Europa. En primer lugar, hay que

poner en orden lo real, las fronteras, las reparaciones, hay que enviar de vuelta con sus mujeres y sus hijos a los hombres que aún empuñan un arma, estabilizar las divisas, reactivar el comercio y el tráfico, y solo entonces, consolidado el suelo, dejar que centellee la fatamorgana de los proyectos wilsonianos. Así como Wilson no está interesado en la paz momentánea, Clemenceau, Lloyd George o Sonnino, como estrategas astutos y hombres prácticos, son bastante indiferentes a la reclamación del americano. Por cálculo político y en parte también por franca simpatía, han aplaudido sus demandas e ideas humanitarias, porque, sean conscientes o no, perciben la magnífica y aplastante fuerza que un principio altruista así puede ejercer en sus pueblos. Por eso, están dispuestos a atenuar o a acotar ciertas cláusulas de sus programas. Pero primero, para cerrar la guerra, la paz con Alemania, y después el *covenant*.

Sin embargo, el propio Wilson también es lo bastante práctico para saber que una demanda vital puede agotarse y desangrarse por culpa de los aplazamientos. Conoce bien los recursos dilatorios para apartar interpelaciones incómodas. No se llega a la presidencia de los Estados Unidos de América por mero idealismo. Por eso persevera, inflexible, en su criterio de que primero hay que negociar el *covenant*, y exige incluso que se haga constar en el tratado de paz con Alemania. Un segundo conflicto cristaliza orgánicamente a partir de esta exigencia suya. Pues los aliados creen que, con la construcción de estos principios, se está concediendo por anticipado a una Alemania culpable, que con su invasión de Bélgica violó brutalmente el derecho internacional y que con el golpe del general Hoffmann en Brest-Litovsk dio el peor ejemplo posible del cruel dictado de la violencia, el inmerecido premio de unos principios humanitarios futuros. Lo primero, exigen, es rendir cuentas en la recia moneda de siempre, y solo después vendrán los nuevos métodos. Los campos aún están arrasados, hay ciudades enteras destrozadas por los proyectiles. Para impresionar a Wilson, se le insta a que los visite él mismo. Pero Wilson, el *«impracticable man»*, el hombre poco práctico, mira con toda intención más allá de los escombros. Solo mira el futuro, y en lugar de los edificios tiroteados ve una construcción para la eternidad. Tiene una sola tarea, *«to do away with an old order and establish a new one»*, abolir el viejo orden y edificar uno nuevo. A pesar de las protestas de Lansing y House, sus asesores, persiste, imperturbable y terco, en sus reclamaciones. Primero, el *covenant*. Primero, la causa de toda la humanidad y solo después los intereses de cada pueblo.

La lucha será feroz y él pierde mucho tiempo, lo cual, al cabo, resultará desastroso. Por desgracia, Woodrow Wilson ha olvidado perfilar su sueño con contornos definidos. El proyecto del *covenant* dista de ser definitivo, es más bien un *«first draft»*, un primer borrador que habrá de discutirse, cambiarse, mejorarse, robustecerse o atenuarse en innumerables sesiones. Además, cortesía obliga, después de París tiene que visitar las otras capitales de sus países aliados. Wilson, así las cosas, viaja a Londres, habla en Manchester, viaja a Roma, y durante ese tiempo, en su ausencia, los otros líderes no impulsan su proyecto con verdaderas ganas ni entusiasmo, entretanto se pierde más de un mes entero antes de que se celebre la primera *«plenary session»*, la primera sesión plenaria, un mes durante el cual en Hungría, en Rumanía, en Polonia, en el Báltico, en la frontera dálmata, tropas regulares y de voluntarios improvisan combates, ocupan países, en Viena la hambruna crece y en Rusia la situación se agrava de forma preocupante.

Pero incluso en esa primera «*plenary session*», el 18 de enero, se limitan a establecer teóricamente que el *covenant* deberá ser una «*integral part of the general treaty of peace*», una parte fundamental del tratado general de paz. Ni siquiera existe todavía un borrador definitivo del documento, que todavía se pasan de mano en mano durante interminables discusiones, corrigiéndolo sin parar. Pasa otro mes, un mes de espantosa inquietud para Europa, que cada vez con más ímpetu quiere tener su paz real, fáctica. Pero hasta el 14 de febrero de 1919, un cuarto de año después del alto el fuego, Wilson no puede presentar el *covenant* en su forma definitiva, la misma en la que se aprobará por unanimidad.

El mundo, de nuevo, está exultante. Ha triunfado la causa de Wilson y en el futuro la paz no tendrá que garantizarse por el dictado de las armas ni por el terror, sino mediante el común acuerdo y la fe en una ley que rija para todos. Wilson recibe una atronadora ovación al abandonar el palacio. Una vez más, la última, con una agradecida y orgullosa sonrisa de felicidad, contempla a la multitud que se agolpa a su alrededor, y tras ese pueblo percibe a los demás pueblos, y tras esa generación que tanto ha sufrido observa a otras generaciones, las venideras, que gracias a esa garantía definitiva no conocerán el azote de la guerra ni la humillación del despotismo ni de las dictaduras. Es su día más grande y es, a la vez, su último día feliz. Pues Wilson arruina su victoria abandonando antes de tiempo, triunfante, el campo de batalla, y viajando al día siguiente, el 15 de febrero, de vuelta a América, para presentar a sus votantes y compatriotas la Carta Magna de la paz eterna, antes de volver para firmar la otra, la paz de la última guerra.

Otra vez resuena la salva de cañonazos cuando el George Washington se aleja de Brest, pero la multitud apiñada ya se va dispersando y es menos entusiasta. Algo de la exaltada tensión, algo de la mesiánica ilusión de los pueblos, ha disminuido ya cuando Wilson abandona Europa. También en América le espera una fría acogida. No hay aviones sobrevolando el barco que vuelve a casa, ni fragorosos gritos de júbilo, e incluso la administración, el Senado, el Congreso, su propio partido, su propio pueblo, le reciben más bien con suspicacia. Europa está insatisfecha porque Wilson no ha ido lo bastante lejos; América, por su parte, está insatisfecha precisamente por lo contrario. Europa no parece preparada para la unión de sus intereses contrapuestos en un gran interés común a la humanidad y sus oponentes políticos en América, con la vista puesta ya en las próximas presidenciales, hacen propaganda contra él; ha vinculado, dicen, muy estrechamente y sin legitimidad alguna, la política del nuevo continente con la de esos europeos díscolos e impredecibles, vulnerando con ello el principio básico de la política nacional y de la doctrina Monroe. Se advierte a Woodrow Wilson de que recuerde que no es el fundador de un futuro imperio soñado, de que no tenga la mente puesta en las naciones extranjeras, sino por encima de todo en los americanos, que lo eligieron como representante de su voluntad.

Así, Wilson, aún exhausto por las negociaciones en Europa, emprende nuevas negociaciones tanto con sus compañeros de partido como con la oposición. Y, sobre todo, tiene que construir una puerta trasera en el imponente edificio del *covenant*, que él presumía intocable e inexpugnable, la peligrosa *«provision for withdrawal of America from the League»*, una disposición para la salida de América de la alianza, por la cual Estados Unidos podría retirarse de la misma en cualquier momento. De este modo se ha arrancado la primera piedra del edificio de la League of Nations, que estaba previsto que durara para toda la eternidad; se ha abierto la primera grieta en el muro, esa grieta fatídica que será responsable de su derrumbe definitivo.

No obstante, si bien con limitaciones y correcciones, Wilson logra sacar adelante también en América, como ya hiciera en Europa, su nueva Carta Magna de la humanidad, pero es solo una victoria a medias. Menos libre que cuando se fue de allí, menos seguro de sí mismo, Wilson regresa a Europa para completar la segunda parte de su tarea. De nuevo el barco se acerca al puerto de Brest, pero él ya no mira la orilla con los ojos cargados de ilusión y alegría. El desencanto parece haberle echado años encima, está más cansado, en esas pocas semanas su rostro se ha contraído en un gesto más severo, más tenso, una expresión recia y obstinada ha empezado a contornear sus labios, aquí y allá un espasmo recorre la mejilla izquierda, una advertencia de la enfermedad que ya le está acechando. El médico que le acompaña no pierde ocasión de recordarle que se cuide. Está a punto de enfrentarse a una batalla nueva, tal vez más dura. Sabe que es más difícil imponer principios que formularlos. Pero está decidido a no sacrificar un solo punto de su programa. Todo o nada. La paz eterna o ninguna.

Ya no hay vítores cuando desembarca, ya no hay vítores en las calles de París; los periódicos, expectantes y fríos; la gente, cauta y recelosa. De nuevo se hacen realidad las palabras de Goethe: «El entusiasmo no es un producto que pueda conservarse en salmuera muchos años». En lugar de aprovechar el tiempo mientras aún corre de su parte, en lugar de forjar el hierro ardiente a su antojo mientras aún está blando y moldeable, Wilson deja que el talante idealista de Europa se hiele. El mes que ha estado fuera lo ha cambiado todo. A la vez que él, Lloyd George se ha tomado vacaciones de la conferencia, Clemenceau, herido de bala en un atentado, ha estado dos meses incapacitado para trabajar, de modo que los representantes de intereses particulares han aprovechado el momento de indefensión para colarse en las salas donde se celebran las comisiones. Los militares han sido quienes más enérgica y amenazantemente han trabajado; todos los mariscales y generales que durante cuatro años han estado bajo los focos, de cuyas palabras, de cuyas resoluciones, de cuyo arbitrio han dependido cientos de miles de personas durante todo ese tiempo, no están por la labor de hacerse a un lado humildemente. Un *covenant* que pretende arrebatarles su medio de poder, el ejército, exigiendo *«to abolish conscription and all other forms of compulsory military service»*, esto es, abolir el reclutamiento y cualquier tipo de servicio militar obligatorio, amenaza su existencia. Por eso es imprescindible eliminar o poner en vía muerta toda esa majadería de la paz eterna que vaciaría de sentido su profesión. Con amenazas, exigen el rearme en lugar del desarme propugnado por Wilson, nuevas fronteras y garantías nacionales en lugar de una solución supranacional; no puede asegurarse el bienestar de un país por medio de catorce puntos garabateados en el aire, sino solo con las armas de un ejército propio y con el desarme del enemigo. Detrás de los militaristas se agolpan los representantes de los grupos industriales, que mantienen activas sus empresas bélicas; los intermediarios, que quieren beneficiarse de las reparaciones; los diplomáticos, cada vez más titubeantes, amenazados en la retaguardia por los partidos de la oposición, cada uno de ellos anhelando aportar al crecimiento de su país un nuevo y lucrativo pedazo de tierra. Un par de diestros toques con el dedo en el teclado de la opinión pública y todos los periódicos europeos, secundados por los americanos, interpretan en todos los idiomas variaciones de una misma canción: Wilson, con sus fantasías, está posponiendo la paz. Las utopías, si bien encomiables y a buen seguro cargadas de espíritu idealista, obstaculizan la consolidación de Europa. ¡No hay tiempo que perder con reparos morales y consideraciones acerca de una ética superior! Si la paz no se firma de inmediato, en Europa va a desatarse el caos.

Desgraciadamente, las acusaciones no están del todo injustificadas. Wilson, que ha proyectado su plan para que dure siglos, tiene una vara de medir el tiempo diferente a la de los pueblos de Europa. Cuatro meses, cinco, le parecen pocos para una tarea que hará realidad un sueño milenario. Pero, mientras tanto, en el este de Europa cuerpos de voluntarios organizados por oscuros poderes avanzan ocupando territorios, regiones enteras no saben aún a qué nación pertenecen ni a cuál van a pertenecer. Pasados cuatro meses, aún no se ha recibido a las delegaciones alemanas ni a las austríacas; tras las fronteras aún sin trazar, los pueblos se inquietan, hay claras señales de que, desesperados, mañana Hungría, pasado mañana Alemania, se echarán en brazos de los bolcheviques. Así pues, hay que ofrecer resultados cuanto antes, hay que firmar un tratado justo o injusto, urgen los diplomáticos, y antes de nada hay que quitarse de en medio lo que obstaculiza el camino. ¡Antes de cualquier cosa, el funesto *covenant*!

A Wilson le basta una hora en París para ver que todo lo que construyera en tres meses, en un mes de ausencia ha sido socavado y amenaza con derrumbarse. El mariscal Foch prácticamente ha logrado que el *covenant* desaparezca del tratado de paz, los tres primeros meses parecen haber sido un despilfarro absurdo. Pero cuando se trata de algo decisivo, Wilson no está dispuesto a dar un paso atrás. Al día siguiente, el 15 de marzo, anuncia con un comunicado oficial en prensa que la resolución del 25 de enero sigue vigente, que «*that covenant is to be an integral part of the treaty of peace*», que ese convenio será parte fundamental del tratado de paz. Es el primer contraataque al intento de cerrar el tratado de paz con Alemania no en base al nuevo *covenant*, sino a los viejos acuerdos secretos entre los aliados. Ahora el presidente Wilson ya sabe con exactitud lo que las mismas potencias que hace poco juraran respetar la autodeterminación de los pueblos tienen intención de exigir: Francia, Renania y el Sarre; Italia, Fiume y Dalmacia; Rumanía, Polonia y Checoslovaquia, su pedazo del botín. Si no opone resistencia, la paz se cerrará de nuevo a la manera que él desaprueba de Napoleón, Talleyrand y Metternich, y no según los principios que él presentó y que se aceptaron solemnemente.

Transcurren catorce días de lucha encarnizada. Wilson se niega a conceder el Sarre a Francia, pues cree que esa primera vulneración de la «self-determination», de la autodeterminación, marcará el rumbo de las demás condiciones, y de hecho Italia, que siente que todas sus pretensiones pasan por esa primera ruptura, ya entonces amenaza con dejar la conferencia. La prensa francesa redobla su fuego graneado, advirtiendo de que el bolchevismo ya está avanzando por Hungría y de que enseguida —esto argumentan los aliados— inundará el mundo. También entre sus asesores más cercanos, el coronel House y Robert Lansing, empieza a cundir una resistencia cada vez más sensible. Incluso ellos, antiguos amigos, le aconsejan que, a la luz de la caótica situación mundial, acuerde la paz cuanto antes, aun a costa de sacrificar un par de exigencias idealistas. Contra Wilson se levanta un frente unánime, en América la opinión pública le machaca por la espalda, alimentada por sus enemigos políticos y por sus rivales; en ciertos momentos, Wilson se siente al límite de sus fuerzas. A un amigo le confiesa que no podrá aguantar mucho más tiempo él solo contra todos y le confía que, en caso de no poder imponer su voluntad, está decidido a abandonar la conferencia.

En medio de esta lucha contra todos le ataca, en fin, un último enemigo, pero esta vez viene de dentro, de su propio cuerpo. El 3 de abril, justo cuando la batalla entre la brutal realidad y el ideal aún difuso ha llegado a su punto culminante, Wilson ya no se tiene en pie; un ataque de gripe obliga al hombre de sesenta y tres años a meterse en la cama. Pero el tiempo urge con mayor ímpetu que su sangre febril y ni siquiera enfermo le deja reposar; noticias catastróficas relampaguean en el cielo sombrío; el 5 de abril, el comunismo toma el poder en Baviera, en Múnich se proclama la República Soviética de Baviera; en cualquier momento, la hambrienta Austria, encajonada entre una Baviera bolchevique y una Hungría bolchevique, puede unirse a ellas: con cada hora que resiste, su responsabilidad exclusiva frente a todo esto es mayor. Hasta en la cama acosan y presionan a este hombre exhausto. En el cuarto contiguo deliberan Clemenceau, Lloyd George, el coronel House, resueltos a poner fin al asunto a cualquier precio. Y ese precio lo pagará Wilson con sus demandas, con sus ideales; su *lasting peace*, su paz duradera, así lo exigen todos de común acuerdo, debe aplazarse, pues obstruye el camino hacia la paz real, la paz militar, la paz material.

Pero Wilson, cansado, exhausto, socavado por la enfermedad, por los ataques en la prensa que le culpan de posponer la paz, molesto, abandonado por sus asesores, acosado por los representantes de los demás Gobiernos, aún no cede. Siente que no puede faltar a su palabra, que solo luchará como es debido por esta paz si consigue armonizarla con la paz no militar, duradera, futura, si emplea todos sus esfuerzos en lo único que salvará a Europa con un nuevo orden mundial, la *world federation*. Apenas se levanta de la cama, asesta el golpe decisivo. El 7 de abril envía un telegrama al Navy Department, el Ministerio de la Marina, en Washington: *What is the earliest possible date USS George*

Washington can sail for Brest France, and what is proba-
ble earliest date of arrival Brest. President desires move-
ments this vessel expedited». «¿Cuándo podría zarpar el
vapor USS George Washington rumbo a Brest, Francia? ¿Cuál es la fecha más temprana en que podría llegar a puerto? El presidente desea que este barco parta
cuanto antes.» Ese mismo día se informa al mundo de
que el presidente Wilson ha ordenado que su barco se
dirija a Europa.

La noticia cae como un trueno y todos la comprenden al instante. A lo largo y ancho de la tierra se sabe
que el presidente Wilson rechazará la paz si vulnera
uno solo de los principios del *covenant* y que está resuelto a dejar la conferencia antes que a ceder. Ha llegado ese instante histórico que determinará el destino
de Europa y el destino del mundo durante décadas,
durante siglos. Si Wilson se levanta de la mesa, el antiguo orden mundial se vendrá abajo y empezará el caos,
aunque puede que se trate de uno de esos caos que dan
a luz a una nueva estrella. Europa, impaciente, se estremece. ¿Asumirán los demás participantes de la conferencia esa responsabilidad? ¿La asumirá él mismo? Un
instante crítico.

Un instante crítico. De momento, la decisión de Wilson es inamovible. Nada de compromisos, nada de ceder, nada de «*hard peace*», de paz contundente, sino una
«*just peace*», una paz justa. Ni a los franceses el Sarre, ni
a los italianos Fiume, nada de despedazar Turquía, nada
de «*bartering of people*», nada de intercambiar pueblos.
¡La justicia ha de vencer al poder, el ideal a la realidad,
el futuro al presente! *Fiat justitia, pereat mundo.* Que la
justicia se abra paso, aunque perezca el mundo. Esa
hora escasa será el momento más grande, más humano,

más heroico de Wilson: si logra resistir, su nombre se perpetuará en el reducido número de los que verdaderamente han estado de parte de la humanidad y habrá consumado una gesta sin parangón. Pero a esa hora, a ese momento, le sucede una semana, y desde todas partes se abalanzan sobre él; la prensa francesa, la inglesa, la italiana, le culpan a él, el pacificador, el *eirenopoieis*, de destrozar la paz con una testarudez teórico-teológica y de sacrificar el mundo real en el altar de una utopía privada. Hasta Alemania, que lo esperaba todo de él, pero que ahora está consternada por el estallido del bolchevismo en Baviera, le vuelve la espalda. Asimismo, el coronel House y Lansing, sus compatriotas, le suplican que ceda; incluso Tumulty, el secretario de Estado, que pocos días antes le ha enviado un alentador telegrama desde Washington —«*Only a bold stroke by the President will save Europe and perhaps the world*», solo un audaz golpe del presidente salvará Europa y tal vez el mundo—, le telegrafía ahora, inquieto, desde la misma ciudad, después de que Wilson haya dado el «*bold stroke*»: «...*Withdrawal most unwise and fraught with most dangerous possibilities here and abroad... President should... place the responsibility for a break of the Conference where it properly belongs... A withdrawal at this time would be a desertion*». «Retirada muy insensata y de posibles consecuencias muy peligrosas aquí y en el extranjero... El presidente debería... situar la responsabilidad de la ruptura de la conferencia donde de veras corresponde... Una retirada en este momento sería una deserción.»

Angustiado, desesperado y titubeante en su seguridad por esos ataques unánimes, Wilson echa un vistazo a su alrededor. Nadie está de su parte, en la sala de conferencias tiene a todos en contra, también a su equipo, y las voces de millones y millones de personas invisibles que le piden que no ceda y que se mantenga fiel a sus ideales no le alcanzan. No ve que, si consumara su amenaza y se levantara, perpetuaría su nombre, que solo si se mantiene fiel a sí mismo legaría sin mácula su idea del futuro como un postulado que tendría que renovarse una y otra vez. No ve la fuerza creadora que tendría esa negativa a los poderes de la codicia, del odio y de la incomprensión. Solo siente que está solo, que es demasiado débil para asumir la última responsabilidad. De modo que Wilson, funestamente, va cediendo, relaja su obstinación. El coronel House tiende el puente. Se harán concesiones, el tira y afloja por las fronteras dura ocho días. Por fin —un día oscuro para la historia—, el 15 de abril, Wilson, con el corazón encogido y la conciencia perturbada, accede a las exigencias militares de Clemenceau, ya notablemente atenuadas: no se entregará el Sarre para siempre, sino solo por quince años. La primera cesión de quien hasta entonces no cedía se ha consumado y a la mañana siguiente, como por arte de magia, el talante de la prensa parisina ha cambiado. Los diarios que la víspera le increpaban por considerarle un obstáculo para la paz, un destructor del mundo, le ensalzan ahora como el hombre de Estado más prudente del planeta. Pero ese elogio le quema como un reproche en lo más íntimo de su alma. Wilson sabe que quizá haya salvado la paz, la paz del momento, pero que la paz perdurable en el espíritu de reconciliación, la única paz que salvaría el mundo, está perdida. La ocasión se ha desperdiciado. La insensatez ha vencido a la sensatez, la pasión a la razón. El mundo se ha replegado en su asalto a un ideal que habría de trascender las épocas, y él, el líder, el portaestandarte, ha perdido la batalla decisiva, la batalla contra sí mismo.

Wilson, en ese instante fatídico, ¿obró justa o injustamente? ¿Quién puede decirlo? En todo caso, en este día histórico e irrecuperable se tomó una decisión que perdurará durante décadas y siglos, y cuya culpa pagaremos una vez más con nuestra sangre, con nuestra desesperación, con nuestra impotente angustia. Ese día el poder de Wilson, moralmente sin parangón en su tiempo, se partió en dos, su prestigio se esfumó y con él su fuerza. Quien cede una vez ya no puede parar de hacerlo. Las concesiones conducen por fuerza a nuevas concesiones.

La deshonestidad crea deshonestidad, la violencia produce violencia. La paz, que Wilson soñara como una integridad de duración eterna, se queda en obra imperfecta, en creación inacabada, pues no se ha proyectado para el futuro ni se ha ideado a partir del espíritu de la humanidad y de la materia pura de la razón: una ocasión única, tal vez el momento más trascendente de la historia, se ha desperdiciado de forma lamentable, y el mundo, decepcionado, de nuevo sin dioses a los que adorar, lo siente con desconcierto y confusión. El hombre que vuelve a casa, otrora saludado como el redentor del mundo, ya no es ningún redentor, sino nada más que un hombre cansado, enfermo, abocado a morir pronto. Ya no le acompañan los vítores, tampoco los banderines se agitan en pos de él. Cuando el barco zarpa de las costas europeas, el vencido aparta la vista. Les niega a sus ojos que miren atrás, a nuestra desgraciada tierra, que desde hace milenios anhela la paz y la unidad, pero que hasta ahora no las ha alcanzado. Y una vez más, a lo lejos, entre la niebla, se desvanece la fantasía eterna de un mundo humanizado.